KB231549

정글북

세계문학전집
046

Rudyard Kipling : The Jungle Book

정글북

러디어드 키플링 장편소설

손향숙 옮김

문학동네

서문

 이런 종류의 작품은 전문가들의 아량에 다양한 요구를 할 수밖에 없다. 그러기에 도움을 주신 분들께 충분히 감사의 표시를 하지 않는 다면, 편집자가 이들이 베푼 관대한 처사를 받을 자격이 부족하다고 볼 수밖에 없다.

 우선 감사를 표할 분은 박식하고 교양 있는 바하두르 샤이다. 인도 등록부에 짐꾼 코끼리 174로 등록되어 있으며, 사랑스러운 누이 푸드미니와 함께 '코끼리들의 투마이' 이야기와 '여왕 폐하의 신하들'에 담긴 많은 정보를 아주 친절하게 제공해주었다. 모글리의 모험담은 다양한 시간과 장소에서, 수많은 정보원을 통해 수집하였다. 이 정보원들은 대부분 철저히 익명을 요구한다. 하지만 멀리 떨어져 있다 보니 아주 훌륭한 힌두교 신사였던 분께 감사의 말을 하는 정도는 무방하리라 느껴진다. 자코 언덕 위에 사는 이분은 자신의 계급, 즉 노안인 사람들의 특성에 대해 신랄하지만 설득력 있는 판단을 하는 것으로 명성이 높았다. 연구에 대한 무한한 열정과 근면함을 지닌 석학 사히는 최근 해산된 시오니 무리의 일원이었으며, 인도 남부 지역 축제에서 잘 알려진 예술가이기도 했다. 주둥이에 망을 쓰고 주인과 함께 춤을 추면 온갖 마을의 젊은이와 미녀, 교양인들이 몰려들었다. 사히는 사람들, 예절, 그리고 관습에 대해 귀중한 정보를 제공해주었다. 덕분에 "'호랑이다! 호랑이야!'" '카의 사냥', 그리고 '모글리의 형제들'을 편안하게 쓸 수 있었다. "'리키티키타비'"의 줄거리는 인도 북부의 저명한 파충류학자이자 용맹스럽고 독립적인 연구자였던 분께 빚진 게 많다. '살기보다 알고자' 했던 그분은 최근 동방의 타나토피디아 연구에 지나치게 몰두한 나머지 목숨을 잃고 말았다. '인도황후'에 탑승했을 때 일어난 행복한 사고로 인해 편집자는 동료 승객에게 작은 도움을 주게 되었다. 이때의 보잘것없는 도움에 얼마나 넘치는 보상을 받았는지는 '하얀 물개'를 읽으면서 독자 스스로 판단해보기 바란다.

차례

모글리의 형제들

박쥐 망(Mang)이 풀어놓아준 밤을
이제 솔개 칠(Chil)이 집으로 데려온다.
가축들을 외양간과 오두막에 가두는 것은
동틀 때까지는 우리가 마음대로 돌아다니기 때문.
지금은 자긍심과 힘의 시간,
발톱과 송곳니의 시간.
오, 저 소리를 들어라! 정글의 법칙을 지키는 모두에게
사냥에 행운을 비는 소리를!

_정글이 밤을 맞이하는 노래

무더운 저녁 일곱시 시오니* 언덕. 낮 동안의 휴식에서 깨어난 파더울프는 몸을 긁적이며 하품을 했다. 그러고는 다리를 한 쪽씩 쭉쭉 뻗어 발끝에 매달린 졸음을 몰아냈다. 마더울프는 뒹굴며 낑낑대는 네 마리 새끼 늑대 사이에 커다란 회색 코를 파묻고 누워 있었다. 이들의 보금자리인 동굴 입구로 달빛이 비춰들었다. "그래! 또 사냥할 시간이군"이라 말하며 파더울프가 언덕 아래로 내달리려는 순간, 꼬리가 덥수룩한 작은 그림자 하나가 동굴로 들어와 애처롭게 징얼거렸다. "늑대들의 대장이시여, 행운을 빕니다. 고귀하게 태어난 아기 늑대들에게도 행운이, 그리고 강하고 하얀 이빨이 함께하기를 빕니다. 이 세상의

---

* 인도의 중앙 지역에 있는 작은 마을.

굶주린 짐승들을 잊지 않도록 말이죠."

먹다 남은 음식 찌꺼기 청소부, 자칼 타바키였다. 인도의 늑대들은 타바키를 무시했다. 못된 짓을 하고 돌아다니며 헛소문을 퍼뜨리고 마을의 쓰레기 더미를 뒤져 가죽 쪼가리나 주워 먹기 때문이다. 하지만 타바키는 두려움의 대상이기도 했다. 쉽게 흥분을 하는데다가 일단 화가 났다 하면 평소의 겁이 없어지고 눈앞에 보이는 것은 닥치는 대로 물어뜯으며 숲을 헤매고 다녔기 때문이다. 야생동물에게 닥칠 수 있는 가장 수치스러운 일이 바로 이런 광증이기에 호랑이마저도 타바키가 미쳐 날뛰면 달아나 숨곤 했다. 우리 인간들이 광견병이라 부르는 증상을 저들은 '데와니'라 불렀다.

"들어와서 보지. 여기도 먹을 건 없어." 파더울프가 무뚝뚝하게 말했다.

"늑대에게는 없겠죠. 하지만 저같이 천한 것에게는 말라비틀어진 뼈다귀 한 조각도 아주 훌륭한 성찬입죠. 우리 같은 자칼 족속이 고르고 말고 할 게 있나요?" 동굴 안쪽으로 허둥지둥 달려간 자칼은 살점이 약간 붙어 있는 사슴 뼈를 발견하고는 빠드득 소리를 내며 즐겁게 살을 발라 먹었다.

"이렇게 맛난 걸 주시니 감사합니다." 입술을 핥으며 자칼이 말했다. "아이들이 정말 예쁘군요. 이렇게 어린데 저 큰 눈 좀 보세요. 그렇죠, 그렇고말고요. 태초에 왕의 자손은 인간이라고 하는 소리도 있었지만 누가 기억이나 하겠어요."

부모 면전에서 아이들을 칭찬하는 것이야말로 불운을 가져오는 지름길이란 것을 누구보다 잘 아는 타바키는 마더울프와 파더울프의 불편한 심기를 보며 즐거워했다.

타바키는 조용히 앉아 못된 짓을 즐기고 있었다.

"대자人者 시어칸이 사냥터를 옮겼습니다. 다음 월기에는 이 언덕에서 사냥할 거라더군요."

시어칸은 이십 마일 떨어진 와잉궁가 강 근처에 사는 호랑이였다.

"시어칸에게는 그럴 권리가 없어!" 파더울프가 화가 난 듯 말하기 시작했다. "정글의 법칙에 따르면, 적절한 절차를 밟아 미리 경고를 보내지 않는 한 사냥터를 옮길 권리는 없는 거야. 시어칸은 십 마일 내에 있는 모든 사냥감을 놀라 달아나게 할 거야. 게다가 내가, 당분간은 내가 두 몫의 사냥을 해야 한단 말이야."

"시어칸 엄마가 시어칸을 괜히 룬그리(절뚝이)라 부른 게 아니야." 마더울프가 조용히 말했다. "시어칸은 태어나면서부터 한쪽 발을 절었어. 그래서 소만 잡을 수 있었던 거지. 와잉궁가 마을 사람들이 화를 내니까 이제 우리 마을로 온 거야. 또 사람들을 화나게 하겠지. 시어칸이 떠나면 마을 사람들이 시어칸을 찾아 정글을 뒤지고 다닐 거야. 초원이 불타면 우리와 아이들은 도망쳐야 할 테고. 시어칸에게 정말 고마워할 일이네!"

"마더울프가 고마워한다고 시어칸에게 전할까요?" 타바키가 깐족거렸다.

"나가!" 파더울프가 잘라 말했다. "나가서 자네 주인이랑 사냥이나 하지. 하룻밤 못된 짓은 이 정도 했으면 됐어."

"전 갑니다." 타바키가 조용히 대꾸했다. "덤불 아래서 시어칸 소리가 들릴 거예요. 제가 굳이 소식을 전하지 않았어도 됐을걸 그랬군요."

파더울프가 귀를 기울였다. 작은 강으로 이어지는 골짜기 아래 쪽에서 아무것도 먹지 못해 화나고 심술난 호랑이의 울음소리가 들려왔다. 정글 속 모두가 알아도 상관없다는 듯 건조하고 단조롭게 울어댔다.

"어리석기는!" 파더울프가 말했다. "밤 사냥을 저런 소리로 시작하다니! 우리 정글 수사슴이 자기가 와잉궁가에서 사냥하던 살진 소하고 같은 줄 아나보지?"

"조용! 시어칸이 오늘 사냥하려는 건 수사슴도 아니고 소도 아니야. 인간이라고." 마더울프가 말했다. 울음소리는 가랑거림으로 변했다. 사방에서 들려오는 듯한 소리였다. 숲에서 잠든 나무꾼과 집시들이 이 소리를 듣고 놀라 내달리다가 바로 호랑이 입 속으로 들어갈 법도 했다.

"인간이라고!" 하얀 이를 온통 다 드러내며 파더울프가 말했다. "저 수지의 딱정벌레랑 개구리만으로도 모자라서 이제는 인간을 먹어야겠다고! 그것도 우리 영역에서?"

정글의 법칙에는 어떤 조항이든 합당한 이유가 있었다. 그 법칙에 따르면 동물들은 새끼들에게 인간 사냥법을 가르치기 위해서가 아니라면 인간을 죽일 수 없었다. 그때에도 무리의 사냥구역 밖에서만 가능했다. 인간을 죽인다는 것은 조만간 총을 든 백인이 코끼리를 타고 나타날 것임을, 그와 함께 횃불을 든 갈색 피부의 사람들이 북을 울리며 수백 명씩 몰려들 것임을 의미했기 때문이다. 그러면 정글의 모든 동물이 고통을 당하게 될 터였다. 물론 동물들이 자기들끼리 말할 때의 이유는 이와 달랐다. 모든 생명체 중 가장 약하고 자기 방어력이 없는 인간을 건드리는 것은 비겁하다는 것이었다. 사람을 먹으면 옴이 오르고 이빨이 다 빠진다고도 했다. 이건 사실이었다.

가랑거리는 소리가 점점 커지더니 호랑이가 공격할 때 목청껏 내지르는 "어흥!" 소리가 났다.

그리고 곧 울부짖는 소리가 났다. 전혀 호랑이답지 않은 울부짖음. "시어칸이 뭔가 놓쳤군. 그게 뭐지?" 마더울프가 말했다.

파더울프가 몇 발자국 뛰어나가자 시어칸이 관목 숲에서 뒹굴며 사납게 웅얼거리는 소리가 들려왔다.

파더울프가 투덜거리듯 말했다. "저 바보 머리로는 나무꾼의 모닥불에 뛰어들어 발을 데는 정도밖에는 못하지. 타바키가 같이 있어."

"뭔가 언덕을 올라오고 있어. 준비해." 마더울프가 한쪽 귀를 쫑긋거리며 말했다.

덤불에서 바스락거리는 소리가 났다. 파더울프가 엉덩이를 낮추고 뛰어오를 태세를 갖췄다. 이 광경을 지켜보고 있었다면 세상에서 가장 멋진 구경을 할 수 있었을 것이다. 늑대가 허공으로 뛰어올랐다가 움찔하는 광경을 말이다. 파더울프는 먹잇감이 뭔지 보지 못한 채 뛰어올랐다가 갑자기 멈추려 애썼다. 그 결과, 공중으로 사오 피트 솟구쳐올랐다가 다시 제자리에 착지했다.

"맙소사, 인간이야. 인간의 새끼라고. 한번 봐."

바로 코앞에 낮은 나뭇가지를 붙들고 이제 막 걷기 시작한 인간의 아기가 갈색 피부를 그대로 드러내고 서 있었다. 늑대가 한 번도 구경해보지 못한 부드러움과 보조개를 가진 아기가 한밤중에 돌아다니는 것이었다. 아이가 파더울프의 얼굴을 가만히 쳐다보더니 웃었다.

"저게 인간의 새끼야?" 마더울프가 물었다. "난생처음 봐. 이리 데려와봐."

새끼를 옮기는 데 익숙한 늑대는, 필요하다면 달걀도 깨뜨리지 않고 입으로 물어 옮길 수 있었다. 파더울프는 아기 등을 입으로 물었지만 피부에 긁힌 상처 하나 내지 않고 자기 새끼들 가운데 아기를 내려놓았다.

"정말 작네. 이 맨살 좀 봐. 용감하기도 하고." 마더울프가 부드럽게 말했다. 아기는 늑대 새끼들을 밀치며 마더울프의 뒷다리 쪽으로 움직였다. "저 봐! 우리 애들이랑 같이 젖을 먹고 있어. 이게 인간의 새끼란 말이지. 인간의 새끼가 자기 애들이랑 같이 있다고 자랑한 늑대가 있던가?"

"그런 얘기를 종종 듣기는 했지만 우리 무리에서나 우리 시대에서는 아니었지. 털 하나 없어. 발로 슬쩍 건드리기만 해도 죽겠군. 하지만 저걸 봐. 나를 똑바로 올려다보고 있잖아. 두려움이 없어."

동굴 입구에서 달빛이 사라졌다. 시어칸이 커다랗고 네모난 머리와 어깨를 동굴로 들이밀었던 것이다. 뒤에서 타바키가 끽끽거렸다. "주인님, 주인님. 그게 이리 들어갔어요."

"굉장한 영광이군요. 뭐가 필요하신지요?" 파더울프가 시어칸에게 말했다. 하지만 눈에는 분노가 가득했다.

"먹이. 인간의 새끼가 이리 들어왔어. 부모는 달아나버렸지. 어서 아기를 나에게 넘기지."

파더울프가 말한 대로 시어칸은 나무꾼의 모닥불에 뛰어들었다가 덴 발이 아파 한껏 사나워진 상태였다. 하지만 파더울프는 시어칸의 덩치로는 동굴 입구로 들어올 수 없다는 걸 알고 있었다. 지금 서 있는 곳에서도 공간이 부족해서 어깨와 앞발이 꽉 끼어 있었다. 사람이 통 속에서 싸우려 하면 저 모양이 될 것이었다.

"늑대는 자유로운 종족이오. 자기 대장의 지시만을 따르지. 줄무늬진 소 도축꾼의 명령은 따르지 않아. 인간의 새끼는 우리 거야. 죽이고 살리는 것도 우리의 선택이라고."

"선택한다, 안 한다, 이게 다 무슨 소리야? 내가 죽인 황소에 걸고 말한다. 내가 지금 당연히 내 것인 먹이를 구걸하려고 너희 개들의 소굴에 코를 박고 서 있는 줄 알아? 나, 시어칸이 말하고 있단 말이다."

벼락같은 호랑이의 울부짖음이 동굴을 가득 메웠다. 새끼들에게서 떨어져 앞으로 뛰어나온 마더울프가 어둠 속에 빛나는 두 개의 푸른 달 같은 눈으로 시어칸의 이글거리는 눈을 쏘아보았다.

"나 라크샤(악마)가 대답한다. 인간의 아이는 내 거다, 절뚝이. 내 거란 말이다. 그 아이는 아무도 죽이지 못해. 살아서 늑대 무리와 함께 뛰놀고 사냥할 거다. 어린 것들을 사냥하고 개구리랑 물고기나 잡아먹는 너도 결국에는 저 아이의 사냥감이 될 거다. 내가 죽인 삼바에 걸고 말한다(난 굶주린 소나 잡아먹지는 않아). 엄마한테나 가봐. 화상이나 입고 다니는 주제에! 지금이야말로 네가 가장 초라해 보이는구나. 썩 꺼져."

파더울프가 놀라서 쳐다봤다. 다른 늑대 다섯과 정정당당하게 싸워 마더울프를 차지했던 날들의 기억을 잊고 있었다. 마더울프가 무리 속에서 뛰어다니던 시절, 악마라는 호칭이 단지 듣기 좋은 빈말이 아니었던 시절의 기억들을 말이다. 시어칸은 파더울프와 대적할 수는 있겠지만 마더울프를 당할 수는 없을 것이었다. 지금 상황에서는 마더울프가 유리한 고지를 점하고 있을 뿐 아니라 죽을 각오로 싸울 것이기 때문이다. 시어칸은 그르렁거리며 입구에서 물러나 동굴을 완전히 벗어나자 소리쳤다.

"개들도 자기 집 마당에서는 짖기 마련이지. 인간의 새끼를 키우는 것에 대해서 무리가 뭐라 할지 두고보자고. 그 아이는 내 거야. 결국은 내 입으로 들어올 거야. 이 도둑놈들!"

마더울프가 헐떡이며 새끼들 가운데 눕자 파더울프가 진지하게 말했다.

"시어칸의 말이 맞아. 무리에게 아이를 보여줘야 해. 그래도 이 아이를 키울 생각이야?"

마더울프는 숨이 차 가쁘게 말했다. "키워야지. 아무것도 걸치지 않고 맨몸으로 밤에 왔어. 그것도 혼자서 굶주린 채로. 그러면서도 두려움이 없었지. 봐, 벌써 우리 새끼 하나를 구석으로 몰아냈잖아. 살육을 일삼는 절뚝이였으면 아이를 죽이고 와잉궁가로 도망갔겠지. 마을 사람들은 복수한다고 우리의 보금자리를 모조리 헤집고 돌아다녔을 거고. 아이를 키우겠냐고? 그럼, 키울 거야. 가만히 있거라, 어린 개구리야. 넌 모글리야. 개구리 모글리. 언젠가 네가 시어칸을 사냥할 날이 올 거야."

"하지만 무리가 뭐라 할까?"

늑대는 짝을 찾으면 무리에서 독립했다. 그것이 정글의 법칙이었다. 그러다가 새끼들이 태어나 뛰어다닐 때쯤이 되면 새끼들을 무리의 총회에 데려가야 했다. 대개 보름달이 뜰 때 한 달에 한 번 열리는 이 총회에서 다른 늑대들은 새로 태어난 새끼를 보고 한 무리로 받아들였다. 이후로 새끼들은 아무 데나 다닐 수 있었다. 그리고 혼자 힘으로 사슴을 사냥하기 전까지는 무리의 어떤 어른에게도 죽임을 당하지 않도록 법으로 보호받았다. 새끼 늑대를 죽이면 그 대가는 죽음이었다. 잠시만 생각해봐도 당연히 그래야 한다는 데 동의할 것이다.

파더울프는 새끼들이 조금 뛸 수 있을 때까지 기다렸다가 무리의 모임이 있는 날 새끼들과 모글리, 그리고 마더울프를 회의가 열리는 바위로 데려갔다. 돌로 뒤덮인 이곳은 백 마리 정도의 늑대가 숨을 수 있는 언덕의 꼭대기였다. 힘과 꾀로 무리를 이끄는 거대한 회색의 고독한 늑대 아켈라가 바위 위에 배를 쭉 깔고 엎드려 있었다. 아켈라 아래 쪽으로 몸집과 색깔이 각양각색인 늑대들이 마흔 마리 남짓 앉아 있었다. 혼자 사슴을 처치할 수 있는 오소리 색깔의 노장들부터 자기도 그럴 수 있다고 생각하는 검은색의 세 살된 젊은 늑대들까지. 고독한 늑대가 무리를 이끈 지 이제 일 년이었다. 젊어서 늑대 덫에 두 번 걸렸었고 한번은 맞아 죽을 뻔하기도 했던 고독한 늑대이기에 인간에 대해 잘 알고 있었다. 바위에서 늑대들은 별로 말이 없었다. 엄마, 아빠 늑대들이 원을 그리며 앉아 있고 그 가운데서 새끼들이 뒹굴며 장난치고 있었다. 이따금씩 어른들이 새끼 하나하나에게 다가가 찬찬히 살핀 후 소리없이 제자리에 가 앉았다. 가끔씩 엄마는 자기 새끼를 달빛이 환한 쪽으로 밀어냈다. 혹시 어른 늑대들이 새끼를 보지 못하는 일이 있어서는 안 되기 때문이었다. 아켈라가 소리쳤다. "늑대들이여! 정글의 법칙을 알고들 있을 겁니다. 정글의 법칙 말입니다. 잘 보세요." 불안한 엄마들이 따라 했다. "늑대들이여! 보세요, 잘 보세요!"

마침내 차례가 다가오자 마더울프의 목털이 쭈뼛 곤두섰다. 파더울프가 '개구리 모글리'를 무리가 둘러앉은 원 가운데로 내보냈다. 모글리는 거기 앉아 달빛에 반짝이는 자갈을 가지고 놀며 까르륵 웃었다.

아켈라는 발에 얹은 머리를 들지 않은 채 "잘 보세요"를 단조롭게 반복했다. 바위 뒤에서 울부짖는 소리가 희미하게 들려왔다. 시어칸이었다. "저 아이는 내 거야. 그 아이를 나에게 줘. 자유족이 인간의 새끼랑 무슨 상관이 있다는 거야?" 아켈라는 미동도 않았다. "늑대들이여, 잘 보세요. 자유족이 자유족 이외의 누군가가 내리는 명령과 무슨 상관이 있다는 겁니까? 잘 보세요!"라 말할 뿐이었다.

으르렁거리는 소리가 깊게 울려퍼졌다. 네 살 된 젊은 늑대가 시어칸의 질문을 아켈라에게 다시 던졌다. "자유족이 인간의 새끼와 무슨 상관이 있습니까?" 새끼를 무리에 받아들일 수 있는지에 대해 논쟁이 일어날 경우 무리에서 부모를 제외하고 적어도 두 마리가 그 새끼를 대변해야 하는 것이 정글의 법칙이었다.

"자유족 중 누가 이 어린 것을 대변하겠습니까?" 아켈라가 물었다. 답이 없었다. 마더울프는 최악의 경우 최후의 혈전을 치러야 할 수도 있다고 생각하며 마음을 다잡았다.

이때 무리의 일원은 아니지만 총회에 참석할 수 있는 유일한 존재인 발루가 뒷발로 일어나 말하기 시작했다. 발루는 늑대 새끼들에게 정글의 법칙을 가르치는 나이 많은 느림보 갈색 곰으로 견과류와 뿌리, 그리고 꿀만 먹기에 어디든 마음대로 나다닐 수 있었다.

"인간의 새끼, 인간의 새끼라고요? 제가 인간의 아이를 대변합니다. 인간의 아기는 해를 입히지 않아요. 말주변은 없지만 전 진실을 말합니다. 다른 새끼들과 함께 무리에 끼워주세요. 제가 정글의 법칙을 가르치겠습니다."

"또다른 대변인이 필요합니다. 우리의 어린 새끼들을 가르치는 발루가 인간의 아이를 위해 말해주었습니다. 발루 이외에 또 누가 저 아이를 변호하겠습니까?"

검은 그림자가 원 안으로 내려앉았다. 흑표범 바기라였다. 온통 잉크처럼 새까맸지만 표범임을 알려주는 점들이 물에 젖은 실크의 무늬처럼 빛에 살짝살짝 드러났다. 모두가 바기라를 알았기에 아무도 그의 앞길을 훼방하지 않았다. 바기라는 타바키만큼 교활하고 야생의 들소만큼 대담하며 상처 입은 코끼리만큼이나 무모하기 때문이었다. 하지만 목소리만은 나무에서 알알이 떨어지는 꿀방울만큼이나 부드러웠으며 피부는 솜털보다 더 매끈했다.

"아켈라, 그리고 자유족의 늑대들이여. 이 총회에서 전 발언권이 없습니다. 하지만 새로 태어난 새끼와 관련하여 뭔가 의혹이 있을 때, 살육의 경우가 아니라면 그 새끼의 목숨은 대가를 지불하고 살 수 있다는 것이 정글의 법칙입니다. 누가 그 값을 지불할 수 있는지 없는지에 대해서는 정글의 법칙에 나와 있지 않습니다. 그렇지요?"

"그렇지, 맞아." 젊은 늑대들이 환호했다. 그들은 언제나 굶주려 있었기 때문이다. "바기라의 말을 잘 들어보세요. 값을 지불하고 인간의 새끼를 살 수 있어요. 그게 정글의 법칙이니까요."

"제가 여기서 발언권이 없음을 알기에 여러분의 허락을 요구하는 바입니다."

스무 마리의 목소리가 합창했다. "그럼 말해보시오."

"털도 나지 않은 어린 새끼를 죽이는 것은 치욕스러운 일입니다. 게다가 커서 잡아먹으면 더 재미있을 수도 있지요. 발루가 저 아이를 대변했습니다. 이제 제가 갓 잡은 황소 한 마리를 더할까 합니다. 아주 통통하게 살이 오른 놈이지요. 여기서 반 마일 떨어진 곳에 있습니다. 인간의 아이를 법칙에 따라 무리에 받아들이면 그걸 드리겠습니다. 어려운가요?"

수십 마리 늑대가 한꺼번에 와자하게 떠들어댔다. "어찌 되든 상관없어. 어차피 겨울비에 죽을 테니까. 뜨거운 태양도 견디지 못할 거고. 발가벗은 개구리가 우리에게 무슨 해를 입힐 수 있겠어? 무리에 끼워주자. 바기라, 황소는 어디 있지? 인간의 새끼를 받아들입시다." 뒤이어 아켈라의 깊은 목소리가 허공을 갈랐다. "잘 보세요. 늑대들이여, 잘 보십시오."

모글리는 여전히 자갈에만 관심이 있었다. 차례로 늑대들이 다가와 자기를 꼼꼼히 살피는데도 전혀 알아차리지 못했다. 마침내 늑대들이 모두 죽은 황소를 가지러 언덕을 내려가고 아켈라와 바기라, 발루 그리고 모글리의 가족만 남았다. 모글리를 넘겨받지 못해 머리끝까지 화가 난 시어칸의 울부짖음이 밤공기를 채웠다.

"실컷 울부짖어라." 수염 아래로 바기라가 낮게 내뱉었다. "언젠가 이 발가벗은 아기 때문에 또 한번 울부짖을 날이 올 거다. 하지만 지금과는 음조가 다르겠지. 그게 내가 아는 인간이야."

"잘됐어. 인간과 그 새끼들은 아주 영리해. 저 아이가 우리를 도울 날이 있을 거야." 아켈라가 말했다.

"맞습니다. 우리가 힘들 때 우리를 도울 겁니다. 누구도 무리를 영원히 이끌 수는 없는 거니까요." 바기라가 말했다.

아켈라는 아무 말이 없었다. 우두머리라면 누구나 맞이하게 될 그때를 생각하는 것이었다. 힘이 다해 점점 약해지면 늑대들은 자기를 죽이고 다른 지도자를 추대할 것이고, 그 지도자 또한 때가 되면 죽임을 당할 것이었다.

"아이를 데려가시오. 그리고 자유족의 일원으로 잘 키우시오." 아켈라가 파더울프에게 말했다.

이리하여 모글리는 황소 한 마리와 발루의 대변 덕분에 시오니의 늑대무리에 합류하게 되었다.

이제 독자 여러분은 기꺼이 십 년에서 십일 년의 세월을 뛰어넘어 주시길. 그리고 모글리가 늑대들 사이에서 그동안 얼마나 멋지게 살았는지에 대해서는 상상으로 만족해주시길. 그걸 다 이야기하자면 너무나 많은 책을 쓰게 될 테니까. 모글리는 늑대 새끼들과 함께 성장했다. 물론 늑대 새끼들은 모글리가 아이로 채 크기도 전에 모두 장성한 늑대가 되었지만 말이다. 파더울프는 모글리에게 정글에 대해 모든 것을 가르쳤다. 풀의 바스락거림, 따뜻한 밤공기의 숨소리, 머리 위에서 들려오는 올빼미의 울음소리, 나무에 앉아 잠시 쉬는 박쥐의 발톱 긁는 소리, 작은 물고기들이 물을 차고 오르는 소리. 모글리는 이 모든 것이 무엇을 의미하는지 꿰뚫고 있었다. 배우지 않을 때는 따뜻한 햇볕이 비치는 곳에 앉아 잠을 잤다. 그리고 일어나 배를 채우고 다시 잠을 잤다. 몸이 더러워지거나 더워지면 숲속 웅덩이에 몸을 담갔다. 꿀이 먹고 싶을 땐 (발루는 생고기만큼이나 견과류나 꿀도 맛있는 음식이라고 가르쳐주었다) 나무를 기어올랐다. 물론 나무를 기어오르는 법은 바기라에게 배웠다. 바기라는 나뭇가지에 걸터앉아 "동생, 이리 와"라고 외치곤 했다. 처음에는 나무늘보처럼 매달려 있던 모글리는 이제 회색 원숭이만큼이나 대담하게 나뭇가지 사이를 날아다닐 수 있었다. 총회가 있을 때는 모글리도 참석했다. 거기서 모글리는 자기가 쩨려보면 어떤 늑대든 눈길을 슬그머니 피한다는 사실을 알게 되었다. 모글리는 이게 재미있어 일부러 장난 삼아 늑대들을 쩨려보곤 했다. 친구들의 발바닥에 박힌 긴 가시를 뽑아주기도 했다. 몸에 박힌 가시나 밤송이 때문에 늑대들의 고생이 이만저만이 아니었기 때문이다. 밤이면 언덕 아래 경작지로 내려가서는 호기심 가득한 눈으로 마을 사람들을 바라봤다. 하지만 모글리는 인간을 믿지 않았다. 바기라가 철커덕 내려오는 문이 달린 네모난 상자를 보여주었던 것이다. 정글에 너무나도 교묘하게 숨겨져 있어서 모글리도 하마터면 걸어들어갈 뻔했는데, 바기라는 그게 바로 덫이라고 말해주었다. 뭐니뭐니해도 모글리가 제일 좋아하는 것은 바기라를 따라 어둡고 따뜻한 숲 한가운데로 가는 것이었다. 그곳에서 노곤한 낮에는 잠을 자고 밤이면 일어나 바기라가 사냥하는 걸 보았다. 바기라는 배가 고프면 닥치는 대로 사냥을 했다. 모글리도 그랬다. 하지만 한 가지 예외가 있었다. 모글리가 조금 철들 나이가 되자 바기라는 그에게 절대 소는 건드리면 안 된다고 했다. 모글리가 무리에 받아들여질 수 있었던 것은 황소 목숨을 대가로 내놓았기 때문이라는 이유에서였다. "정글은 다 네 거야. 이길 수만 있으면 뭐든 잡아먹어도 돼. 하지만 네 목숨을 살려준 황소를 생각해서 절대 소는 건드리지 마. 늙은 소든 어린 소든 죽이지도 말고 먹지도 마. 그게 정글의 법칙이야." 모글리는 이 법칙을 충실히 따랐다.

이렇게 모글리는 자기가 뭔가를 배우고 있다는 것도 모른 채, 오직 먹을 것만 생각하며 건강한 소년으로, 아이답게 자라났다.

마더울프는 모글리에게 시어칸을 믿지 말라고, 언젠가는 모글리가 죽여야만 하는 상대라고 두어 차례 말해주었다. 젊은 늑대라면 당연히 기억했을 이 충고를 모글리는 금세 잊고 말았다. 어린애였기 때문이다. 인간의 말을 할 줄 알았다면 자기는 늑대라고 말했을 테지만, 그럼에도 모글리는 어린애였던 것이다.

시어칸은 늘 모글리가 다니는 길목에서 어슬렁거렸다. 아켈라가 나이가 들어 힘이 약해지면서 절뚝이 호랑이는 무리의 젊은 늑대들과 친분이 두터워졌다. 먹다 남은 찌꺼기를 얻어먹으려고 시어칸을 따라다니는 늑대들이었다. 아켈라가 권위를 내세울 수 있는 상황이었다면 절대 용납하지 않을 일이었다. 시어칸은 이 늑대들을 꼬드기며 이렇게 훌륭한 젊은 사냥꾼들이 죽어가는 늙은 늑대와 인간의 아이에게 질질 끌려다니는 데 만족하는 이유를 알 수가 없다고 말했다. "듣자 하니 자네들 총회에서 그 아이 눈을 똑바로 쳐다보지도 못한다면서." 이 말에 젊은 늑대들은 으르렁거리며 털을 곤두세우곤 했다.

어디에나 눈과 귀가 있는 바기라는 이를 알고 있었고, 모글리에게 언젠가 시어칸에게 죽을 수도 있다며 매우 장황하게 설교를 늘어놓았다. 그러면 모글리는 웃으며 이렇게 대답했다. "나에게는 무리도 있고 바기라도 있어요. 발루도 있고요. 발루가 게으르기는 하지만 날 위해서 앞발을 휘둘러주기는 할 거예요. 그러니 내가 왜 두려워하겠어요?"

그러던 어느 무더운 날 바기라에게 새로운 생각이 떠올랐다. 무슨 이야기를 들었기 때문이다. 아마 호저 이키가 말해주었을 것이다. 정글 깊은 곳에서 모글리가 바기라의 아름다운 검은 몸을 베고 누워 있을 때 바기라가 말했다. "동생아, 시어칸이 네 적이라고 내가 몇 번이나 말했지?"

"저 야자수에 열린 열매만큼 많이요." 모글리는 세는 법을 몰랐다. "그건 왜요? 나 졸려요. 시어칸이 가진 거라곤 긴 꼬리와 수다스러운 입뿐이잖아요. 공작새 마오처럼 말이에요."

"지금 잠이나 잘 때가 아니야. 발루도 알아. 나도 알고. 무리도 알고 있어. 어리석은 사슴도 안다고. 타바키도 너에게 이야기했지."

"얼마 전에 타바키가 와서 아주 건방진 얘기를 하고 갔어요. 내가 인간의 새끼고 아무짝에도 쓸모없다나. 그래서 꼬리를 쥐고 두어 번 휘둘러서 야자나무에 던져줬어요. 예의 좀 가르쳐주려고요."

"그건 어리석은 짓이야. 타바키가 못된 짓을 일삼기는 하지만 너한테 아주 중요한 이야기를 해줄 수도 있었을 테니까. 눈을 떠야 해. 시어칸은 정글에서는 너를 죽이지 못해. 하지만 기억해야 한다. 아켈라는 많이 늙었어. 이제 곧 사냥을 할 수 없는 날이 오면 더이상 무리의 대장이 될 수 없는 거야. 네가 처음 총회에 왔을 때 너를 꼼꼼히 살피던 늑대들도 이제 많이들 늙었어. 젊은 늑대들은 시어칸을 따르지. 인간의 새끼는 무리에 낄 자격이 없다고 믿어. 곧 넌 성인이 될 거고."

"형제들과 함께 뛸 수 없다면 성인이 다 무슨 소용이에요? 난 정글에서 태어났어요. 정글의 법칙을 따랐고, 늑대들 중에 내가 가시를 뽑아주지 않은 늑대는 없어요. 모두 내 형제들이라고요!"

바기라는 몸을 쭉 펴고 눈을 반쯤 감았다. "동생아, 내 턱 아래를 만져봐."

모글리는 튼튼한 갈색 팔을 들어 바기라의 매끈한 턱 바로 아래를 만졌다. 윤기 나는 털 아래로 강한 근육이 실룩거리는 그곳에 털이 안 난 부분이 있었다.

"나, 바기라에게 이런 흉터가 있다는 건 정글에서 아무도 몰라. 목줄을 했던 자국이지. 난 인간들 사이에서 태어났어. 어머니도 우데이포에 있는 왕의 궁전 안에 있던 우리에서 돌아가셨어. 네가 어린아이였을 때 총회에서 내가 너의 몸값을 지불한 건 이 때문이야. 나도 인간들 사이에서 태어났거든. 난 정글을 본 적이 없었어. 인간들은 쇠그릇에 먹을 걸 담아 창살 너머로 넘겨줬지. 그러던 어느 날 밤 갑자기 깨달았어. 난 흑표범 바기라다. 인간의 장난감이 아니다. 그래서 앞발로 한 방에 자물쇠를 부수고 달아났지. 인간의 방식을 배웠기 때문에 정글에서 시어칸보다 더 강할 수 있었던 거고. 그렇지 않나?"

"맞아요. 정글의 동물들은 모두 바기라를 두려워해요. 모글리만 빼고."

"넌 인간의 아이야." 아주 부드러운 목소리였다. "내가 정글로 돌아왔듯이 넌 인간의 세계로 결국은 돌아가야 해. 네 형제들이 있는 인간의 세계로. 물론 총회에서 죽임을 당하지 않을 경우에 말이지."

"하지만 누가, 왜, 나를 죽이고 싶어 한다는 거죠?"

"날 봐." 모글리가 바기라의 미간을 찬찬히 바라보았다. 삼십 초가 지나자 거대한 표범은 머리를 돌렸다.

"이게 이유야. 나도 널 똑바로 바라볼 수가 없어. 난 인간 사이에서 태어났고 널 사랑하는데도 말야. 다른 늑대들은 널 똑바로 볼 수 없기 때문에 널 미워해. 넌 영리하거든. 네가 늑대 발에서 가시를 뽑아줄 수 있기 때문에, 네가 인간이기 때문에 미워하는 거야."

"난 그런 건 몰랐어요." 뿌루퉁해진 모글리가 시커먼 눈썹 아래로 얼굴을 찡그렸다.

"정글의 법칙이 뭐지? 먼저 공격하고 그다음에 짖는다. 넌 대범해. 그걸로 늑대들은 네가 인간인 걸 알아보지. 하지만 현명해져야 해. 아켈라가 사냥에 실패하는 날이 오면―그런 날이 멀지는 않았어. 사냥감을 제압하는 게 점점 힘들어지고 있거든―무리는 아켈라에게 그리고 너에게 등을 돌릴 거야. 바위에서 정글 총회를 열겠지. 그러면, 그러면 나에게 생각이 있어." 바기라가 벌떡 일어났다. "빨리 골짜기로 내려가서 민가로 가. 거기서 인간들이 기르는 빨간 꽃을 가져와. 때가 왔을 때 너한테 나보다, 발루보다, 그리고 너를 사랑하는 늑대들보다 더 강한 친구가 되어줄 거야. 빨간 꽃을 가져와."

'빨간 꽃'이란 불이었다. 정글에서는 그 어떤 짐승도 불을 불이라 부르지 못했다. 불을 너무도 두려워해서 수백 가지 이름으로 묘사하는 것이었다.

"빨간 꽃? 해가 지면 집 밖에서 자라나는 그 꽃이오? 가져올게요."

"확실히 인간의 아이답구나." 바기라의 목소리에 자랑스러움이 묻어났다. "작은 그릇에 담겨 있어. 빨리 하나 가져다가 필요할 때를 대비해서 옆에 두도록 해."

"좋았어! 나 갈게요. 하지만," 표범의 멋진 목을 팔로 감고 큰 눈동자를 가만히 바라보며 모글리가 물었다. "이걸 다 시어칸이 꾸미고 있다는 게 확실해요?"

"날 자유롭게 해준 부서진 자물쇠에 걸고 맹세해. 정말이야, 꼬마 동생."

"그럼, 내 몸값이 되어준 황소에 걸고 말할게요. 시어칸에게 그대로 되갚아주겠어요. 아니, 조금 더 갚아줄 거예요." 모글리가 내달렸다.

"인간이구나. 정말 인간이야." 다시 배를 깔고 엎드리며 바기라가 말했다. "시어칸, 십 년 전 개구리 사냥이 너에게 불행의 씨앗이 되는 구나."

모글리는 정글 끝까지 내달렸다. 가슴에 불덩이가 타는 것 같았다. 저녁 안개가 피어오를 때쯤 동굴에 도착한 모글리는 숨을 들이쉬고 골짜기를 내려다봤다. 새끼들은 나가고 없었다. 마더울프는 동굴 안에서 모글리의 숨소리만 듣고도 뭔가 모글리의 심기를 건드리고 있음을 알았다.

"무슨 일이냐, 아들아?"

"시어칸에 얽힌 쓸데없는 이야기를 들었어요. 오늘은 갈아놓은 밭에서 사냥할 거예요." 모글리는 관목숲을 헤치고 골짜기 아래로 내달렸다. 모글리가 갑자기 멈춰섰다. 무리가 사냥하는 소리가 들렸던 것이다. 쫓기는 삼바의 울음소리, 뒤이어 궁지에 몰린 사슴이 콧김을 내뿜는 소리가 들려왔다. 그리고 젊은 늑대들이 악의에 차서 짖는 소리가 들려왔다. "아켈라! 아켈라! 고독한 늑대에게 힘 좀 써보라고 하자. 무리의 대장에게 사냥 기회를 내드리지. 일어나십시오, 아켈라!"

고독한 늑대가 뛰어올랐으나 먹이를 놓친 것이 틀림없었다. 이빨이 철컥 부딪치는 소리가 들리고 날카로운 비명이 뒤따랐다. 삼바가 앞발로 고독한 늑대를 걷어찼던 것이다.

모글리는 더이상 기다리지 않고 내달렸다. 경작지가 가까워지면서 늑대들이 짖는 소리는 점점 희미해졌다.

"바기라 말이 맞았어. 내일은 아켈라와 내게 아주 중요한 날이 되겠군." 모글리는 오두막 창문 옆에 쌓아둔 가축 사료 안에 몸을 웅크렸다.

창문에 얼굴을 바싹 대고 화로에 담긴 불을 바라봤다. 밤이 되자 남자의 부인이 일어나 시커먼 덩어리를 불에 먹이는 것이 보였다. 아침이 오고 차가운 안개가 하얗게 내리자 남자의 아이가 안을 흙으로 빚은 고리버들 옹기를 집어들고 그 안에 빨갛게 달아오른 석탄 덩어리를 집어넣었다. 담요 아래로 옹기를 껴안은 아이는 외양간의 소를 돌보러 나갔다.

"고작 저거야? 어린애가 할 수 있는 일이라면 두려워할 거 없겠군." 모글리는 성큼성큼 모서리를 돌아 아이와 마주했다. 손에서 그릇을 빼앗아 안개 속으로 사라졌다. 놀란 아이는 소리 높여 울었다.

"저 사람들은 나랑 정말 비슷하네." 여자가 했던 대로 그릇을 잡고 입으로 후후 바람을 불며 모글리가 말했다. "이건 내가 먹을 걸 안 주면 죽고 말 거야." 모글리는 잔가지와 마른 나무 껍질을 빨갛게 달아오른 석탄 덩어리에 떨어뜨렸다. 언덕을 반쯤 올라갔을 때 바기라를 만났다. 바기라의 몸에는 아침이슬이 월장석처럼 빛나고 있었다.

"아켈라가 사냥감을 놓쳤어. 어젯밤 죽일 수도 있었는데 모글리 너도 원하기 때문에 지금 언덕에서 널 찾고 있어."

"어제 경작지에 있었어요. 난 준비됐어요. 봐요!" 모글리가 불이 든 그릇을 치켜들었다.

"좋아. 사람들이 마른 나뭇가지를 그 안에 넣는 걸 봤어. 그럼 그 끝에서 빨간 꽃이 피어나. 넌 무섭지 않니?"

"아뇨. 무서울 이유가 없죠. 이제 기억나요. 꿈이 아니라면 말이에요. 내가 늑대가 되기 전에 저 빨간 꽃 옆에 누워 있었어요. 아주 따뜻하고 좋았어요."

그날 하루 종일 모글리는 동굴에서 불단지를 돌보며 마른 가지를 떨어뜨려 모양을 살폈다. 가장 만족스러운 나뭇가지를 찾아낸 모글리는 그날 저녁 타바키가 와서 총회가 열리는 바위로 나오라고 건방지게 말한 뒤 꽁지가 빠지게 도망가는 모습을 보고 맘껏 웃어주었다.

고독한 늑대 아켈라는 늘 앉던 바위 옆에 엎드려 있었다. 무리의 대장 자리가 비었음을 알리는 신호였다. 시어칸과 그 똘마니 늑대들이 한껏 으스대며 이리저리 어슬렁거리고 있었다. 바기라는 모글리 옆에 바짝 붙어 앉았고 불단지는 모글리의 무릎 사이에 놓여 있었다. 모두 모이자 시어칸이 연설을 시작했다. 아켈라가 혈기 왕성했을 땐 감히 하지 못했던 짓이었다.

바기라가 속삭였다. "시어칸한테는 저럴 권한이 없어. 그렇게 말해. 개의 아들이라고. 그럼 겁 좀 먹을 거야."

모글리가 벌떡 일어나 외쳤다. "자유족이여, 시어칸이 무리를 이끄는 겁니까? 호랑이가 어떻게 우리의 지도자가 될 수 있습니까?"

"대장 자리가 아직 비어 있고 연설을 부탁받았으므로," 시어칸이 말을 시작하자 모글리가 대꾸했다.

"누가 그런 부탁을 하던가요? 우리가 모두 자칼인가요? 소나 잡아

먹는 이런 작자에게 아양이나 떠는 자칼이냐고요. 무리의 지도자는 무리 안에서 나와야 합니다."

"조용히 해. 인간의 새끼인 주제에!" 시끄럽게 짖어대는 소리가 들려왔다. "모글리에게도 말할 권리가 있어. 우리의 법칙을 지켰다고." 마침내 무리의 어른들이 호통쳤다. "끝난 늑대에게 먼저 말할 기회를 줍시다." 무리의 대장이 사냥감을 놓치면 대개 오래 살아남지는 못하지만 살아 있는 동안은 '끝난 늑대'라 불리게 된다.

아켈라가 피곤한 듯 늙은 머리를 들어올렸다.

"자유족이여, 그리고 너희, 시어칸의 자칼들도 듣거라. 오랜 세월 동안 난 무리의 사냥을 이끌었고 내가 대장으로 있는 동안 덫에 걸리거나 불구가 된 늑대는 단 한 마리도 없었다. 난 이제 사냥감을 놓쳤다. 누가 이런 짓을 꾸몄는지는 너희가 더 잘 알 것이다. 한 번도 다루어본 적이 없는 사슴이 있는 곳으로 나를 일부러 유인해 내가 약하다는 걸 모두에게 보여주려고 했지. 아주 영악스럽게 잘 했어. 나를 여기 총회의 바위에서 죽이는 게 너희의 권리다. 그러므로 내가 묻는다. 누가 나서서 나를 끝장내겠는가? 정글의 법칙이 나에게 준 권리니, 어서 한 놈씩 덤벼라."

오랜 침묵이 흘렀다. 아켈라와 죽을 때까지 싸우기를 원하는 늑대는 한 마리도 없었기 때문이다. 그러자 시어칸이 외쳤다. "이빨 빠진 어리석은 늙은 늑대를 우리가 왜 상대해야 하지? 어차피 죽을 운명인걸! 너무 오래 살아남은 건 저 인간의 아이지. 자유족이여, 처음부터 저 아이는 내 먹이였소. 그 아이를 나에게 주시오. 인간늑대에 얽힌 이 어리석은 행태에 싫증이 나는군. 십 년 동안 저 아이는 정글을 어지럽

혔지. 나에게 저 아이를 주시오. 아니면 여기서 계속 사냥하면서 당신들에게는 뼈다귀 하나 주지 않을 작정이야. 저 아이는 인간이야. 인간의 아이라고. 뼛속 깊이 사무치도록 난 저 아이가 싫어!"

반 이상의 무리가 소리쳤다. "인간! 인간! 인간이 우리랑 무슨 상관이야? 자기 세계로 가라고 해."

시어칸이 말했다. "그럼 모든 마을 사람들이 우리의 적이 될 텐데? 그건 안 되지. 아이를 나에게 넘기시오. 그 아인 인간이야. 우리 중 어느 누구도 그 아이를 똑바로 바라볼 수 없어."

아켈라가 다시 머리를 들고 말했다. "그 아이는 우리와 음식을 나누었어. 우리와 함께 잠을 잤고 우리에게 사냥감을 몰아주었지. 정글의 법칙을 단 한 번도 어긴 적 없고."

"나는 그 아이를 무리에 받아들일 때 몸값을 지불했소. 황소 한 마리의 가치는 별거 아니지만 바기라의 명예는 중요해. 내 명예를 위해서라면 싸울 가치가 있는 거지." 바기라의 점잖은 목소리였다.

"십 년 전의 황소 한 마리!" 무리가 으르렁거렸다. "십 년 된 뼈다귀에 우리가 신경이나 쓸 것 같아?"

"맹세에도 신경을 안 쓰시겠다?" 입술 아래 하얀 이빨을 드러내며 바기라가 말했다. "그러고도 자유족이라고 할 수 있겠나?"

시어칸이 울부짖었다. "인간의 새끼는 그 누구도 정글의 동물들과 함께 뛸 수 없어. 그 아이를 나에게 넘겨!"

"피가 다를 뿐 모글리는 우리의 형제야." 아켈라가 말했다. "그런데 형제를 여기서 죽이려 하다니! 내가 너무 오래 살았군. 너희 중 몇몇은 소를 먹지. 내가 듣기로 또다른 몇몇은 시어칸이 가르친 대로 어두운 밤, 마을에 숨어들어 아이들을 잡아온다더군. 이런 겁쟁이들에게 내가 말한다. 내가 죽는다는 것은 기정사실. 이미 내 목숨은 아무 가치도 없어. 그럴 가치만 있다면 저 인간의 아이를 살리기 위해 기꺼이 내놓겠지만 말이야. 대장이 없으니 명예고 뭐고 다 잊은 모양이지만, 무리의 명예를 걸고 내가 약속하지. 저 인간의 아이가 자기 자리로 가도록 해주면 너희 털 끝 하나 건드리지 않겠다고 말이야. 난 싸우지 않고 죽겠어. 그럼 무리에서 적어도 세 목숨은 구할 수 있다. 내가 할 수 있는 일은 거기까지야. 하지만 그렇게 한다면 아무런 잘못도 없는 형제를 죽였다는 치욕은 면할 수 있지. 발루가 대변인을 자처하고 바기라가 몸값을 지불해서 정글의 법칙에 따라 우리와 한 식구가 된 형제를 죽이는 치욕 말이야."

"그 아이는 인간이야. 인간이라고, 인간!" 무리가 으르렁거렸다. 늑대들은 대부분 시어칸 주변으로 모여들고 있었다. 시어칸의 꼬리가 움직이기 시작했다.

바기라가 모글리에게 말했다. "자, 이제 네 손에 달렸어. 싸우는 수밖에는 없어."

손에 불단지를 들고 모글리가 일어섰다. 팔을 쭉 뻗고 보란 듯이 하품을 했다. 하지만 속은 분노와 슬픔으로 들끓고 있었다. 그동안 늑대들은 늑대답게 자기들이 얼마나 모글리를 증오하는지 드러내지 않기 때문이다. 모글리가 외쳤다. "잘 들으세요. 시어칸이 뭐라고 떠들든 그건 중요한 게 아닙니다. 목숨이 다하는 순간까지 여러분과 같은 늑대이기를 바랐지만, 여러분은 오늘 밤 아주 여러 번 제가 인간이라고 말하는군요. 그래요. 여러분 말이 사실이라는 걸 알겠어요. 이제 더이상 당신들을 내 형제라 부르지 않겠습니다. 인간들이 말하는 대로 개라고 부르죠. 당신들이 뭘 할 건지, 혹은 안 할 건지, 그건 당신들이 결정할 일이 아닙니다. 제가 결정할 일이죠. 여러분의 이해를 돕기 위해 나, 인간은 당신들, 즉 개가 두려워하는 빨간 꽃을 조금 가져왔습니다."

모글리는 불단지를 땅에 던졌다. 빨간 석탄이 마른 이끼가 붙은 잔디 한 줌을 활활 태웠고, 스멀거리는 불꽃 앞에서 늑대들은 두려움에 떨며 뒤로 물러났다.

모글리가 죽은 가지를 쑤셔넣자 탁탁 소리를 내며 불이 붙었다. 겁에 질린 늑대들 사이에서 모글리는 불붙은 가지를 머리 위로 빙글빙글 돌렸다.

낮은 목소리로 바기라가 말했다. "이제 네가 대장이야. 아켈라를 구해야 해. 아켈라는 너의 친구였잖아."

일생 동안 단 한 번도 자비를 구해본 적이 없는 아켈라는 가련한 눈빛으로 모글리를 한 번 바라봤다. 아무것도 걸치지 않은 소년의 머리카락이 타오르는 불빛 속에 어깨 위로 찰랑거렸다. 떨고 있는 늑대의 그림자가 불빛 아래 어른거렸다.

천천히 주위를 살피며 모글리가 말했다. "좋아. 너희가 개라는 걸 알겠군. 너희를 떠나 내 종족에게 돌아가겠어. 만약 그들을 내 종족이라 부를 수 있다면 말이야. 이제 정글에 들어갈 수 없는 몸이니 너희의 말과 너희와 함께했던 순간들을 모두 잊어야겠지. 하지만 난 너희보다는 자비로워. 인간들 사이에 산다고 피를 나눈 형제처럼 지냈던 너희를 배신하지는 않을 거야. 너희는 나를 배신했지만 말이야." 모글리가 불을 걷어차자 불꽃이 일었다. "우리 인간과 늑대 무리 사이에 전쟁은 없을 거야. 하지만 떠나기 전에 빚은 청산해야지." 모글리는 멍청한 표정으로 불꽃을 바라보며 눈만 껌뻑거리고 있는 시어칸에게 성큼성큼 다가가 턱 부분의 털을 움켜쥐었다. "일어나, 이 개야! 인간이 말하면 들어야지. 그러지 않으면 털을 몽땅 태워버릴 거야."

불꽃을 들이밀자 시어칸은 귀를 바짝 눕혀 머리에 붙이고 눈을 감았다.

"소나 잡아먹는 이놈은 내가 아기였을 때 나를 잡아먹지 못했으니 총회에서 나를 죽여야겠다고 별러왔지. 자, 그럼 인간은 어떻게 개를 잡나? 이렇게, 이렇게. 절뚝발이, 털끝 하나만 움직여봐. 빨간 꽃을 목구멍에 쑤셔넣어줄 테니." 모글리가 불붙은 나뭇가지로 머리를 치자 호랑이는 두려움에 떨며 낑낑거렸다.

"흥! 고양이 같은 놈. 꺼져! 다음번에 인간으로 총회에 올 때는 머리에 시어칸 가죽을 두르고 올 테다. 하나 더, 아켈라는 자유야. 어디든 가고 싶은 곳으로 간다. 누구도 절대 아켈라를 죽여선 안 돼. 그건 내 뜻이 아니니까. 그리고 너희, 뭐 대단한 존재라도 되는 양 혀를 축 늘어뜨리고 여기 앉아 있는 짓거리, 이제 그만해. 너희는 나한테 쫓겨나는 개일 뿐이니까. 어서 꺼져!" 나뭇가지 끝에서 불이 성난 듯 타올랐고 모글리는 원을 돌며 불꽃을 휘둘렀다. 불꽃에 털을 덴 늑대들은 울부짖으며 달아났다. 아켈라, 바기라, 그리고 모글리 편을 들었던 열 마리 정도의 늑대만 남았다. 모글리는 뭔가 마음이 쿡쿡 쑤시는 것 같았다. 전에 느껴보지 못한 감정이었다. 숨죽여 흐느끼는 모글리의 얼굴 위로 눈물이 흘러내렸다.

"이게 뭐지? 이게 뭐야? 난 정글을 떠나고 싶지 않아. 이게 뭔지 모르겠어. 바기라, 나 죽는 거야?"

"아니야, 동생. 인간에게만 있는 눈물이라는 거지. 이제 정말 알겠다. 네가 더이상 인간의 새끼가 아니라 진정한 인간이라는 사실을. 이제부터 너는 정글에 들어오지 못해. 모글리, 그냥 떨어지게 놔둬. 눈물일 뿐이야." 모글리는 주저앉아 하염없이 울었다. 심장이 터져버릴 것 같았다.

"이제 인간들에게 가겠어. 하지만 엄마한테 인사는 해야지." 동굴로 들어간 모글리는 마더울프의 털에 고개를 묻고 울었다. 늑대 형제 네 마리가 구슬피 짖었다.

"날 잊지는 않을 거지?"

"흔적만 찾을 수 있다면 잊을 리가 없지." 형제들이 말했다. "인간이 되면 언덕 기슭으로 와. 그럼 우릴 볼 수 있어. 밤이면 우리가 경작지로 가서 너랑 놀게."

"곧 돌아오거라. 영리한 우리 개구리, 곧 돌아와야 해. 네 엄마랑 나는 이제 늙었구나." 파더울프의 말이었다.

마더울프가 말했다. "곧 돌아오거라. 우리 아기. 잘 들어라. 내가 낳은 새끼들보다 널 더 사랑했어."

"꼭 돌아오겠어요. 그때는 시어칸의 가죽을 벗겨 총회가 열리는 바위로 갈 거예요. 절 잊지 마세요. 정글에도 말해주세요. 절 잊지 말라고요."

새벽이 동터올 때 모글리는 인간이라 불리는 신비한 세상을 경험하러 혼자 언덕을 내려갔다.

시오니 무리의 사냥 노래

동이 트올 때 삼바가 울음소리를 냈다.

한 번, 두 번, 그리고 또!

그러자 암사슴 한 마리가 뛰어올랐다, 암사슴 한 마리가

야생사슴이 목을 축이는 숲속 연못에서 뛰어올랐다.

그것을 혼자 정찰 나온 내가 보았다.

한 번, 두 번, 그리고 또!

동이 트올 때 삼바가 울음소리를 냈다.

한 번, 두 번, 그리고 또!

그러자 늑대 한 마리가 되돌아갔다, 늑대 한 마리가

기다리는 무리에게 그 소식을 전하러 되돌아갔다.

그리고 우리는 그의 자취를 찾았고, 발견했고, 짖어대며 뒤따랐다.

한 번, 두 번, 그리고 또!

동이 트올 때 늑대의 무리가 외쳤다.

한 번, 두 번, 그리고 또!

자국을 남기지 않는 정글 속의 발소리!
어둠 속에서―어둠 속에서 볼 수 있는 눈!
냄새―냄새를 맡으며 짖어라! 들어라! 오, 들어라!
한 번, 두 번, 그리고 또!

카의 사냥

얼룩점은 표범의 환희, 뿔은 물소의 자랑.

몸을 청결히 하라, 사냥꾼의 힘은 가죽의 광택으로 알 수 있으니.

수송아지한테 받히거나 눈썹 짙은 사슴 뿔에 받힐 수 있음을 알게 되더라도

하던 일을 멈추고 우리에게 알릴 필요는 없다.

우리는 일찍이 알고 있으니.

낯선 자의 새끼들을 괴롭히지 말고, 그들을 형제자매로 맞아주어라.

그들이 어리고 서투르더라도, 곰의 새끼일지도 모르는 일이니.

"나 같은 자는 없다!" 처음 사냥을 한 꼬마가 잘난 체하며 이렇게 말한다.

하지만 정글은 넓고 꼬마는 작다. 그러니 신중하고 조심스럽게 행동하도록.

_발루의 가르침

여기서 하는 이야기는 모글리가 시오니 늑대 무리를 떠나기 얼마 전, 혹은 호랑이 시어칸에게 복수하기 얼마 전에 일어난 일이다. 발루가 모글리에게 정글의 법칙을 가르치고 있던 때였다. 진지하고 거구에다 나이 많은 갈색 곰은 너무나 영리한 제자에 반해 있었다. 어린 늑대들은 정글의 법칙 중에서도 자기 무리와 종족에게 적용되는 것들만을 겨우 배웠다. 그리고 대개는 사냥 노래를 암송할 수 있게 되면 달아나버렸다. "소리없는 발걸음, 어둠을 꿰뚫는 눈동자, 바람 소리를 듣는 귀, 날카로운 하얀 이빨, 이것이야말로 우리 형제임을 나타내는 표식이다. 단 우리가 증오하는 자칼 타바키와 하이에나는 예외." 하지만 인간의 새끼인 모글리는 이보다 훨씬 더 많은 걸 배워야 했다. 가끔 검은 표범 바기라가 정글을 가로질러 어슬렁거리며 귀염둥이 모글리가 어떻게 지내는지 보러 오곤 했다. 바기라는 나무에 기대앉아 그가 그날 배운 것을 발루 앞에서 외우는 모습을 흐뭇한 듯 바라보곤 했다. 소년은 수영뿐만 아니라 달리기도 잘했고 나무도 잘 탔다. 그래서 발루는 숲의 법칙과 물의 법칙을 모두 가르쳤다. 썩은 가지와 튼튼한 가지를 구별하는 법, 땅에서 오십 피트 떨어진 벌집에 다가갈 때 벌들에게 공손히 말하는 법, 대낮에 나뭇가지에서 자고 있는 박쥐 망을 깨웠을 때 해야 할 말, 물웅덩이에 첨벙 뛰어들기 전에 물뱀에게 경고하는 방법. 정글의 모든 식구는 방해받는 걸 좋아하지 않아 침입자에게는 언제든 달려들 준비가 되어 있기 때문이다. 이방인의 사냥 신호도 배웠다. 정글에서는 자기 구역을 벗어나 사냥을 할 때면 대답이 있을 때까지 이 신호를 반복해야 했다. 번역하자면, "배가 고프니 이곳에서의 사냥을 허락해주시오"라는 의미였다. 이때 돌아오는 대답은 "먹이를 위해서라면 사냥하시오. 하지만 재미로는 허락할 수 없소"였다.

이 정도면 모글리가 배워야 했던 게 얼마나 많았는지 짐작이 갈 것이다. 게다가 모글리는 똑같은 말을 백 번 이상 반복해야 하는 걸 아주 지겨워했다. 어느 날 모글리가 매를 맞고 화가 나서 달아나자 발루가 바기라한테 말했다. "인간은 인간이야. 그렇기에 더욱 모글리는 정글의 법칙을 모두 배워야 해."

자기 방식대로라면 모글리의 버릇을 모두 망쳐놓을 검은 표범이 말했다. "하지만 아직 너무 어려. 자네의 그 장황한 말을 그 작은 머리에 어떻게 다 담겠어?"

"너무 어려서 먹이가 되지 못하는 존재가 정글에 어디 있던가? 없어. 그래서 내가 이런 걸 가르치는 거고. 그래서 잊어버리면 때려주는 거야. 아주 살살."

"살살이라고! 그게 뭔지나 알아? 발은 꼭 쇠망치 같아가지고. 오늘만 해도 그래. 모글리 얼굴이 온통 멍투성이잖아. 그러고도 살살이라고?"

"몰라서 당하는 것보다는 자기를 사랑해주는 나한테 머리끝부터 발끝까지 얻어맞는 게 낫지." 발루가 진지하게 대답했다. "지금은 정글에서 꼭 필요한 필수어를 가르치고 있어. 맹금류와 뱀류, 그리고 모글리 무리를 제외한, 네 발로 사냥하는 모든 짐승에게서 모글리를 보호해줄 거야. 필수어만 기억할 수 있으면 정글의 모든 것들로부터 보호를 요청할 수 있거든. 그러기 위해서라면 조금 맞아도 되지 않겠어?"

"글쎄, 어쨌든 그러다 죽이지 않게 조심해. 모글리는 나무기둥이 아니야. 괜히 애한테 뭉툭해진 발톱 갈아댈 생각은 말라고. 근데 그 필수어라는 게 뭐야? 난 도움을 요청하기보다는 도와줄 확률이 더 높기는 하지만. 그래도 알고 싶은걸." 바기라는 한 발을 쭉 뻗고 그 끝에 달린 푸르스름한 쇳빛의 강력한 조각칼 같은 발톱을 감탄하듯 바라봤다.

"모글리를 부르자. 그 아이가 알려줄 거야. 모글리!"

"아직도 머리가 벌집처럼 윙윙 울려요." 화가 잔뜩 난 모글리가 나무를 타고 미끄러져내려오며 퉁명스러운 목소리로 말했다. 땅에 발을 디디며 한마디 더 했다. "늙은 뚱뚱보 아저씨 발루가 아니라 바기라 보러 왔어요."

이 말에 상처받은 발루, 하지만 아무렇지도 않은 듯 말했다. "그러나저러나 나한테는 마찬가지야. 오늘 나한테 배운 정글의 필수어를 바기라에게 말해보렴."

자랑할 기회가 생긴 모글리가 신나서 물었다. "어느 종족의 필수어요? 정글에는 언어가 많잖아요. 난 다 할 줄 알아요."

"조금 알지. 많이 아는 건 아니야. 이것 좀 보게, 바기라. 아이들은 선생님한테 감사할 줄을 몰라. 나중에 찾아와서 가르쳐줘서 감사하다고 인사하는 어린 늑대는 한 마리도 없어. 일등 학생, 그럼 사냥족의 필수어를 말해봐."

"너와 나, 우리는 하나의 핏줄이야." 모든 사냥족이 사용하는 곰의 억양으로 모글리가 말했다.

"좋아. 이제 새들의 필수어."

문장 끝에 솔개의 휘파람 소리를 넣어 모글리가 뭐라 외쳤다.

"이제 뱀족."

이번 대답은 뭐라 옮기기 어려운 쉿쉿거리는 소리였다. 모글리는 발을 뒤로 차고 손뼉을 치며 스스로 박수를 보냈다. 그러고는 바기라의 등에 올라타 비스듬히 앉아서는 매끄러운 피부를 발뒤꿈치로 두드리며 자기가 생각하기에 가장 흉한 표정을 발루에게 지어 보였다.

갈색 곰이 부드럽게 말했다. "그래, 그래. 그 정도면 어느 정도 복수는 됐다. 언젠가는 너도 나를 기억하게 될 거야." 옆으로 고개를 돌린 발루는 바기라에게 야생코끼리 하티에게 사정사정해서 뱀족의 필수어를 알아낸 사연을 이야기했다. 하티는 이 분야의 대가였으며 모글리를 물웅덩이로 데려가 물뱀에게서 뱀의 필수어를 배우게 해주었다. 발루는 뱀의 필수어를 발음할 수 없었기 때문이다. 지금껏 모글리가 정글에서 사고 없이 비교적 안전하게 지낼 수 있었던 이유는 뱀도, 새도, 야수도 모글리를 해치지 않았기 때문이다.

"그래서 이젠 아무도 두려워할 필요가 없어." 털이 덥수룩한 배를 두드리며 발루가 자랑스럽게 말했다.

바기라가 낮은 목소리로 말을 받았다. "자기 종족만 빼면." 그리고 모글리를 향해 큰 소리로 외쳤다. "동생! 내 갈비뼈 좀 봐주라. 왜 이리 위아래로 춤을 추고 난리야?"

모글리는 자기 말을 들어달라고 바기라의 어깨 털을 잡아당기며 발로 옆구리를 차고 있었다. 발루와 바기라가 자기 말에 귀를 기울이자 모글리는 목청껏 외쳤다. "난 나만의 종족을 가질 거예요. 그리고 하루 종일 나뭇가지 사이로 종족을 이끌고 다닐 거예요."

"어린 몽상가야, 이건 또 무슨 잠꼬대 같은 헛소리야?" 바기라가 말했다.

"그리고 늙은 발루한테 나뭇가지랑 먼지를 집어던질 거예요. 그들이 그런다고 약속했어요."

발루가 큰 발로 모글리를 바기라의 등에서 떼어냈다. 커다란 곰의 앞발 사이에 앉은 아이는 발루가 화났다는 걸 알 수 있었다.

"모글리, 너 원숭이족 반다로그*랑 얘기했지?"

모글리는 바기라를 바라보았다. 바기라도 화가 났는지 궁금했기 때문이다. 바기라의 눈은 옥석처럼 굳어 있었다.

"회색 원숭이들이랑 어울리다니. 무법자들, 아무거나 먹어치우는 그놈들이랑 말이야. 진짜 부끄러운 짓이야."

"발루가 머리를 때려서 내가 도망쳤을 때 회색 원숭이들이 나무에

---

* 힌두어로 원숭이라는 뜻의 '반다'와 사람들이라는 뜻의 '로그'를 합친 말.

서 내려와서 불쌍하다고 날 달래줬어요. 아무도 신경쓰지 않았는데 말예요." 모글리가 코를 실룩거리며 불쌍한 소리로 말했다.

"회색 원숭이의 동정이라니! 차라리 산속 개울이 잠잠하게 고여 있고, 여름 햇볕이 시원하다고 해라! 인간의 아이야, 그러고는 어떻게 했니?"

"그러고는, 그러고는 나한테 나무 열매들과 맛있는 것도 줬어요. 나를 팔에 안고 나무 꼭대기로 올라가서, 꼬리가 없는 것만 빼면 내가 자기들이랑 피를 나눈 형제라고 했어요. 언젠가는 내가 자기들의 지도자가 될 거래요."

바기라가 말했다. "회색 원숭이한테는 지도자가 없어. 거짓말이야. 언제나 거짓말만 한다고."

"나한테는 아주 잘해줬어요. 또 오라고 하던걸요. 왜 원숭이족한테 가면 안 되죠? 그들은 나처럼 두 발로 서고, 커다란 앞발로 날 때리지도 않아요. 하루 종일 놀고요. 날 일으켜줘요, 발루. 발루 나빠요. 나 일어날 거야. 또 회색 원숭이랑 놀 거라고요."

"인간의 아이야. 잘 들어." 발루의 목소리는 한여름 밤 천둥처럼 울려퍼졌다. "난 너에게 정글의 법칙을 모두 가르쳤어. 나무에 사는 원숭이족만 빼고 모든 짐승들을 위한 정글의 법칙을. 원숭이족한테는 법칙이 없어. 추방자들이라고. 자기 언어도 없어. 나뭇가지 위에 앉아서 엿보고 엿들은 말을 훔쳐 사용하지. 그들은 우리와 사는 방식이 달라. 원숭이족에겐 지도자가 없어. 기억도 없고. 당장이라도 정글에서 뭔가 엄청난 일을 벌일 대단한 종족이라고 허풍을 떨며 재잘거리다가도 밤 떨어지는 걸 보고 웃고 나면 다 잊어버린다고. 정글의 동물들은 원숭이족과 어울려서는 안 돼. 우리는 원숭이들이 물 마시는 곳에서는 물 마시지 않고, 원숭이들이 사냥하는 곳에서는 사냥하지 않아. 그들이 죽는 곳에서는 죽지도 않지. 오늘까지 내가 한 번이라도 반다로그에 대해 말하는 걸 들어본 적 있니?"

"아뇨." 모글리가 속삭이듯 대답했다. 발루가 말을 끝내자 숲이 너무나도 고요해졌던 것이다.

"정글족은 회색 원숭이에 대해서는 아예 입에 올리지도 않아. 생각도 하지 않고. 그들은 수도 아주 많고 사악하고 더럽고 파렴치해. 그놈들에게 소망이라고 할 만한 게 있다면 바로 우리 정글족의 눈에 띄는 것이지. 하지만 녀석들이 우리 머리 위에 밤과 오물을 던져도 우리는 아는 척하지 않아."

발루가 말을 마치자마자 나뭇가지 사이로 밤과 잔가지가 소나기처럼 떨어졌다. 가느다란 가지 사이로 콜록거리고 아우성치며 화가 잔뜩 나서 펄펄 뛰는 소리가 들려왔다.

"정글족에겐 원숭이족과 어울리는 게 금지되어 있어. 기억해라."

바기라가 말을 받았다. "물론이지. 발루가 원숭이족 이야기를 미리 해주었어야 한다고 생각해."

"내가? 모글리가 그렇게 더러운 것들과 놀 거라고 상상이나 했겠어? 원숭이족이라니, 세상에."

밤과 잔가지가 머리 위로 한 차례 더 쏟아져내렸다. 발루와 바기라는 모글리를 데리고 빠른 걸음으로 자리를 피했다. 발루의 말은 사실이었다. 원숭이는 나무 위에 살았고 다른 짐승들이 하늘을 올려다볼 일은 거의 없었기 때문에 사실 원숭이들과 정글족이 서로 맞부딪칠

일은 없었다. 하지만 원숭이들은 병든 늑대나 상처 입은 호랑이, 혹은 곰을 못살게 굴었고 아무 동물한테나 견과나 나뭇가지를 던졌다. 재미로 그러기도 했고 누가 자기들을 봐줬으면 하는 바람으로 그러기도 했다. 그러고 나서는 꽥꽥 소리를 지르며 아무 뜻도 없는 노래를 불러댔다. 때로는 나무로 올라와서 싸우자고 정글족에게 덤비기도 했고, 때로는 아무 일도 아닌 걸 가지고 자기들끼리 무섭게 싸우고 나서는 싸우다 죽은 원숭이를 정글족이 볼 수 있는 곳에 버리기도 했다. 언제나 말로는 이제 곧 지도자와 자기들만의 법, 관습이 생길 거라 떠들었지만 항상 말뿐이었다. 그들의 기억력은 하루를 넘기지 못했기 때문이다. 그래서 이런 말로 만사를 타협하곤 했다. "반다로그가 지금 생각하는 것을 정글은 한참 후에야 생각할 것이다." 이 말은 그들에게 정말 많은 위로가 되었다. 정글의 동물 중 이들에게 손이 닿는 종족은 없었다. 하지만 뒤집어 생각하면 이 원숭이들에게 관심을 갖는 종족도 없었다. 그래서 모글리가 놀러 와서 발루가 얼마나 화가 났는지 들었을 때 원숭이들이 그렇게 좋아했던 것이다.

　원숭이들은 더이상의 뭔가를 하려고 하지 않았다. 반다로그가 뭔가를 한다는 것은 불가능했다. 그런데 원숭이 한 마리가 제 딴엔 대단하다며 아이디어를 하나 내놓았던 것이다. 그 원숭이는 다른 원숭이들에게 모글리를 가까이하면 아주 유용할 것이라고 말했다. 모글리가 나뭇가지를 엮어 바람 막을 도구를 만들 줄 아니 그를 잡아 방법을 가르쳐달라고 하자는 것이었다. 물론 나무꾼의 아들인 모글리는 모든 종류의 본능을 물려받았다. 배우지 않았어도 떨어진 나뭇가지로 작은 오두막을 척척 만들었다. 나무 위에서 이를 지켜보던 원숭이족은 정말 멋지다고 생각했다. 원숭이들은 이번에야말로 지도자를 얻어 정글에서 가장 현명한, 누구도 무시하지 못하고 부러워할 종족이 될 거라했다. 그래서 원숭이들은 발루와 바기라, 모글리를 조용히 따라와서 낮잠 시간을 기다렸다. 모글리는 자기가 한 짓을 부끄러워하며 원숭이들과는 절대 어울리지 않겠다 결심하고 표범과 곰 사이에 잠이 들었다.

그다음 모글리가 기억하는 건 거칠고 단단하고 작은 손들이 자신의 다리와 팔을 만지고 있었다는 것과 얼굴을 나뭇가지로 얻어맞았다는 것이다. 모글리는 흔들리는 나무 아래를 내려다보았다. 발루가 우렁찬 외침으로 정글을 깨우고 있었고 바기라는 이빨을 모두 드러내고 나무를 뛰어오르고 있었다. 승리에 취한 반다로그의 외침이 들렸다. 그들은 바기라가 따라오지 못할 높은 가지로 달아나며 이렇게 외쳤다. "바기라가 우리를 봤어, 우릴 봤다고. 모든 정글족이 우리의 기술과 꾀를 우러러볼 거야." 그러고는 비행을 시작했다. 나무나라를 누비는 원숭이족의 비행은 아무도 묘사할 수 없다. 통행로와 교차로, 오르막과 내리막이 있는 비행. 땅에서 오십이나 칠십, 혹은 백 피트 떨어져 있는 이런 길을 이용해서 원숭이들은 밤에도 움직일 수 있었다. 가장 힘이 센 원숭이 두 마리가 모글리를 양옆에서 잡고는 나무 꼭대기 사이를 날았다. 한 번 뛰어오를 때마다 이십 피트씩 움직였다. 모글리가 없었으면 두 배는 더 빨리 갈 수 있었겠지만 모글리의 무게 때문에 더이상은 속도를 낼 수 없었다. 메스껍고 어지럽기는 했지만 모글리에게는 정말 신나는 비행이었다. 물론 저 아래 언뜻언뜻 보이는 땅이 너무 무섭기는 했다. 텅 빈 하늘에서 나뭇가지를 바꾸어 탈 때는 몸이 뒤틀리고, 갑자기 멈출 때는 심장이 위로 올라붙는 것만 같았다. 모글리를 잡은 두 원숭이는 맨 꼭대기 가장 가느다란 가지까지 정신없이 올라가서 그 가지가 발밑에서 부러지는 것을 느끼며 다시 몸을 구부려 하늘로 날아올랐다. 그러고는 아래로 떨어지면서 손이나 발로 다음 나무의 낮은 쪽에 있는 굵은 가지에 매달렸다. 고요하고 푸른 정글 수마일이 이따금 시야에 들어왔다. 돛대 꼭대기에 서면 수마일의 바다를 볼 수 있는 것처럼 말이다. 그러고 나면 가지와 나뭇잎이 얼굴을 휘갈겼고, 다음 순간에는 다시 땅에 거의 닿을 듯 곤두박질쳤다. 이렇게 뛰어오르고 부딪히고 아우성치며 반다로그족은 나무 사이를 날아다녔다. 모글리는 이들에게 붙잡힌 신세였다.

처음 얼마 동안은 떨어지면 어쩌나 걱정이 되었다. 그러다 화가 나기 시작했고, 그다음에는 원숭이들에게 몸을 맡기는 게 낫겠다고 판단했다. 그러면서 모글리는 생각을 굴리기 시작했다. 우선 할 일은 발루와 바기라에게 자신의 위치를 전하는 것이었다. 이런 속도라면 발루와 바기라가 도저히 따라오지 못할 터였다. 아래를 내려다봐야 나무 꼭대기밖에는 보이지 않았다. 모글리는 눈을 들어 저 멀리 하늘을 보았다. 솔개 칠이 죽어서 먹이가 될 놈이 없나 정글을 살피며 빙글빙글 맴돌고 있었다. 칠은 원숭이들이 뭔가를 운반하는 걸 보고는 수백 야드를 급강하하여 먹이가 될 만한 물건인지 살폈다. 그러다 모글리가 나무 꼭대기로 끌려 올라가며 "우리는 한 핏줄, 너와 나"라고 솔개에게 외치는 소리를 듣고는 깜짝 놀라 날카롭게 울어댔다. 나뭇가지에 가려 아이가 보이지 않았지만 칠은 균형을 잡고 옆 나무로 움직였다. 조그만 갈색 얼굴이 다시 올라오는 게 보였다. 모글리가 외쳤다.

"내가 어디로 가는지 잘 봐줘. 그리고 시오니 무리의 발루와 총회 바위의 바기라에게 전해줘."

"형제여, 누구의 이름으로 이 말을 전할까?" 모글리에 대해 들어본 적은 있지만 직접 만나본 적은 없는 칠이었다.

"개구리 모글리. 동물들은 나를 인간의 새끼라고 불러. 내가 어디로 끌려가는지 봐줘."

공중을 날고 있던 터라 모글리의 마지막 말은 거의 비명에 가까웠다. 하지만 칠은 고개를 끄덕이며 높이 날아올랐다. 칠의 몸이 거의 점으로밖에 보이지 않았다. 그곳에서 칠은 망원경과 같은 눈으로 납치된 모글리가 지나가는 곳의 나무 꼭대기들이 흔들리는 것을 지켜보았다.

"결코 멀리 가지는 못해." 킬킬 웃으며 칠이 말했다. "마음먹은 걸 끝까지 하는 법이 결코 없지. 언제나 새로운 일을 집적거리는 게 반다로 그거든. 이번에는 자기 무덤을 팠어. 발루도 애송이가 아니고 내가 아는 바기라 역시 보통 사냥꾼은 아니지."

칠은 가만히 발을 모으고 날개를 살살 흔들며 기다렸다.

한편 발루와 바기라는 슬픔과 분노로 제정신이 아니었다. 바기라는 전에 한 번도 오르지 않았던 높이까지 나무를 기어올랐지만, 가는 나뭇가지는 바기라의 무게를 견디지 못하고 부러졌다. 바기라는 미끄러졌고 발톱에는 나무껍질만 잔뜩 끼었다.

"왜 모글리한테 미리 얘기해주지 않은 거야?" 바기라가 불쌍한 발루에게 소리를 질렀다. 원숭이들을 따라잡아보겠다고 뛰었지만 어색하기만 한 불쌍한 발루였다. "그런 얘기도 안 해줄 거면서 때리기는 왜 때려? 애 잡을 일 있어?"

"빨리, 빨리. 아직은 원숭이들을 잡을 수 있어." 발루가 헐떡였다.

"그 속도로! 다친 소 한 마리도 따라잡지 못할 거면서. 정글의 법칙을 가르치는 선생님이라고? 어린 것이나 때리는 주제에. 그렇게 이리저리 굴러다니면 열받아 죽을 거야. 가만히 앉아서 생각을 하라고! 계획을 짜. 쫓아갈 때가 아니야. 우리가 너무 가깝게 다가가면 모글리를 떨어뜨려버릴지도 몰라."

"데리고 다니는 데 지쳐서 벌써 떨어뜨렸는지도 모르지. 반다로그를 어떻게 믿겠어? 내 머리 위에 죽은 박쥐를 올려줘. 내 입 속에 시커먼 뼈를 던져줘. 꿀단지에 굴려서 벌에 쏘여 죽게 해. 그리고 내가 죽으면 하이에나랑 같이 묻어줘. 정말 비참하거든. 모글리, 모글리! 내가 왜 너한테 원숭이족 이야기를 해주지 않았을까? 머리나 쥐어박지 말고 이 이야기를 해줬어야지. 혹시 나한테 맞아서 오늘 배운 거 다 잊어버리고 필수어도 기억하지 못한 채 정글에 혼자 버려진 거 아닐까?"

발루는 큰 발로 머리를 감싸쥔 채 앓는 소리를 내며 이리저리 쿵쿵거리며 다녔다.

"조금 전에 내 앞에서 모든 필수어를 정확히 암기했어." 바기라가 신경질적으로 말했다. "발루, 넌 기억력도 없고 자존심도 없구나. 만약나 흑표범이 호저 이키처럼 몸을 말아서 울부짖으면 정글이 뭐라 하겠니?"

"정글이 뭐라 생각하든 그게 나랑 무슨 상관이야? 지금쯤 모글리가 죽었을지도 모르는데."

"원숭이들이 재미 삼아 모글리를 떨어뜨리거나 심심해서 죽이지 않는 한, 난 모글리를 믿어. 모글리는 현명하고 잘 배웠고, 무엇보다 정글족을 두려움에 떨게 하는 눈을 가졌어. 하지만 (이게 제일 문제되는 부분인데) 모글리는 지금 반다로그의 수중에 있고, 반다로그는 나무 위에 살기 때문에 아무도 두려워하지 않는다는 거지." 바기라는 생각에 잠긴 채 앞발을 핥았다.

"난 정말 바보야. 뿌리나 파는 뚱뚱한 바보 갈색 곰." 웅크렸던 몸을 휙 펴며 발루가 말했다. "야생코끼리 하티가 한 말이 맞아. 저마다 두려워하는 게 따로 있다고 했어. 반다로그가 두려워하는 건 비단구렁이 카야. 원숭이들만큼 나무를 잘 타고 밤이면 어린 원숭이들을 훔쳐가거든. 카의 이름만 속삭여도 원숭이들은 그 사악한 꼬리가 서늘해지지. 카에게 가자."

"카가 우리에게 뭘 해주겠어? 우리 종족도 아닌데. 발 없는 동물이라고. 게다가 그 사악한 눈은 어떻고."

"카는 나이가 아주 많고 영리해. 무엇보다 언제나 배가 고프지. 염소를 여러 마리 주겠다고 하자." 발루가 희망에 차서 말했다.

"카는 일단 먹고 나면 한 달 동안 꼬박 잠을 자. 지금 자고 있을지도 몰라. 깨어 있다 하더라도 차라리 자기가 직접 염소들을 잡겠다고 하면 어떻게 해?" 카를 잘 모르는 바기라는 당연히 의심이 많았다.

"그럴 경우에는 너랑 내가 그렇게 해야 하는 이유를 만들어내면 되지." 발루가 색이 바랜 갈색 어깨를 바기라에게 부벼댔고 둘은 바위뱀 카를 찾아나섰다.

카는 오후 햇볕을 쬐며 따뜻한 바위 턱에 몸을 쭉 펴고 앉아 있었다. 지난 열흘간 들어앉아 허물을 벗은 카는 빛나는 새 가죽을 감탄 어린 눈빛으로 바라보고 있었다. 뭉툭한 코가 달린 얼굴을 슉슉 내밀며 삼십 피트 몸을 환상적으로 꼬고 앉아 저녁으로 뭘 먹을까 생각하며 입술을 핥고 있었다.

"아직 식사 전이야." 아름답게 얼룩진 갈색과 노란색의 가죽을 보고 안심한 듯 발루가 툭 내뱉었다. "바기라, 조심해. 허물을 벗은 후에는 항상 눈이 잘 안 보여서 급하게 공격을 하거든."

카는 맹독성 뱀은 아니었다. 사실 카는 독침을 쏘는 뱀들을 겁쟁이라 무시하는 편이었다. 카의 무기는 껴안고 조르기였다. 일단 카에게 휘감기면 살아남을 수 있는 동물은 없었다. "안녕!" 엉덩이로 털썩 주저앉으며 발루가 외쳤다. 다른 모든 뱀들과 마찬가지로 카는 귀가 어두웠다. 그래서 처음에는 발루가 부르는 소리를 듣지 못했다. 카는 만약에 대비해 머리를 낮추고 몸을 꼬았다.

"안녕하셨나! 발루, 여기서 뭘 하는 거야? 바기라도 안녕하셨나! 난 먹이가 필요해. 걸어다니는 먹잇감 소문 들은 거 없어? 암사슴이나 어린 수사슴도 좋고. 바짝 마른 우물만큼이나 속이 비었다고."

무심하게 발루가 말했다. "우린 사냥중이야." 발루는 카를 재촉해서는 안 된다는 걸 알고 있었다. 카는 너무 컸다.

카가 말했다. "나도 데려가줘. 너희는 한 방이면 끝내겠지만 난 숲길에서 며칠을 기다리거나 하룻밤의 절반을 기어올라야 어린 원숭이 하나 먹을 기회를 잡거든. 요즈음은 나뭇가지가 나 젊었을 때랑 달라. 잔가지는 온통 썩었고 큰가지는 말랐어."

"아마 네가 너무 무거워서 그럴 수도 있어." 발루가 말했다.

"이 정도 길이면 훌륭해. 훌륭하다고." 자랑스러운 듯 카가 말했다.

"새로 자란 숲이 문제야. 먹이를 거의 덮칠 뻔했는데―정말 성공 직전이었거든―꼬리가 나무를 단단히 휘감지 못해서 미끄러지는 소리에 반다로그가 깨어나버렸어. 그러고는 나한테 온갖 욕을 해대더군."

"발 없는 노란 지렁이." 뭔가 기억해내려는 듯 바기라가 수염 아래로 내뱉었다.

"원숭이들이 나한테 그랬어?"

"어젯밤에 우리한테 그 비슷하게 말했어. 하지만 우린 신경 쓰지 않았지. 별말을 다 했어. 카는 이빨이 다 빠졌다는 둥, 수컷 염소의 뿔이 무서워서 새끼밖에 건드리지 못할 거라는 둥, 반다로그는 정말 뻔뻔스러운 종족이잖아." 바기라가 느릿느릿 말했다.

일반적으로 뱀은, 특히 카처럼 신중하고 나이 든 뱀은 화가 난 기색을 웬만해서는 보이지 않았다. 하지만 발루와 바기라는 카의 목 양쪽 근육이 실룩거리는 걸 볼 수 있었다.

"반다로그가 영역을 옮겼어. 오늘 햇볕 쪼이러 나갔더니 나무 위에서 끽끽거리는 소리가 들리더군."

'우리가 찾는 그 반다로그군.' 발루의 목구멍에 걸린 이 말은 차마 입 밖으로 나오지는 못했다. 발루의 기억대로라면 정글족이 원숭이에게 관심을 갖는 것은 이번이 처음이기 때문이다.

"자기 영역에서는 각기 대장이라고 할 만한 두 사냥꾼이 반다로그의 거취에 관심이 있다니 보통 일은 아니군." 호기심에 가득 찬 목소리로 카가 공손히 말했다.

"나야 늙고, 때로는 아주 어리석은 선생일 뿐이지. 시오니의 어린 늑대들에게 정글의 법칙을 가르치는 선생. 그리고 여기 바기라는,"

"그저 바기라지." 흑표범이 말했다. 겸손함의 미덕을 믿지 않기에 더이상 말을 잇기가 어려웠다. "카, 문제가 뭐냐면, 밤이나 훔치고 야자나무 잎이나 줍는 그 원숭이들이 인간의 새끼를 훔쳐갔어. 아마 그 아이에 대해서는 자네도 들어봤을 거야."

"이키한테 들어어. (빳빳한 깃 때문에 건방지기 이를 데 없는 이키 말로는) 인간이 늑대 무리에 들어왔다더군. 하지만 믿지는 않았지. 이키가 하는 말은 얻어들은 게 반인데다가 그나마도 정확하질 않거든."

"하지만 사실이야. 그 아이는 정말 훌륭해. 인간의 새끼 중에서 가장 영리하고 대담해. 최고지. 내가 가르치는 학생이야. 그 아이 덕에 발루가 온 정글에서 유명해질 거야. 게다가 난, 아니, 우린 그 아이를 사랑해, 카."

"쯧쯧!" 머리를 이리저리 흔들며 카가 말했다. "나도 사랑이 뭔지는 알지. 내가 아는 사랑 얘기는,"

"그 얘긴 배부터 채우고 맑은 밤에 따로 듣기로 하지." 바기라가 재빨리 말했다. "이 아이가 지금 반다로그의 수중에 있어. 우리가 알기로는 원숭이들이 정글족 가운데 두려워하는 건 카 자네밖에 없다더군."

"원숭이들이 나만 두려워한다고? 그럴 만한 이유가 있지. 수다스럽고 어리석고 허영으로 가득 찬 게 원숭이야. 그 손에 잡혀 있는 인간이라…… 참 운이 안 좋군. 밤도 따고 나서 싫증나면 떨어뜨려버리거든. 나뭇가지도 반나절 정도 들고 다니지. 그걸로 대단한 일을 하겠다고 하면서. 그러다가는 두 동강을 내버려. 그 인간 아이, 안됐군. 원숭이들이 나를 '노란 생선'이라고도 했지?"

"벌레, 벌레, 지렁이라고 했고, 내가 지금 차마 입에 담을 수 없는 소리도 했어." 바기라가 말했다.

"윗사람한테 어떻게 말해야 하는지 다시 한번 일러줘야겠군. 오락가락하는 기억력을 좀 찾아줘야지. 그래, 원숭이들이 그 아이를 데리고 어디로 갔지?"

"정글만이 알지. 우리는 카 자네가 알 거라고 생각했어." 발루가 말했다.

"내가? 어떻게? 제 발로 찾아온다면야 잡아먹겠지만, 반다로그든 개구리든 물웅덩이의 초록색 버러지든 잡으러 다니지는 않아."

"위, 위, 위, 위! 이봐! 여기! 여기! 시오니 늑대 무리의 발루, 위를 보게."

발루는 고개를 들어 이 목소리가 대체 무엇인지 보았다. 솔개 칠이 급강하하고 있었다. 위로 향한 날개 끝부분이 햇빛에 빛났다. 잠자리에 들 시간이었지만 칠은 정글을 뒤지며 발루를 찾고 있었다. 잎이 무성해서 쉽게 찾을 수가 없었던 것이다.

"무슨 일이야?"

"반다로그들 사이에서 모글리를 봤어. 모글리가 발루한테 가서 말해달라 하더군. 난 지켜봤지. 반다로그는 강을 건너 서 원숭이 도시인 콜드 레어(차가운 소굴)로 모글리를 데려갔어. 거기서 한 밤을 묵을지, 열 밤을 묵을지, 한 시간을 묵을지는 몰라. 박쥐에게 밤 동안은 지켜봐달라고 했어. 내가 전할 말은 이게 다야. 땅의 짐승들, 모두 안녕!"

"실컷 먹고 푹 자게, 칠. 다음번 사냥을 나가면 자넬 기억하겠네. 자네만을 위해 머리를 남겨놓겠어. 자네는 최고의 솔개야." 바기라가 말했다.

"별거 아니야. 그 아이가 필수어로 도움을 청했거든. 그러니 당연히 도와야지." 칠이 원을 그리며 보금자리를 향해 날아올랐다.

"잊지 않았군." 자랑스러워하며 발루가 말했다. "그렇게 어린 것이 나무 사이로 끌려다니면서 새의 필수어를 기억해내다니!"

"제일 열심히 가르친 말이잖아. 어쨌든 정말 자랑스러워. 이제 콜드 레어로 가보자고." 바기라의 말이었다.

어디인지는 알지만 실제로 가본 동물은 거의 없는 곳이었다. 콜드 레어란 인간들이 살다가 버리고 떠난 도시로, 이제는 기억에서 사라져 정글 속에 묻힌 곳이었다. 동물들은 인간이 한 번이라도 사용한 곳은 웬만해서 사용하지 않았다. 멧돼지라면 모를까, 사냥을 하는 동물들은 그런 곳에 가지 않았다. 게다가 되는대로 아무 데서나 사는 원숭이들이 이곳에서는 나름대로 꽤 오래 '살았다'. 그러니 자존심이 있는 동물들이 원숭이가 보이는 이곳에 올 리 없었다. 가뭄에는 이곳의 부서진 물탱크와 저수지에 물이 약간 고여 있으니 가끔 왔지만 말이다.

"새벽까지 걸어야겠는걸. 그것도 전속력으로." 바기라가 말하자 발루의 얼굴에 근심이 어렸다. "최선을 다할게."

"자네를 기다리지는 못해. 따라와. 카랑 나는 빨리 갈게."

"발은 없지만 너희가 네 발로 가는 속도는 맞출 수 있어." 카가 짧게 말했다. 발루는 서두르려 애써보았지만 결국 헐떡거리며 주저앉고 말았다. 발루는 뒤로 처졌다. 바기라는 표범의 속도로 앞으로 내달렸다. 카는 아무 말도 하지 않았지만 전속력으로 달리는 바기라에 처지지 않았다. 언덕배기 냇물에서는 바기라의 승리였다. 바기라는 한 번에 건 뛰었지만 카는 머리와 목을 이 피트쯤 내놓고 헤엄을 쳐야 했기 때문이다. 하지만 땅에서는 다시 거리를 좁혔다.

"날 자유롭게 해준 깨진 자물쇠에 걸고 말하지. 자네 정말 빠르더 군." 땅거미가 지기 시작하자 바기라가 말했다.

"배가 고파. 게다가 그 원숭이들이 나보고 점박이 개구리라고 했 거든."

"벌레, 지렁이. 거기다 노랗다고까지 했지."

"다 매한가지야. 계속 가지." 카는 몸을 던지듯 땅에 붙어 침착한 눈 으로 지름길을 찾았다.

콜드레어의 원숭이들은 모글리의 친구들에 대해서는 전혀 생각하 지 않고 있었다. 원숭이들은 모글리를 폐허 도시에 데려와서는 잠시 동안 스스로를 매우 대견스러워했다. 인디언 도시를 구경해본 적이 없는 모글리였기에 폐허가 된 이 도시도 정말 멋져 보였다. 오래전 작 은 언덕 위에 어떤 왕이 세웠던 도시였다. 아직도 망가진 문으로 이어 지는 작은 돌길을 볼 수 있었다. 낡고 녹슨 경첩에는 여전히 나무 조 각 몇 개가 매달려 있었다. 벽을 사이에 두고 나무들이 안에서 밖으로 혹은 밖에서 안으로 어지럽게 자라나 있었고, 흙벽은 무너져내려 부 식되었다. 야생덩굴이 벽 위 탑의 창가까지 무성하게 자라나 있었다.

언덕 위로는 지붕이 없는 거대한 궁전이 왕관처럼 앉아 있었고, 궁 정 안뜰과 연못의 대리석은 쪼개진 채 빨갛고 푸른 얼룩이 져 있었다. 왕의 코끼리가 살았던 궁정 앞뜰에 깔린 자갈 사이로 풀과 어린 나무 가 자라나 있었다. 이 궁전에서부터 지붕 없는 집들이 수없이 줄지어 서 있었다. 덕분에 도시는 속이 텅 비어 시커멓게 들여다보이는 벌집 처럼 보였다. 한땐 우상이었으나 지금은 형체를 알 수 없는 돌덩어리도 시야에 들어왔다. 공동 우물이 있던 모퉁이에 움푹 팬 구덩이들도 보였다. 완전히 망가진 사원의 돔 옆구리에는 야생무화과가 싹을 틔웠다. 원숭이들은 이곳을 자기들의 도시라 부르며 숲에 사는 정글족을 무시하는 척했다. 하지만 건물의 용도는 무엇이었는지, 어떻게 사용하는 것인지 전혀 몰랐다. 왕이 회의를 집전하던 곳에 원을 이루고 둘러앉아 벼룩에 물린 곳이나 긁으며 인간 흉내를 냈다. 혹은 지붕이 없는 집을 들락거리며 회반죽과 낡은 벽돌을 주워 모았다. 그러고 나서는 그걸 어디 숨겼는지 잊어버리고 울고 싸우고 난리법석을 부렸다. 싸움이 멈추면 다시 왕의 정원 테라스를 오르락내리락하며 장미나무와 오렌지를 흔들어 꽃과 과일을 떨어뜨리고 놀았다. 궁전의 복도와 어두운 통로, 수백 개에 달하는 어둡고 조그만 방들을 모두 쑤시고 다녔지만 뭘 보고 뭘 보지 않았는지 전혀 기억하지 못했다. 이렇게 원숭이들은 하나씩, 둘씩, 혹은 무리를 지어 돌아다니면서 서로 자기들이 인간처럼 행동하고 있다고 말했다. 물통의 물을 마셨지만 물을 온통 진흙투성이로 만들었으며 서로 먹겠다고 싸웠다. 그러고는 떼로 달려가며 외쳐댔다. "반다로그만큼 현명하고 착하고 영리하고 강하고 또한 점잖은 동물은 정글에서 찾아볼 수 없어." 이 모든 것은 원숭이들이 도시에 싫증이 나 정글족의 시선을 기대하며 나무 위로 돌아갈 때까지 계속 되풀이되었다.

정글의 법칙을 훈련받은 모글리는 이런 식의 삶을 이해할 수도, 좋아할 수도 없었다. 원숭이들은 오후 늦게 모글리를 콜드레어로 끌고 갔다. 평소였다면 이렇게 오래 여행을 한 다음에는 잠자리에 들었겠지만, 원숭이들은 잠자러 가는 대신 손을 맞잡고 바보 같은 노래를 불렀다. 원숭이들 중 하나가 모글리를 포획한 것은 반다로그 역사에 획을 긋는 사건이라는 요지로 연설을 했다. 모글리가 잔가지와 지팡이를 함께 엮어 비와 추위를 피할 수 있는 물건을 만드는 법을 보여줄 것이라는 게 그 이유였다. 모글리는 덩굴을 몇 개 뜯어 접었다 폈다 하며 뭔가를 만들기 시작했다. 원숭이들도 따라 하려 애썼다. 하지만 몇 분 안 되어 그들은 흥미를 잃고 친구들 꼬리를 잡아당기거나 기침을 해대며 네 발로 경중경중 뛰었다.

"뭐 좀 먹고 싶어." 모글리가 말했다. "난 이곳이 낯설어. 너희가 음식을 갖다주거나 여기서 사냥할 수 있도록 허락해줘."

이삼십 마리의 원숭이가 모글리에게 밤과 파파야를 가져다주겠다며 폴짝폴짝 뛰어갔다. 하지만 길에서 싸움이 벌어졌다. 그나마 성한 음식을 가져다주러 되돌아가기는 무리였다. 모글리는 배도 고팠지만 너무 화가 나서 빈 도시를 돌아다녔다. 가끔씩 이방인의 사냥 신호를 보냈다. 하지만 대답은 없었다. 정말 안 좋은 곳에 왔다는 느낌이 들었다. "발루가 반다로그에 대해 한 말은 모두 사실이었어. 원숭이들한테는 법도 없고, 사냥 신호도 없고, 지도자도 없어. 바보 같은 말과 슬쩍슬쩍 도둑질이나 하는 작은 손을 빼면 아무것도 없다고. 여기서 굶어 죽거나 죽임을 당해도 다 내 잘못이야. 그래도 정글로 돌아가려는 노력은 해봐야지. 발루가 날 때리겠지. 그래도 그게 반다로그랑 바보같이 장미잎을 찾아 돌아다니는 것보다는 훨씬 나아."

성벽으로 걸어가자 원숭이들이 그를 잡아끌었다. 자기가 얼마나 행복한지도 모르는 녀석이라며 감사하는 마음을 가르친답시고 마구 꼬집었다. 모글리는 이를 앙다물고 아무 말도 하지 않았다. 그리고 소리

소리 지르는 원숭이들을 따라 빗물이 반쯤 고여 있는 사암 저수지 위의 테라스로 갔다. 테라스 중앙에는 하얀 대리석으로 만들어진, 폐허가 된 정자가 있었다. 백 년 전쯤에 죽은 왕비들을 위해 만든 정자였다. 반쯤 무너진 둥근 지붕이 궁전에서 이어지는 지하 통로를 떠받치고 있었다. 예전에 왕비들은 이 지하 통로를 통해 궁을 출입했었다. 대리석 벽엔 장식 무늬가 새겨져 있었다. 마노, 홍옥수, 벽옥, 청금석으로 수놓은 아름다운 우윳빛 번개무늬 세공이었다. 언덕 위로 달이 떠오르면 무늬 사이로 달빛이 스며들었고 검은 벨벳 장식과 같은 그림자를 땅에 드리우곤 했다. 아프고 졸리고 배도 고팠지만 모글리는 반다로그 스무 마리가 한꺼번에 자기들이 얼마나 위대하고 현명하고 강하고 점잖은지 떠들어대며 이런 자기들을 떠나려 하는 것은 너무나도 어리석은 짓이라고 말하는 걸 보며 웃지 않을 수 없었다. "우린 위대해. 자유롭고 경이롭지. 정글에서 가장 놀라운 종족이야. 우리 모두가 그렇게 말해. 그러므로 그건 사실이야. 이제 넌 신참이고 우리의 말을 정글족에게 전해줄 수 있는 존재니까, 너에게 우리의 가장 훌륭한 모습을 이야기해줄게. 정글족이 나중에라도 우리 존재를 알아차려야 하니까 말이지." 모글리는 반대하지 않았다. 수백씩 무리를 이뤄 테라스에 모인 반다로그는 자기들끼리 반다로그를 칭송하는 노래에 귀 기울였다. 누군가 숨이 가빠 말을 멈추면 모두 함께 "이건 사실이야. 우리 모두 그렇게 말해"라고 외쳤다. 모글리는 고개를 끄덕이며 눈을 깜빡였다. 그리고 반다로그가 뭐라 물으면 "그래요"라고 대답했다. 소음으로 머리가 빙빙 돌 지경이었다. "자칼 타바키가 얘네를 다 물어뜯은 게 분명해. 그래서 이렇게 미쳐버린 거야. 이거야말로 데와니야, 광기라고. 얘들은 잠도 안 자나? 먹구름이 오고 있네. 달빛을 가릴 것 같은데. 아주 큰 구름이면 어둠을 틈타 달아날 수도 있을 텐데. 하지만 너무 피곤해."

도시의 성벽 아래 무너진 도랑에서 모글리의 두 친구 역시 이 구름을 보고 있었다. 떼로 모인 원숭이족이 얼마나 위험한지 알고 있는 바기라와 카는 신중에 또 신중을 기했다. 원숭이족은 백 대 일이 아니면 결코 싸우지 않았다. 정글에서 이런 승산을 반길 동물은 없었다.

카가 속삭였다. "난 서쪽 벽으로 가서 나에게 유리한 순간에 언덕을 따라 재빨리 내려올게. 수백이라 해도 감히 내 등을 덮치지는 못할 거야. 하지만⋯⋯"

바기라가 말했다. "알아. 발루만 있다면 문제될 게 없는데. 어쨌든 해볼 수 있는 데까지 해봐야지. 구름이 달을 가리면 난 테라스로 갈게. 거기서 원숭이들이 모글리에 대해서 회의를 연다는군."

"사냥 잘하게." 카가 근엄하게 말하며 서쪽 벽을 향해 미끄러지듯 사라졌다. 이쪽은 우연히도 가장 파손이 덜 된 곳이었고, 큰 뱀 카는 잠시 후 돌을 타고 올라가는 길을 찾을 수 있었다. 구름이 달빛을 가렸다. 장차 어떤 일이 닥칠지 고민하던 모글리의 귀에 바기라의 가벼운 발소리가 테라스 쪽에서 들려왔다. 흑표범 바기라는 숨소리조차 내지 않고 언덕을 달려올라와 모글리를 오륙십 겹으로 둘러싸고 앉아 있던 원숭이들을 닥치는 대로 후려갈겼다. 이빨로 물어뜯느라 시간을 허비할 바기라가 아니었다. 두려움과 분노가 뒤섞인 울부짖음. 그리고 뒹굴며 발길질을 해대는 원숭이들에게 걸려 넘어진 바기라가 잠시 비틀거리는 사이 원숭이 한 마리가 외쳤다. "한 마리밖에 없어. 죽여. 죽여버려!" 물어뜯고 할퀴고 잡아뜯고 끌어당기며 수백 마리 원숭이들이 바기라를 덮쳤다. 대여섯 마리는 모글리를 잡아 정자 벽으로 끌고 올라가서는 무너진 지붕의 구멍으로 밀어넣었다. 구덩이는 족히 십오 피트는 되었다. 인간에게 훈련받은 아이였다면 심한 타박상을 입었을 것이다. 하지만 모글리는 발루에게 배운 낙법을 활용해 두 발로 사뿐히 착지했다.

원숭이들이 소리쳤다. "우리가 네 친구를 죽이고 올 때까지 거기 있어. 나중에 돌아와서 놀아주지. 독사들이 널 가만 놔둔다면 말이야."

"너와 나, 우린 피를 나눈 형제야." 모글리가 재빨리 뱀의 소리로 말했다. 주변에 널린 쓰레기 더미에서 바스락거리며 쉭쉭거리는 소리가 들렸던 것이다. 모글리는 확실히 하기 위해 다시 한번 같은 말을 되풀이했다.

"그렇다면, 모두 고개를 숙여라!" 여섯 개의 낮은 목소리였다. 인도의 모든 폐허는 뱀들의 서식지였고, 이 오래된 정자 역시 코브라가 들끓고 있었다. "어린 형제여, 가만히 있거라. 네 발에 우리가 다칠 수도 있으니까."

모글리는 아주 조용히 서 있었다. 성긴 무늬 사이로 밖을 내다보았다. 흑표범을 둘러싸고 벌어지는 싸움 소리가 들려왔다. 고함, 끽끽거리는 소리, 뭔가 질질 끌리는 소리. 그리고 뒤로 물러났다 껑충 뛰어올라 몸을 뒤틀며 원숭이 더미 아래로 돌진하는 바기라의 깊고 거친 숨소리까지. 태어나 처음으로 바기라는 목숨을 걸고 싸우고 있었다.

"분명 발루가 가까이 있을 거야. 바기라가 혼자 왔을 리 없어." 이렇게 생각한 모글리는 크게 외쳤다. "바기라, 탱크로 가요. 물탱크로 몸을 굴려요. 어서 물로 가요!"

이 외침을 듣고 모글리가 살아 있음을 안 바기라는 새로운 용기가 용솟음쳤다. 바기라는 조금씩, 조금씩, 똑바로, 그리고 필사적으로 탱크를 향해 갔다. 이때 정글에서 가장 가까운 곳의 무너진 담장에서부터 발루가 싸움에 임할 때 내지르는 고함이 울려퍼졌다. 늙은 곰은 최선을 다했지만 그제야 겨우 도착했던 것이다. "바기라. 내가 왔어. 올라갈게! 서두르고 있어. 어이쿠! 돌이 자꾸 발밑에서 미끄러지네. 기다려. 이 못된 반다로그들 같으니라고!" 발루는 헐떡거리며 테라스로 올라갔지만 몰려드는 원숭이 사이에 머리끝까지 묻히고 말았다. 하지만 엉덩이를 깔고 철퍼덕 주저앉은 발루는 팔에 한가득 원숭이를 끌어안고 너무나도 규칙적인 동작으로 원숭이들을 픽, 픽, 픽 치기 시작했다. 한편 첨벙 하고 물이 튀는 소리를 들은 모글리는 바기라가 드디어 물 크에 도달했음을 알았다. 그곳까지 원숭이들이 따라가지는 못할 터였다. 표범은 얼굴만 물 밖으로 내민 채 헐떡거리고 있었다. 빨간 계단을 세 단만 내려온 원숭이들은 분노에 가득 차 위아래로 날뛰고 있었다. 바기라가 발루를 도우러 나오기만 하면 사방에서 달려들 기세였다. 바로 이때 절망에 찬 바기라가 내는 뱀 소리가 들려왔다. 물이 뚝뚝 떨어지는 턱을 치켜들고 뱀들에게 보호를 요청하는 소리였다. "너와 나, 우린 피를 나눈 형제야." 바기라는 카가 마지막 순간에 자기를 배신했다고 믿었던 것이다. 테라스 끝에서 원숭이들에게 눌려 질식할 지경에 처한 발루조차 도와달라는 흑표범의 목소리를 듣고는 낄낄거리지 않을 수 없었다.

카는 그제야 겨우 서쪽 벽을 넘어 몸을 꼬아 땅에 내렸다. 이때 벽

위에 놓여 있던 돌 하나가 도랑으로 떨어졌다. 그는 땅의 이점을 모두 활용할 속셈이었다. 한두 번 몸을 감았다 폈다를 반복하며 몸이 괜찮은지 확인했다. 발루의 고군분투, 바기라를 둘러싼 원숭이들의 고함, 이리저리 날아다니며 이 위대한 전투를 정글에 알리는 박쥐 망. 마침내 코끼리 하티도 전쟁을 알리는 울음소리를 내고, 멀리 흩어져 있던 원숭이 무리는 잠에서 깨어나 콜드레어에서 싸우고 있는 동료들을 도우러 나무를 타고 왔다. 반경 수마일 안의 새들 역시 시끄러운 소리에 잠을 깼다. 카가 다가왔다. 똑바로, 민첩하게, 살의를 품고서. 뱀은 싸울 때 온몸의 힘을 머리에 모아 강타를 날렸다. 창이나 성문을 부술 때 쓰는 망치, 혹은 반 톤쯤 나가는 해머를 상상할 수 있다면 싸울 때의 카를 대충은 짐작할 수 있을 것이다. 사오 피트 길이의 뱀에게도 가슴을 정면으로 맞으면 사망에 이를 수 있다. 하물며 카의 몸집은 여러분도 알다시피 삼십 피트에 이르렀다. 카의 일격을 맨 처음 받은 것은 발루를 둘러싸고 있던 원숭이 무리였다. 아무 소리 없이 입은 꾹 다문 채 정통으로 일격을 가하고 나자, 두번째는 힘을 쓸 필요도 없었다. 원숭이들은 "카다! 카야! 도망가! 뛰어!" 하고 소리치며 흩어졌다. 수세대에 걸쳐 어린 원숭이들은 나이 든 원숭이가 카의 이야기를 들려주면 겁에 질려 얌전해졌다. 아무 소리도 내지 않고 나뭇가지를 타고 미끄러지듯 다가와 가장 강력한 원숭이를 훔쳐가는 밤의 도둑. 죽은 가지나 썩은 밑동처럼 보이게 하는 기술이 워낙 뛰어나 가장 현명한 원숭이조차도 속아넘어간다고 했다. 카는 원숭이들이 정글에서 무서워하는 그 모든 것의 대명사였다. 누구도 카의 힘이 어디까지인지 알지 못했으며 그 누구도 카의 얼굴을 감히 똑바로 쳐다보지 못했다.

카가 몸을 죄었는데도 살아남은 원숭이 역시 한 마리도 없었다. 그러
니 원숭이들은 달아날 수밖에 없었다. 공포에 질려 뒤뚱거리며 담장
으로 지붕으로 원숭이들이 달아나자 발루는 깊은 안도의 한숨을 내쉬
었다. 털이 바기라보다 훨씬 두터운 건 사실이었지만 오늘 싸움은 정
말 힘들었다. 처음으로 입을 연 카는 길게 쉬잇 소리를 냈고 멀리서
콜드레어의 싸움을 도우러 오던 원숭이들은 몸을 움츠리며 그 자리에
멈춰 섰다. 이들의 무게를 견디지 못한 나뭇가지들이 뚜둑 소리를 내
며 부러졌다. 담장과 빈집 안의 원숭이들은 끽끽거리던 소리를 멈추
었고, 원숭이 도시에 깔린 정적 속에서 모글리의 귀에는 바기라가 물
크에서 올라오며 젖은 옆구리를 터는 소리가 들려왔다. 담장 위로 더
높이 올라간 원숭이들은 커다란 석상의 목 주변에 몰려들어 흉벽을
따라 점프하며 끽끽 소리를 질러댔다. 모글리는 정자에서 춤을 추며
칸막이에 눈을 갖다댄 채 이빨 사이로 올빼미 울음소리를 내며 원숭
이들에게 한껏 경멸과 조소를 보냈다.

"쟤 좀 빨리 꺼내와. 난 꼼짝도 못 하겠어." 바기라가 헐떡거리며 말
했다. "모글리를 데리고 빨리 여길 떠나자. 원숭이들이 다시 공격할지
도 몰라."

"내가 명령을 내리기 전까지는 꼼짝도 안 할 거야. 그냥 있어도 돼."
카가 쉬엇거리며 말했다. 원숭이 도시는 다시 한번 정적에 휩싸였다.
"더 빨리 올 수는 없었지만, 자네가 날 부르는 소리를 들은 것 같은데."
바기라를 보며 카가 말했다.

"글쎄, 아마…… 싸우다가 너를 불렀을지도 모르지. 발루, 안 다쳤
어?"

"아무래도 그것들이 나를 작은 곰 백 마리로 갈라놓으려던 게 아닌가 싶어." 다리를 한 쪽씩 흔들어보며 발루가 말했다. "이런, 진짜 아프군. 카, 자네에게 빚을 졌네. 바기라와 나의 목숨을 말이야."

"신경 쓸 거 없어. 아이는 어디 있지?"

"여기요. 함정이에요. 올라갈 수가 없어요." 모글리가 외쳤다. 부서진 돔의 구부러진 부분이 모글리의 머리보다 높았던 것이다.

"얘 좀 빨리 데려가. 공작 마오처럼 춤을 추고 있어. 우리 어린 것들을 다 밟아놓겠어." 안에서 코브라들이 말했다.

카가 낄낄거리며 말했다. "하! 이 아이는 어디에나 친구가 있구먼. 인간의 아이야, 뒤로 물러서거라. 독사들은 숨고. 내가 이제 벽을 부술 거니까."

대리석 세공 장식을 찬찬히 들여다보던 카는 약해져서 색이 바랜 틈을 찾아냈다. 머리로 살살 두드려 거리를 잰 카는 땅에서 육 피트 정도 몸을 들어올린 후 있는 힘을 다해 강타를 날렸다. 공격의 선봉은 카의 코였다. 허물어진 장식벽은 먼지가 되어 날렸고, 뚫린 구멍으로 뛰어나온 모글리는 발루와 바기라 품에 안기며 굵은 목을 끌어안았다.

"다쳤니?" 모글리를 부드럽게 끌어안으며 발루가 말했다.

"쓰리고, 배고프고, 멍도 좀 들었어요. 하지만 발루와 바기라는 심하게 다쳤네요. 피가 나요."

"다들 마찬가지야." 바기라가 입술을 핥고 테라스와 물탱크 주변에 죽어 있는 원숭이들을 바라보면서 말했다.

"괜찮아. 어린 개구리 중에서 내가 제일 자랑스러워하는 너만 괜찮다면, 이건 아무것도 아니야." 발루가 울먹이며 말했다.

"그건 나중에 생각해보도록 하지." 모글리가 좋아하지 않는 메마른 목소리로 바기라가 말했다.

"여기 카야말로 이번 싸움에서 우리가 톡톡히 빚을 졌어. 모글리 네 목숨도 카가 구했다. 예법에 맞게 감사의 말을 올려라."

고개를 돌린 모글리는 거대한 뱀의 머리가 자기 머리 위에서 흔들리고 있는 것을 보았다.

"음. 이 아이로군. 살갗이 아주 부드러워. 반다로그랑 그리 다르지 않은걸. 내가 허물을 벗고 얼마 안 되었을 때는 행여 너를 원숭이로 착각할 수도 있으니까 조심해라."

"당신과 나, 우리는 피를 나눈 형제예요. 오늘 밤 제 생명을 구해주셨습니다. 행여 당신이 배고프다면 제가 잡은 먹이는 당신의 먹이가 될 것입니다, 카."

눈은 반짝거렸지만 카가 대답한다. "어린 형제여, 고맙다. 이렇게 대담한 사냥꾼은 무엇을 사냥하실까? 다음번에 사냥을 나갈 때는 나도 함께 따라가보았으면 하는데."

"전 아무것도 안 죽여요. 너무 어려서요. 하지만 염소를 필요로 하는 분에게 염소를 몰아줘요. 배고프실 때는 저에게 오세요. 그럼 제 말이 정말이라는 걸 아실 거예요. 전 손재주가 좀 있거든요." 모글리가 손을 내보이며 말한다. "그리고 행여 함정에 빠지는 일이 생긴다면, 그때는 제가 빚을 갚을게요. 바기라와 발루도 마찬가지고요. 선생님들 모두 사냥에서 행운을 빌어요."

"잘했다." 발루가 말했다. 모글리가 아주 얌전하게 감사의 말을 했기 때문이다. 카는 잠시 동안 모글리 어깨에 가볍게 머리를 기댔다. "용감한 마음과 공손한 혀, 그게 있으면 정글을 헤치고 어디라도 갈 수 있지. 하지만 지금은 빨리 친구들을 따라가거라. 달이 지고 있으니 가서 자도록 해. 이제부터 일어나는 일을 너는 보지 않는 게 좋을 것 같다."

언덕 아래로 달이 지고 있었다. 담장과 흙벽에 몰려 벌벌 떨고 있는 원숭이 행렬은 초라하게 비틀거리는 오합지졸 같았다. 발루는 물을 마시러 물탱크로 내려가고, 바기라는 털을 가지런하게 매만지고 있을 때, 카는 테라스 중앙으로 미끄러져 나아갔다. 카가 턱을 부딪쳐 짤깍 소리를 내자 모든 원숭이들의 눈이 카에게 쏠렸다.

"달이 졌다. 아직도 볼 수 있는 빛이 있나?"

담장으로부터 나무 위에서 부는 바람 소리 같은 신음이 들려왔다. "보입니다. 카님."

"좋아. 이제 춤을 시작하지. 배고픈 카의 춤을. 가만히 앉아서 보거라."

카는 머리를 왼쪽에서 오른쪽으로 꼬며 두세 번 크게 원을 그렸다. 그러고는 몸을 꼬아 팔(8) 자를 만들었다. 이어 부드럽게 삼각형을 만드는가 싶더니 그 삼각형은 곧 정사각형, 오각형으로 녹아내렸다 다시 배배 틀며 올라갔다. 쉬지도 않고, 서두르지도 않고, 낮은 소리의 콧노래를 멈추지도 않았다. 주위는 점점 더 어두워졌다. 마침내 변화무쌍하던 꼬임이 보이지 않게 되었지만 여전히 비늘이 바스락거리는 소리는 들려왔다.

발루와 바기라는 돌처럼 뻣뻣하게 서 있었다. 목에서는 으르렁거리는 소리가 들려왔고 목 주변의 털은 곤추서 있었다. 모글리는 이 모습을 의아하게 바라보았다.

마침내 카의 목소리가 들려왔다. "반다로그, 내 명령 없이 발가락 하나 손가락 하나 까딱할 수 있겠나? 대답하라."

"당신의 명령 없이는 발가락 하나, 손가락 하나 까딱할 수 없습니다, 카님."

"좋아. 모두 한 발씩 나에게 다가오라."

원숭이들의 행렬이 무기력하게 앞으로 다가갔다. 발루와 바기라도 원숭이들을 향해 뻣뻣하게 한 발 다가갔다.

"더 가까이!" 카의 슈슈 소리가 들려오고 원숭이들은 다시 한번 움직였다.

모글리가 발루와 바기라의 어깨에 손을 얹자 두 커다란 짐승은 꿈에서 깬 것처럼 화들짝 놀랐다. 바기라가 속삭였다. "계속 내 어깨에 손을 얹고 있어. 그렇게 해. 그렇지 않으면 돌아가야 하니까. 카에게 돌아가야 하니까."

모글리가 말했다. "늙은 카가 먼지 속에서 원을 그리고 있는 것뿐이에요. 가요." 셋은 담장의 틈으로 살며시 빠져나와 정글로 향했다.

고요한 나무들 아래 다시 섰을 때, 발루가 말했다. "다시는 카랑 동맹 맺지 않을 거야." 발루의 몸이 온통 떨리고 있었다.

바기라도 떨며 말했다. "카는 우리보다 더 많은 걸 알고 있어. 계속 머물렀다면 조만간 카의 목구멍으로 걸어들어갔을 거야."

"다시 달이 뜨기 전에 그 길로 지나갈 녀석 많아." 발루가 말했다. "카는 실컷 사냥하겠지. 자기 방식대로."

"하지만 그게 다 무슨 소리였어요?" 뱀이 지닌 최면술을 전혀 모르는 모글리가 물었다. "어두워질 때까지 커다란 뱀이 멍청하게 원을 그리고 있는 것밖에는 못 봤어요. 코는 온통 상처투성이였고요. 호! 호!"

바기라가 화난 듯 말했다. "모글리. 카가 코를 다친 건 너 때문이야. 내 귀랑 옆구리, 앞발, 그리고 발루의 목과 어깨도 너 때문에 물어뜯긴 거고. 발루도, 바기라도 여러 날 동안 사냥할 때마다 괴로울 거야."

발루가 말했다. "그건 아무것도 아니야. 모글리를 다시 찾았으니까."

"맞아. 하지만 모글리 때문에 사냥이나 하면서 즐겁게 보낼 수 있었을 시간을 다 썼어. 상처도 나고, 털도 빠지고. 등에 있던 털은 거의 반이나 뜯긴 것 같아. 그리고 무엇보다 명예에도 먹칠을 했지. 기억해, 모글리. 나 흑표범이 카한테 보호해달라고 도움을 청했다고. 굶주린 카의 춤에 넋이 나가 작은 새처럼 멍청해지는 모습도 보였고. 이 모든 게 네가 반다로그랑 놀아서 생긴 일이야."

모글리가 서글프게 말했다. "맞아요. 정말이에요. 난 못된 아이에요. 내 위도 내 안에서 슬퍼해요."

"정글의 법칙은 뭐라 하나, 발루?"

발루는 더이상 모글리를 곤란하게 하고 싶지 않았다. 하지만 정글의 법칙을 마음대로 바꾸어 말할 수는 없었다. 그래서 이렇게 얼버무렸다. "슬픔이 벌을 면해주지는 않는다. 하지만 바기라, 얘는 너무 어려."

"나도 알아. 하지만 못된 짓을 했으니 지금 때려줘야 해. 모글리, 할 말 있나?"

"아뇨. 제가 잘못했어요. 발루하고 바기라가 다쳤어요. 맞아야 해요."

바기라는 사랑의 매 여섯 대를 살살 때려주었다. 표범의 관점에서 보자면 이 정도로는 새끼 표범 하나도 깨우지 못했을 것이다. 하지만 일곱 살짜리 아이에겐 피하고 싶을 만큼 아픈 매였다. 다 맞고 나자 모글리는 재채기를 해댔고 말없이 몸을 일으켰다.

"자, 이제 내 등에 타거라. 집에 가자." 바기라가 말했다.

정글의 법칙의 좋은 점 중 하나는 벌을 받고 나면 모든 게 끝난다는 것이었다. 이후로 같은 문제가 다시 거론되는 일은 없었다.

모글리는 바기라의 등에 얼굴을 기대고 잠이 들었다. 잠이 너무 깊이 들어서 동굴집의 마더울프 옆에 뉘었을 때에도 깨어나지 못했다.

반다로그의 행진곡

이제 우리는 늘어진 덩굴 줄기를 타고 떠난다.

시샘하는 달에 닿을 만큼 높이 날아서!

의기양양한 우리 무리가 부럽지 않은가?

손이 하나 더 있는 것이 부럽지 않은가?

너희도—마치—큐피드의 활처럼

굽은 꼬리를 갖고 싶지 않은가?

이제 화가 났군, 하지만—잊어버려.

형제여, 네 꼬리는 뒤에 늘어져 있으니!

여기 우리는 나뭇가지에 일렬로 앉아

우리가 아는 아름다운 것들을 생각하지.

우리가 하려는 일들을 꿈꾸며,

금세 모두 완수할 거야—

고귀하고 현명하고 훌륭한 일을,

할 수 있기를 바라기만 하면 이미 끝.

깜빡했군, 하지만—잊어버려,

형제여, 네 꼬리는 뒤에 늘어져 있으니!

우리가 여태까지 들은 이야기는
모조리 박쥐나 짐승이나 새가 전한 것 —
뒷다리냐 지느러미냐 비늘이냐 깃털이냐 —
　재빨리 얼른 지껄여라!
좋았어! 훌륭해! 한 번만 더!
이제 우리는 꼭 인간처럼 이야기하고 있다!
우리가 인간이라고 치자고…… 잊어버려,
형제여, 네 꼬리는 뒤에 늘어져 있으니!
이게 바로 원숭이들이 사는 법.

그러니 소나무 사이를 헤쳐 날아가는 우리의 대열에 함께하라,
　가볍게, 높이, 야생포도 덩굴이 흔들리는 곳을 스쳐 지나가자,
　우리가 지나간 자리에 남는 허섭스레기, 우리가 지나가며 내는 당당한
소리,
　반드시, 반드시, 우리는 놀라운 일을 해낼 테다!

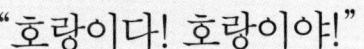

"호랑이다! 호랑이야!"

대담한 사냥꾼이여, 사냥은 어땠나?
형제여, 오랫동안 추위에 떨며 사냥감을 노렸지.
어떤 사냥감을 잡으러 갔는데?
형제여, 내 사냥감은 고요한 정글에서 풀을 뜯고 있었어.
그대에게 자부심을 준 힘은 어디에서 오는 건가?
형제여, 그건 내 옆구리에서 흘러나오는 것이지.
그렇게 서둘러 어디로 가나?
형제여, 나는 나의 굴로 가고 있어. 죽음을 맞으러!

이제 첫번째 이야기로 돌아가자. 총회 바위에서 무리와 싸우고 늑대 동굴을 떠난 모글리는 마을 사람들이 살고 있는 경작지로 내려갔다. 하지만 정글과 너무 가까웠기에 그곳에 머물지는 않았다. 더구나 총회에서 적어도 한 마리와는 완전히 원수가 되어버렸음을 잘 알고 있었기에 모글리는 서둘렀다. 골짜기 아래로 이어진 험한 길을 따라 찬찬히 또박또박 거의 이십 마일을 걸어 마침내 잘 알지 못하는 낯선 땅에 도착했다. 골짜기를 다 내려오자 넓은 평원이 펼쳐졌다. 바위가 점점이 수를 놓고 있었고 사이사이 작은 계곡이 흐르고 있었다. 한쪽 끝에는 작은 마을이 있었고, 다른 쪽 끝에는 목초지로 이어지는 정글이 빽빽이 펼쳐져 있었다. 정글과 목초는 마치 괭이로 싹둑 잘라놓은 듯 경계가 분명했다. 초원에서는 소와 버팔로 들이 풀을 뜯고 있었다. 소를 돌보던 아이들은 모글리를 보자 소리를 지르며 달아났다. 인도 어느 마을에서나 볼 수 있는 노란 떠돌이 개들이 짖어댔다. 모글리는 계속 걸었다. 배가 고팠기 때문이다. 마침내 마을 입구에 도착한 모글리의 눈에 문 한쪽 옆으로 치워져 있는 가시덤불이 들어왔다. 저녁나절에 마을 문 앞에 쌓아두는 가시덤불이었다.

먹을 것을 찾아 밤에 어슬렁어슬렁 다니다가 이런 장애물을 몇 번본 적이 있는 모글리는 "흥!" 하고 코웃음을 쳤다. "그래, 여기서도 사람들이 정글족을 두려워한다는 거군." 모글리는 문 옆에 앉았다. 한 남자가 나타났다. 모글리는 벌떡 일어나 벌린 입을 가리키며 배가 고프다는 신호를 보냈다. 남자는 모글리를 빤히 바라보다가 마을길을 달려올라가며 승려를 외쳐 불렀다. 하얀 옷을 입은 커다랗고 뚱뚱한 승려는 이마에 빨갛고 노란 표식이 있었다. 적어도 백여 명의 사람들이 승려와 함께 모글리 주변에 몰려들어 빤히 바라보고, 말하고, 고함치고, 손가락질했다.

"이 인간들은 예의를 모르는군. 회색 원숭이나 저렇게 행동했을 텐데." 모글리가 혼자 중얼거렸다. 그러고는 긴 머리를 뒤로 넘기며 사람들을 향해 얼굴을 찡그렸다.

"두려워할 게 무엇입니까?" 승려가 말했다. "팔과 다리에 난 흉터 좀보세요. 늑대에게 물린 겁니다. 정글에서 도망 나온 늑대소년이에요."

물론 늑대 형제들은 같이 놀다가 모글리를 깨물기도 했었다. 의도한 것보다 좀더 세게 말이다. 그래서 모글리의 팔과 다리에는 온통 희끗희끗한 상처가 나 있었다. 하지만 모글리는 추호도 이 상처를 물린 상처라고 말할 생각은 없었다. 정말로 문다는 게 뭔지 알기 때문이다.

"저런! 저런!" 두세 여자가 함께 말했다. "늑대한테 물리다니, 불쌍한 것! 잘생긴 아이예요. 눈빛이 빨간 불꽃 같네요. 내 명예를 걸고 말하는데, 메수아, 저 아이는 호랑이한테 잡혀간 당신 아이랑 닮았어요."

"어디 보자." 손목과 발목에 구리로 된 무거운 고리를 끼고 있는 한 여인이 모글리를 자세히 살폈다. "내 아들은 아니에요. 내 아들보다 말랐어요. 하지만 그애와 똑 닮긴 했네요."

승려는 영리한 사람이었다. 그는 메수아의 남편이 그곳에서 제일 부자라는 것을 알고 있었다. 잠시 하늘을 바라보던 승려는 엄숙하게 말했다. "정글이 앗아간 것을 정글이 되돌려주었습니다. 이 아이를 집으로 데려가세요. 그리고 사람들의 삶을 이렇게까지 살피는 승려에게 보답하는 걸 잊지 마세요."

"내 몸값을 대신해준 황소에 걸고 말하는데," 모글리가 혼잣말로 중얼거렸다. "이건 늑대 무리가 하는 짓과 똑같잖아. 내가 사람이라면 정말 사람다운 사람이 되어야지."

사람들은 흩어졌고 메수아는 모글리에게 자기 집으로 가자는 손짓을 했다. 그곳에는 붉게 옻칠을 한 침대와 곡식을 담아두는 커다란 항아리가 있었다. 흙으로 빚은 이 항아리에는 신기한 문양이 있었다. 여섯 개 정도의 구리 그릇, 자그마한 벽감에 놓인 힌두 신상도 보였다. 그리고 벽에는 시골 장에서 파는 것 같은 진짜 거울이 걸려 있었다.

메수아는 모글리에게 우유와 빵을 주고는 그의 머리에 손을 얹고서 눈을 응시했다. 호랑이가 정글로 잡아간 자기 아들이 정말로 돌아온 것일지도 모른다고 생각했던 것이다. "나투, 오, 나투!" 모글리는 자기가 그 이름을 안다는 내색을 하지 않았다. "내가 너한테 새 신발을 사줬던 날 기억나니?" 메수아는 모글리의 발을 만졌다. 모글리의 발은 사슴뿔처럼 딱딱했다. "아니구나. 한 번도 신발을 신어보지 않은 발이야. 하지만 넌 내 아들 나투를 많이 닮았어. 이제부터 네가 내 아들이야."

지붕이 있는 곳에서 잠을 자본 적이 없는 모글리는 불편했다. 하지만 풀을 엮어 만든 지붕을 보니 원하면 언제라도 찢고 나갈 수 있을 것 같았다. 창문에도 자물쇠가 없었다. "사람들이 하는 말을 못 알아듣는다면 사람이라는 게 무슨 소용이 있어? 사람이 정글에 들어오면 못 알아듣고 바보가 되는 것처럼 내가 지금 그 꼴이군. 사람들의 말을 배워야겠어."

늑대와 함께 있을 때 수사슴이나 어린 야생돼지의 소리를 흉내 내는 법을 배웠던 게 도움이 되었다. 메수아가 한마디 할 때마다 모글리는 거의 완벽하게 그 발음을 따라 했고 날이 어두워지기 전에 오두막집 안에 있는 많은 물건들의 이름을 알게 되었다.

잠잘 시간이 되었을 때 문제가 생겼다. 오두막집의 모양이 표범을 잡는 덫의 모양과 비슷해서 도저히 잠을 잘 수가 없었던 것이다. 문이 닫히자 모글리는 창문으로 빠져나갔다. "편한 대로 하게 내버려둬." 메수아의 남편이 말했다. "지금까지 침대에서 자본 적이 없는 아이야. 정말 신이 우리 아들로 보내주신 거라면 도망가지는 않을 거야."

모글리는 들판 끝자락의 길고 깨끗한 풀 위에 몸을 쭉 펴고 누웠다. 하지만 눈을 채 감기도 전에 부드러운 회색빛 코가 턱 아래를 콕콕 건드렸다.

마더울프의 새끼 중 맏이인 그레이브라더였다. "이십 마일이나 따라왔는데, 이건 실망이군. 너한테 나무 연기랑 소 냄새가 나. 벌써 인간 같다고. 일어나봐. 알려줄 소식이 있어."

"정글에선 다들 괜찮아?" 그레이브라더를 끌어안으며 모글리가 물었다.

"붉은 꽃에 타버린 늑대들만 빼고는 다 괜찮아. 잘 들어. 시어칸은 멀리 떠났어. 털이 많이 그을려서 털이 자랄 때까지는 돌아오지 않을 거야. 다시 돌아올 때는 네 뼈를 와잉궁가에 묻어버리겠다고 맹세하고 갔어."

"거기 대해서는 특별히 해줄 말이 없는걸. 나도 작은 약속을 하나 했지. 하지만 새로운 소식은 언제나 좋은 거야. 나 오늘은 피곤해. 새로운 게 너무 많아서 아주 피곤해. 그래도 새로운 소식이 있으면 언제라도 알려줘."

"너, 네가 늑대라는 건 안 잊을 거지? 사람들이 네가 그걸 잊어버리게 하지는 않겠지?" 그레이브라더가 걱정스러운 목소리로 말했다.

"절대 안 잊어. 너랑, 동굴에서 함께 살던 모두를 사랑해. 그건 언제나 기억할 거야. 하지만 무리에서 쫓겨났다는 사실 역시 언제나 기억할 거야."

"또다른 무리에서 쫓겨날 수 있다는 것도 기억해. 인간은 인간일 뿐이야. 인간의 말은 연못에 사는 개구리의 말과 비슷해. 다시 내려오게 되면 목초지 끝에 있는 대나무 숲에서 널 기다릴게."

그날 밤 이후 석 달 동안 모글리는 마을 입구를 떠나지 않았다. 사람들이 사는 방식을 배우느라 너무 바빴다. 우선 옷을 입어야 했다. 정말 괴로웠다. 그다음으로는 돈에 대해서 배워야 했는데, 도통 이해할 수가 없었다. 쟁기질도 배웠지만, 왜 그런 걸 해야 하는지 알 수 없었다. 마을의 어린아이들도 골칫거리였다. 다행히도 정글의 법칙에서 화를 참아야 한다고 배웠다. 정글에서는 화를 다스려야만 생명을 지키고 먹이를 얻을 수 있기 때문이다. 하지만 놀이를 못하거나 연을 날리지 못한다고, 혹은 어떤 단어를 잘못 발음했다고 해서 아이들이 놀릴 때면 모글리는 아이들을 집어들어 두 동강을 내고 싶었다. 벌거숭이 어린 것들을 죽이는 것은 비겁하다는 생각만 아니었으면 아마 그렇게 했을 것이다.

모글리는 자기가 얼마나 센지 잘 몰랐다. 정글에서는 다른 동물에 비해 자기가 항상 약하다고 생각했었다. 하지만 마을 사람들은 모글리가 황소만큼 힘이 세다고 말했다.

모글리가 전혀 이해할 수 없었던 또 한 가지는 사람과 사람 사이의 계급 차이였다. 옹기장이의 당나귀가 진흙 구덩이에 빠졌을 때 모글리는 당나귀 꼬리를 잡아 끌어내주었다. 칸히와라에서 열리는 장에 갈 수 있도록 도자기를 쌓아올리는 일도 도와주었다. 사람들에게 이건 아주 충격적인 일이었다. 옹기장이는 계급이 아주 낮았고, 당나귀는 더 낮았기 때문이다. 승려가 꾸짖자 모글리는 승려도 당나귀에 실어버리겠다고 협박했다. 이에 승려는 모글리에게 빨리 일을 시키는 게 좋겠다고 메수아의 남편에게 말했고, 마을의 장로는 다음 날 모글리에게 들소를 몰고 나가 풀을 먹이라고 했다. 이 소식에 가장 기뻐한 것은 바로 모글리였다. 그리고 그날 밤, 말하자면 마을의 하인으로 임명된 모글리는 커다란 무화과나무 아래 돌로 만든 연단에서 매일 밤 열리는 모임에 나갔다. 마을 사람들의 사교 모임이었고, 장로와 야경

꾼, 마을의 온갖 소문을 알고 있는 이발사, 그리고 총을 가진 늙은 사냥꾼 불데오가 만나 담배를 피웠다. 높은 나뭇가지에서는 원숭이들이 앉아 떠들었고, 연단 아래 구멍에는 코브라가 살고 있었다. 사람들은 매일 밤 코브라를 위해 작은 우유 접시를 준비했다. 코브라를 신성한 동물로 여겼기 때문이다. 늙은 남자들은 나무 주위에 모여앉아 이야기를 나누며 밤늦도록 커다란 담뱃대를 빨아댔다. 이들은 신과 인간, 그리고 유령에 대한 굉장한 이야기들을 들려주었다. 불데오는 정글에 사는 짐승들에 얽힌 놀라운 이야기를 해주었다. 어른들 곁에 앉아 이야기에 귀를 기울이고 있던 아이들의 눈이 커지다 못해 머리 밖으로 튀어나올 지경이었다. 대부분의 이야기는 짐승들에 대한 것이었다. 정글이 언제나 코앞에 있었기 때문이다. 사슴과 야생돼지는 농작물의 뿌리를 뒤엎어놨고, 이따금씩 나타나는 호랑이는 어스름이면 마을 문이 보이는 곳에까지 와서 사람을 잡아갔다.

사람들이 하는 이야기가 무엇인지 당연히 알고 있는 모글리는 웃는 모습을 들키지 않으려 얼굴을 손으로 가려야 했다. 무릎에 총을 올려놓은 불데오의 이야기가 무르익어갈수록 모글리의 어깨도 더 심하게 흔들렸다.

불데오는 메수아의 아들을 잡아간 호랑이가 유령 호랑이로, 몇 년 전에 죽은 사악한 고리대금업자의 혼이 그 호랑이 몸에 붙은 거라고 말했다. "이건 정말이야. 왜냐고? 푸른 다스는 발을 절었어. 회계장부가 타버렸을 때 난리가 났었는데, 그때 받은 충격으로 그렇게 된 거지. 내가 지금 말하는 그 호랑이도 발을 절어. 발자국이 일정하지 않은 걸 보면 알 수 있지."

"맞아, 맞아. 정말이야." 노인들이 서로 고개를 끄덕이며 맞장구쳤다.

"이 이야기들은 다 엉터리예요. 다 헛소리라고요. 그 호랑이는 태어날 때부터 발을 절었어요. 그건 다 아는 사실이죠. 자칼의 용기조차 없는 짐승한테 고리대금업자의 혼이 들렸다니, 아이들 말장난 같은 얘기예요."

너무 놀라 불데오가 잠시 말을 잊은 사이 마을 장로가 모글리를 찬찬히 노려봤다.

불데오가 말했다. "오호! 정글에서 온 애송이? 네가 그렇게 잘났다면 그 호랑이 가죽을 칸히와라에 가져오는 게 좋을 거야. 정부가 그 호랑이 목에 백 루피를 걸었거든. 더 좋은 건, 어른들이 말씀하실 때 입 다물고 있는 거지."

모글리가 가려고 일어났다. "저녁 내내 여기 누워서 이야기를 들었어요." 어깨 너머로 뒤돌아보며 모글리가 말했다. "그런데 한두 마디 빼고는 불데오가 정글에 대해서 한 말 중에 사실인 것은 하나도 없어요. 정글이 바로 코앞에 있는데도 말이죠. 그런데 어떻게 내가 불데오가 봤다고 하는 유령이니, 신이니, 도깨비니 하는 얘기를 믿을 수 있겠어요?"

불데오가 담배를 뻐끔대며 모글리의 무례함에 콧김을 씩씩대자 장로가 나서며 말했다. "저 아이 소몰이 하러 갈 시간이야."

대부분의 인도 마을에서는 남자아이들 몇이서 이른 아침 소와 버팔로를 몰고 나가 풀을 뜯게 하고 밤에 다시 데려왔다. 백인 남자를 밟아 죽이기도 했던 바로 그런 소들이었지만, 키가 자기 코에도 미치지 않는 어린애들이 자기를 두들겨패고 못살게 굴고 고래고래 소리를 질러도 가만히 있었다. 소떼와 함께 있는 한 아이들은 안전했다. 아무리 호랑이라도 떼로 모여 있는 소를 공격하지는 않았기 때문이다. 하지만 무리에서 이탈해서 꽃을 꺾거나 도마뱀을 쫓아가는 일이 생긴다면 호랑이에게 잡혀갈 수도 있었다. 모글리는 거대한 황소 라마의 등에 타고 새벽녘 거리를 돌아다녔다. 길게 뒤로 뻗은 뿔에 포악한 눈을 가진 쥐색 버팔로들이 한 마리씩 외양간에서 나와 모글리를 따랐고, 모글리는 같이 있는 아이들에게 자기가 대장임을 분명히 했다. 모글리는 광택이 나는 긴 대나무로 소를 몰았다. 그리고 아이들 중 하나인 카미아에게 자기가 버팔로를 몰고 다녀오는 동안 알아서 소에게 풀을 뜯기라고 말했다. 소떼에서 멀어지면 안 된다는 말도 잊지 않았다.

인도의 목지에는 바위와 관목, 풀숲이 많고 작은 계곡도 많았다. 소들은 그 사이로 흩어지기도 하고 사라지기도 했다. 버팔로는 대체로 물웅덩이나 진흙이 많은 곳 주변에서 몸을 뒹굴거나 따뜻한 진흙 속에서 몇 시간이고 햇볕을 쪼였다. 모글리는 버팔로를 정글에서부터 흘러나오는 와잉궁가 강이 있는 평원 끝까지 몰고 갔다. 그러고는 라마의 목에서 내려 대나무 숲으로 빠르게 걸어갔다. 그곳에는 그레이 브라더가 있었다. "여러 날 동안 여기서 기다렸어. 소몰이는 뭐야?"

"명령이야. 한동안 마을 목동으로 일해야 해. 시어칸 소식은 있어?"

"이곳으로 돌아와서 오랫동안 널 기다렸어. 사냥감이 귀해지자 다시 떠났어. 하지만 널 죽이려 해."

"좋아. 시어칸이 없는 동안은 저 바위에 앉아 있어. 다른 형제들에게도 그렇게 하라고 해. 그래야 내가 마을에서 나오면 너희를 볼 수 있으니까. 시어칸이 돌아오면 평원 중앙에 있는 티크나무 옆 골짜기에서 날 기다려. 시어칸 입으로 걸어들어갈 필요는 없으니까."

모글리는 버팔로가 주변에서 풀을 뜯는 동안 그늘진 곳에 누워 잠을 잤다. 인도에서 소떼 몰기는 세상에서 제일 한가한 일 중 하나다. 소들은 움직이다가, 우적우적 풀을 씹다가, 누웠다가, 다시 움직이기를 반복한다. 그저 가끔 신음을 낼 뿐 버팔로는 거의 아무 소리도 내지 않는다. 차례로 진흙 구덩이로 내려가 코와 파란 눈만 진흙 위로 내놓고 통나무처럼 누워 있다. 작열하는 태양열에 바위가 너울거리고, 소를 모는 아이들에겐 보이지도 않을 만큼 높은 곳에서 솔개가 우는 소리가 딱 한 번 들려온다. 아이들은 알고 있다. 자기들이 죽거나 소가 죽으면 그 솔개가 급강하할 것이고, 그러면 수마일 밖의 다음 솔개는 이 새가 내려가는 걸 보고 따라올 것이고, 그다음, 그다음 솔개 역시 그럴 거라는 것을 말이다. 그렇게 되면 목숨이 채 다하기도 전에 어디서인지도 모를 곳에서 수십 마리 배고픈 솔개가 나타날 것이다. 아이들은 자다 깨다를 반복하며 마른 풀로 바구니를 만들고 그 안에 메뚜기를 잡아넣는다. 혹은 사마귀를 두 마리 잡아 서로 싸움을 붙이기도 한다. 빨갛고 까만 정글의 견과류로 목걸이도 만들고, 도마뱀이 바위 위에서 햇볕을 쪼이는 모습이나 버드나무 가까운 곳에서 뱀이 개구리를 사냥하는 모습을 구경하기도 한다. 그러고 나서는 길고도 긴 노래를 부른다. 끝부분에는 원주민 특유의 야릇한 떨림을 넣는다. 아이들에게 하루는 다른 사람들의 인생 전부보다 더 긴 듯 느껴진다. 진흙으로 성을 만들어 그 안에 사람과 말, 버팔로를 만들어 넣기도 한다. 사람 형상의 손에 갈대 잎을 쥐여주고는 왕이라 한다. 다른 형상들은 왕의 군대다. 갈대 잎을 쥔 인형은 숭배의 대상인 신이 되기도 한다. 저녁이 오고 아이들이 소를 부른다. 버팔로들이 연속으로 발사되는 총성 같은 소리를 내며 끈적거리는 진흙에서 느릿느릿 움직인다. 그러고 나면 모두 함께 잿빛 평원을 되짚어 불빛이 반짝이는 마을로 줄지어 돌아온다.

날마다 모글리는 버팔로를 몰고 가서 진흙에 뒹굴게 해주고 평원을 가로질러 1.5마일 정도 떨어진 곳에 앉아 있는 그레이브라더의 등을 보았다. 그걸로 모글리는 시어칸이 아직 돌아오지 않았음을 알았다. 그리고 날마다 주변의 소음을 들으며 풀밭에 누워 정글에서의 옛날을 꿈꿨다. 만약 시어칸이 와잉궁가 옆 정글에서 절뚝이는 발을 헛디뎠다면 그 소리까지도 모글리의 귀에 들렸을 법한 길고도 적막한 아침들이었다.

마침내 그레이브라더가 약속한 장소에 보이지 않는 날이 왔다. 모글리는 호탕하게 웃으며 티크나무 옆 골짜기로 버팔로를 몰고 갔다. 황금빛 도는 빨간 꽃들이 온통 주변을 뒤덮고 있었다. 그곳에 그레이브라더가 등의 털을 곤추세우고 앉아 있었다. 그리고 헐떡거리며 말했다.

"시어칸은 네가 안심하기를 기다리면서 한 달을 숨어 있었어. 어젯밤에는 타바키와 함께 산을 넘어왔어. 널 황급히 쫓아온 거지."

모글리가 얼굴을 찡그렸다. "난 시어칸은 두렵지 않아. 하지만 타바키는 아주 교활해."

"두려워할 거 없어." 입술을 조금 핥으며 그레이브라더가 말했다. "새벽에 타바키를 만났어. 지금은 솔개를 만나 자기가 알고 있는 걸 말하고 있겠지. 등을 부러뜨리기 전에 나에게 모든 걸 말하라고 했지. 시어칸의 계획은 오늘 저녁 마을 입구에서 널 기다리는 거야. 다른 동물들은 아니고 너만. 지금은 와잉궁가의 마른 계곡에 있어."

"시어칸이 오늘 뭘 먹었어? 아니면 속이 빈 채로 사냥하는 거야?" 모글리가 물었다. 이 질문에 대한 답이야말로 그에게는 사느냐 죽느냐가 달린 문제였다.

"새벽에 돼지를 잡았어. 물도 마셨고. 알잖아. 시어칸은 안 먹고는 못 살아. 아무리 복수를 위해서라도 말이야."

"정말 어리석은 놈이야. 어린애 같아. 먹고, 거기다 마시기까지 하고선 자기가 다 자고 깰 때까지 내가 기다릴 거라고 생각한다? 자, 시어칸이 어디 있지? 우리 편이 열만 있으면 누워 있는 채로 잡을 수도 있을 텐데. 하지만 버팔로들은 먼저 건드리지 않으면 공격하지 않아. 버팔로 언어도 모르고. 어떻게 하면 버팔로들이 시어칸 냄새를 맡게 할 수 있을까?"

"그걸 막으려고 와잉궁가 강을 따라 헤엄쳤어."

"타바키가 그러라고 했을 거야. 시어칸 혼자서는 절대 그런 생각 못 하지." 모글리는 손가락을 입에 물고 생각중이었다. "와잉궁가의 큰 계곡. 그 계곡은 여기서 반 마일이 채 안 되는 곳에서 평원으로 이어져. 소떼를 몰고 정글을 통과해서 그 계곡 입구까지 가는 거야. 그리고 덮치는 거지. 하지만 시어칸은 하구에서 빠져나가겠지. 그쪽을 막아야 해. 그레이브라더, 소떼를 둘로 갈라줄 수 있어?"

"난 못할 것 같아. 하지만 우리를 도와줄 영리한 협력자를 모셔왔지." 그레이브라더는 빠른 걸음으로 걸어 어떤 구멍으로 쏙 들어갔다.

이어 모글리도 아주 잘 아는 커다란 회색 얼굴이 불쑥 나타났다. 정글에서 가장 처절한 울음소리, 즉 한낮에 사냥하는 늑대의 울음소리가 뜨거운 공기를 가득 메웠다.

"아켈라! 아켈라!" 모글리가 손뼉을 치며 외쳤다. "아저씨가 날 잊지 않으리라는 걸 알았어요. 지금 아주 중요한 일이 있어요. 소떼를 둘로 나눠줘요. 젖소랑 송아지 한 무리, 그리고 황소랑 쟁기 끄는 버팔로로 한 무리, 이렇게 둘로요."

늑대 두 마리가 소떼 사이로 들어왔다 나갔다를 반복하며 내달렸다. 콧김을 내뿜으며 머리를 치켜들던 소들은 어느새 두 무리로 갈라졌다. 한쪽에는 송아지를 가운데 두고 어미 버팔로가 모여 있었다. 늑대가 가만히 있기만 한다면 달려나가 목숨이 끊어질 때까지 짓밟을 만반의 태세를 갖추고 있었다. 다른 한쪽에는 황소와 어린 수컷들이 콧김을 내뿜으며 발을 구르고 있었다. 더 기세등등해 보이기는 했지만 사실 어미소 무리만큼 위험하지는 않았다. 보호해야 할 송아지가 없었기 때문이다. 사람이 여섯 명 있었다 해도 소떼를 이렇게 깔끔하게 분리해내지는 못했을 것이다.

"이젠 어떻게 할까?" 아켈라가 숨을 헐떡이며 물었다. "소들이 다시 합치려 하고 있는데."

모글리는 라마의 등에 부드럽게 올라탔다. "아켈라 아저씨는 황소를 왼쪽으로 몰아주세요. 그레이브라더, 우리가 가고 나면 암소를 골짜기 하구로 몰고 와줘."

"어디까지?" 숨을 헐떡이며 그레이브라더가 짧게 물었다.

"시어칸이 뛰어오를 수 없을 만큼 높은 산기슭까지. 그리고 우리가 갈 때까지 소들이 그곳에서 움직이지 못하게 해줘."

아켈라가 짖는 소리와 함께 황소들이 내달렸다. 그레이브라더는 암소들 앞에 우뚝 섰다. 암소가 그레이브라더를 향해 돌진했다. 그레이브라더는 소들과 적당한 간격을 유지한 채 달리면서 소들을 계곡 하구로 유인했다. 아켈라는 황소를 서쪽으로 멀리 몰고 갔다.

"훌륭해요! 한 번만 더 공격하면 그들도 움직이기 시작할 거예요. 아켈라, 이제 조심하세요. 더 건드리면 버팔로들도 공격할 테니까요. 블랙벅을 모는 것보다 더 힘드네요. 소들이 이렇게 빨리 움직일 수 있다고 상상이나 하셨어요?"

"한창때는 이런 소도 사냥했었어. 이제 소들을 정글로 몰까?" 먼지 속에서 아켈라가 헉헉거리며 말했다.

"네, 신속하게 방향을 틀어야 해요. 라마가 너무 화가 나 있어요. 라마한테 오늘 상황을 설명할 수만 있다면 얼마나 좋을까요?"

황소들은 이번에는 오른쪽으로 방향을 틀어 덤불을 향해 무섭게 돌진했다. 반 마일 밖에서 소를 돌보고 있던 다른 아이들은 있는 힘을 다해 마을로 달려가 버팔로가 미쳐 날뛰며 달아났다고 고래고래 소리를 질렀다.

모글리의 계획은 아주 간단했다. 모글리가 원한 것이라고는 커다란 원을 그리면서 언덕을 올라가 계곡 입구에 다다르는 것뿐이었다. 그리고 나서 소들을 아래로 몰면 시어칸은 황소와 암소 사이에 갇히게 될 터였다. 배부르게 먹고 마셨으니 시어칸은 싸울 수도, 계곡 기슭을 기어오를 수도 없는 상태일 것이다. 모글리는 이제 부드러운 소리로 버팔로를 달래고 있다. 아켈라는 저 뒤로 처져 한두 번 으르렁거리면서 후미의 소들을 재촉했다. 계곡으로 너무 가까이 가서 시어칸이 알아채게 하면 안 되었기 때문에 원이 아주 길어졌다. 마침내 모글리가 어리둥절해하는 소떼를 한곳으로 몰았다. 계곡 입구에 있는 풀이 많은 땅으로, 계곡으로 바로 이어지는 곳이었다. 그곳에서는 나무들이 한눈에 들어오고 그 아래 평원까지 시원하게 내려다보였다. 하지만 모글리가 본 것은 계곡의 기슭이었다. 아주 만족스럽게도 기슭은 거의 수직에 가까웠다. 기슭에서 자라나는 담쟁이덩굴도 호랑이에게 손잡이나 발판이 되어줄 수 있을 것 같지는 않았다.

"아켈라, 소들도 숨 좀 돌리게 해주세요." 손을 들어올리며 모글리가 말했다. "아직 호랑이 냄새를 맡지는 못했어요. 숨을 쉬게 해주세요. 이제 전 시어칸에게 누가 왔는지 말해줘야겠어요. 시어칸은 덫에 걸렸어요."

모글리는 입에 두 손을 모아 계곡 아래를 향해 소리쳤다. 마치 터널에서 소리치는 것처럼 바위에서 바위로 메아리가 울려퍼졌다.

한참 만에 이제 막 잠에서 깨어난 배부른 호랑이의 나른하고 졸린 으르렁거림이 들려왔다.

"누가 날 불러?" 시어칸의 소리에 화려한 공작 한 마리가 날카롭게 울며 계곡에서 푸드덕 날아올랐다.

"나, 모글리다. 소 도둑놈아, 이제 총회 바위로 갈 시간이야. 아켈라, 소들을 아래로 몰아줘요. 라마, 아래로, 아래로!"

소떼는 비탈 끝에서 잠시 머뭇거렸다. 하지만 아켈라가 있는 힘을 다해 사냥할 때 내는 괴성을 지르자 앞다투어 곤두박질치기 시작했다. 언덕을 내달리는 증기기관차에 모래와 자갈이 사방으로 튀어오르는 형국이었다. 일단 달리기 시작하자 소들을 멈추게 하는 것은 불가능해 보였다. 소들이 미처 계곡의 바닥에 다다르기도 전에 라마는 시어칸의 냄새를 맡고 긴 울음을 토해냈다.

라마의 등에 탄 모글리가 하하 소리내어 웃으며 말했다. "너도 이제 알았구나!" 시커먼 뿔들이 사나운 물결을 이뤄 넘실댔다. 입에 거품을 물고 앞을 노려보며 소떼가 계곡을 소용돌이쳤다. 홍수 때 돌들이 굴러떨어지는 것과 같은 형상이었다. 힘센 소에 밀려 계곡 양옆으로 밀려난 약한 소들은 덩굴을 뚫고 질주했다. 소들은 자기들 앞에 무엇이 기다리고 있는지 알고 있었다. 버팔로 무리의 무시무시한 질주. 호랑이도 이를 당해낼 수 없었다. 시어칸은 천둥처럼 울려퍼지는 발굽 소리를 듣고 몸을 일으켰다. 육중한 몸을 움직여 계곡을 내려갔다. 양옆을 살피며 빠져나갈 구멍을 찾았다. 하지만 계곡의 벽은 수직으로 뻗쳐 있었다. 물과 음식으로 가득 찬 무거운 배를 안고 앞으로 가는 것 외에는 방법이 없었다. 싸우는 것만 아니라면 무엇이라도 할 용의가 있었다. 소떼가 철퍽거리며 시어칸이 방금 떠난 물웅덩이를 지났다. 좁은 계곡이 떠나가도록 울음을 토해냈다. 모글리의 귀에는 계곡 하구에서 화답하는 소리가 들려왔다. 시어칸이 몸을 돌리는 모습이 보였다. 호랑이는 이 최악의 상황에서 둘 중 하나를 골라야 한다면, 송아지를 데리고 있는 어미소들보다는 황소와 맞서는 편이 낫다는 것을 알고 있었다. 이때 라마가 뭔가에 걸려 비틀거렸다. 그러고는 뭔가 보들보들한 것 위로 계속 전진했다. 바로 뒤에 황소떼가 따라오는 가운데 라마는 암소떼와 정면으로 부딪쳤다. 약한 버팔로들은 이 충돌의 충격으로 공중으로 붕 떠올랐다. 뿔로 받고 발을 구르고 콧김을 내뿜으며 전력으로 달려온 두 소떼가 마침내 평원에 도착했다. 기회를 노리고 있던 모글리는 라마의 등에서 가볍게 뛰어내려 막대기를 이리저리 휘둘렀다.

"아켈라, 서두르세요. 소들을 해산시켜요. 흩어지게 해요. 아니면 자기들끼리 싸울 거예요. 소들을 멀리 쫓아요, 아켈라. 라마! 휘이! 휘이! 휘이! 자, 애들아. 자, 이제 다 끝났다. 살살, 살살."

아켈라와 그레이브라더는 버팔로의 다리를 살짝살짝 깨물며 이리저리 달렸다. 소들이 빙그르르 방향을 돌며 다시 계곡 위로 달려가려 하기도 했지만 모글리는 라마의 방향을 트는 데 성공했고, 다른 소들은 라마를 따라 진흙 웅덩이로 갔다.

시어칸을 짓밟는 것은 이제 무의미했다. 이미 죽었기 때문이다. 벌써 솔개가 몰려들고 있었다.

"저건 개죽음이에요." 이렇게 말하며 모글리는 인간과 살게 된 이후로 칼집에 넣어 목에 걸고 다니는 칼을 더듬었다. "싸울 의지조차 없는 놈이었어요. 가죽은 총회 바위에 잘 보이게 걸어야죠. 어서 손을 써야 해요."

사람들 사이에서 훈련받은 아이였다면 십 피트나 되는 호랑이 가죽을 혼자 벗기겠다고 덤비지는 못했을 것이다. 하지만 모글리는 짐승의 가죽이 어떤 구조로 되어 있는지, 어떻게 하면 쉽게 벗길 수 있는지 누구보다 잘 알고 있었다. 그래도 쉬운 일은 아니었다. 한 시간 동안 베어내고 찢고 구시렁거리는 일이 반복되었다. 늑대들은 혀를 늘어뜨리고 있다가 모글리가 시키면 일어나 다가와 가죽을 잡아당겨주었다.

누군가 모글리의 어깨에 손을 얹었다. 구식 총을 든 불데오였다. 아이들이 마을로 돌아가 버팔로의 질주를 이야기했고, 화가 난 불데오는 소떼를 제대로 돌보지 않은 모글리를 혼내주리라 작정하고 있었다. 사람이 다가오는 걸 본 늑대들은 눈에 띄지 않는 곳으로 사라졌다.

화가 난 불데오가 말했다. "어리석게 이게 무슨 짓이야? 네가 호랑이 가죽을 벗길 수나 있을 것 같아? 버팔로들이 어디서 호랑이를 죽인 거야? 게다가 이건 절름발이 호랑이잖아. 이 호랑이 목에는 백 루피가 걸려 있다고. 좋아. 네가 소떼를 달아나게 한 건 눈감아주지. 대신 호랑이 가죽은 내가 칸히와라로 가져가겠다. 보상금을 받으면 너에게 일 루피를 줄 수도 있지." 불데오는 허리에 두른 천을 더듬어 부싯돌과 칼을 꺼내들고 허리를 숙여 시어칸의 수염을 태웠다. 인도의 사냥꾼들은 대부분 호랑이를 사냥하면 그 수염을 태웠다. 호랑이의 혼이 자기를 괴롭히지 않게 하기 위해서였다.

호랑이 앞발의 가죽을 뜯어내며 모글리가 혼자 하는 말처럼 중얼거렸다. "그러니까 보상금 때문에 호랑이 가죽을 칸히와라로 가져가시겠다는 거군요. 그리고 저에게는 일 루피를 주시겠다고요? 하지만 호랑이 가죽은 제가 쓸 데가 있어요. 이런! 아저씨, 그 불이나 치우세요!"

"마을의 대장 사냥꾼에게 이게 무슨 말버릇이야? 운도 좋았거니와 버팔로들이 멍청해서 네가 이 호랑이를 죽일 수 있었던 거야. 저 호랑이는 식사한 지가 얼마 되지 않았어. 안 그랬으면 지금쯤 이십 마일은 달아났겠지. 넌 호랑이 가죽을 벗기는 것도 제대로 못 하잖아. 이 거지 녀석, 감히 나한테 호랑이 수염을 태우지 말라고 했으렷다, 모글리, 보상금은 단 한 푼도 못 주겠다. 대신 흠씬 두들겨주지. 호랑이는 손대지 마."

"내 몸값을 대신 치러준 황소에 걸고 말하지만, 내가 이 아까운 시간에 늙은 원숭이한테 헛소리나 하고 있어야 할까요? 아켈라, 이 사람이 날 괴롭히네요."

그때까지 시어칸 머리 위로 허리를 숙이고 있던 불데오는 다음 순간 풀밭에 나동그라져 회색 늑대의 발밑에 깔렸다. 모글리는 인도 전체에 자기 혼자만 있는 것처럼 계속 호랑이 가죽을 벗겼다.

이를 앙다물고 모글리가 말했다. "그래요. 당신 말이 맞아요, 불데오. 보상금은 나에게 한 푼도 줄 수 없을 거예요. 이 절름발이 호랑이랑 난 아주 오래전부터 앙숙이었어요. 아주 오래된 이야기죠. 결국은 내가 이겼어요."

불데오 입장을 조금 생각해주자면, 아마 십 년 전쯤 만났더라면 불데오도 아켈라와 한번 붙어보았을 것이다. 하지만 이 아이의 명령을 따르는 늑대는 평범한 동물이 아니었다. 그건 마법이었다. 그것도 최악의 마법이라고 불데오는 생각했다. 목에 건 부적이 과연 자기를 지켜줄 수 있을지 고민이었다. 불데오는 죽은 듯 납작 엎드려 모글리가 호랑이로 변하지 않나 숨죽여 지켜보고 있었다.

마침내 불데오가 쉰 목소리로 나지막하게 입을 열었다. "마하라자! 위대한 왕이시여!"

"그렇죠!" 모글리가 고개도 돌리지 않은 채 낄낄거리며 대답했다.

"전 늙은이입니다. 당신이 그저 소떼를 모는 아이라고만 생각했죠. 일어나서 가도 될까요? 아니면 하인을 시켜 절 갈가리 물어뜯게 하실 건지요?"

"가세요. 그냥 가세요. 단, 다음번에는 제가 잡은 사냥감으로 저에게 장난칠 생각은 마세요. 아켈라, 놔주세요."

불데오는 절뚝거리며 있는 힘껏 마을을 향해 줄행랑치면서 모글리가 괴물로 변하지나 않을까 염려하며 어깨 너머로 뒤를 힐끔힐끔 돌아보았다. 마을에 도착한 불데오는 마법이니 요술이니 주술이니 하며 주절댔고, 승려는 아주 심각한 얼굴을 했다.

모글리는 계속 호랑이 가죽 벗기는 일에 매달렸다. 해질녘이 되어서야 모글리와 늑대들은 멋진 가죽을 깨끗하게 분리해낼 수 있었다.

"이제 가죽을 숨기고 소들을 집에 데려다줘야 해요. 아켈라, 소 모는 일을 좀 도와주세요."

안개 낀 황혼녘, 일행이 소를 몰아 마을 가까이 도착했을 때 소라고등 소리와 종소리가 들려왔다. 마을 사람들 반 정도가 입구에서 모글리를 기다리고 있는 것 같았다. "내가 시어칸을 죽였기 때문일 거야." 모글리가 혼잣말을 했다. 하지만 귀 옆으로 돌들이 슝슝 날아가는 소리가 들렸다. "요사스러운 마법을 부리는 놈! 늑대의 자식! 정글의 악령! 꺼져버려! 빨리 꺼지는 게 좋을 거야. 아니면 승려가 너를 다시 늑대로 만들어버릴 테니까. 불데오, 총을 쏴요!"

낡은 구식 총이 불을 뿜었다. 어린 버팔로 한 마리가 고통스러운 울음을 토하며 쓰러졌다.

마을 사람들이 소리쳤다. "이것도 마법이야! 저 아이는 총알의 방향을 바꿀 수 있어. 불데오, 쓰러진 소는 당신 소야."

"이게 도대체 무슨 일이야?" 돌팔매가 더 거세지자 모글리가 어리둥

절해하며 말했다.

"너의 형제라는 이 인간들도 짐승들 무리와 다를 바 없구나." 침착하게 앉으며 아켈라가 말했다. "총을 쏜 걸 보면, 이 사람들도 널 추방하려는 걸 거라는 생각이 든다."

"늑대! 늑대새끼! 꺼져!" 성스럽게 여기는 나룩풀의 가지를 흔들며 승려가 소리쳤다.

"또요? 지난번에는 내가 사람이라서 추방됐어요. 이번에는 내가 늑대라서라니요. 이제 가요, 아켈라."

한 여인이—메수아였다—사람들을 가로질러 뛰어와 울부짖었다. "내 아들, 내 아들! 사람들은 네가 마음대로 짐승으로 변할 수 있는 사악한 마법사라고 하는구나. 난 그 말을 믿지 않아. 하지만 가거라. 안 그러면 사람들이 널 죽일 거야. 불데오는 네가 마법사라고 해. 하지만 난 네가 나투의 복수를 했다는 걸 알고 있어."

"메수아, 돌아와요!" 사람들이 소리쳤다. "돌아와요. 아니면 당신도 돌을 맞을 거요."

모글리가 조금 흉하게 웃었다. 입에 돌을 하나 맞았기 때문이다. "빨리 돌아가세요, 메수아. 이건 땅거미가 질 때 사람들이 나무 아래 모여서 하는 멍청한 이야기들 중 하나일 뿐이에요. 어쨌든 적어도 당신 아들의 목숨 값은 치렀어요. 안녕히 계세요. 그리고 빨리 뛰어가세요. 저들이 던지는 돌부스러기보다 소떼를 더 빨리 뛰게 해서 들여보낼 거니까요. 그리고 전 마법사가 아니에요. 안녕히 계세요, 메수아!"

모글리가 늑대 형제에게 소리쳤다. "아켈라, 한 번 더 해야겠네요. 소떼를 안으로 들여보내주세요."

소들은 너무나도 마을로 들어가고 싶어 했다. 아켈라가 짖을 필요도 없었다. 소들은 회오리바람처럼 문을 통과했고, 모여 있던 사람들은 이리저리 흩어져 달아났다.

"잘 세어봐!" 모글리가 경멸하듯 소리쳤다. "내가 한 마리를 훔쳤을지도 모르니까. 잘 세라고. 난 이제 소몰이는 안 할 거니까. 잘들 계세요. 그리고 아이들과 메수아에게 감사하게 생각하세요. 늑대를 몰고 와서 당신들을 사냥하지 않은 건 그들 덕택이니까."

모글리는 돌아서서 아켈라와 함께 마을에서 멀어져갔다. 별을 바라보았다. 행복했다. "이제는 덫에서 잠들지 않아도 돼요, 아켈라. 시어칸 가죽을 가지고 어서 가요. 아니, 마을은 해치지 마요. 메수아는 나한테 잘해줬거든요."

평원 위로 달이 떠오르고 모든 것이 우윳빛으로 변했다. 겁에 질린 마을 사람들은 모글리를 바라보았다. 머리에는 짐을 이고 있었고, 늑대 두 마리가 그 뒤를 따르고 있었다. 삽시간에 수마일을 먹어치우는 불길처럼 모글리는 빠르고 한결같은 늑대의 걸음걸이로 멀어져갔다. 마을 사람들은 어느 때보다 크게 사원의 종을 울리고 소라고둥을 불었다. 메수아는 흐느꼈고, 불데오는 정글에서 겪은 모험을 한껏 부풀려서 떠들어댔다. 아켈라가 뒷발로 서서 사람처럼 말을 했다는 거짓말로 불데오의 이야기는 마무리되었다.

달이 막 질 무렵. 모글리와 두 마리 늑대가 총회 바위 언덕에 도착했다. 그들은 마더울프의 동굴에 멈추어섰다.

"엄마, 사람들 무리가 날 추방했어요. 하지만 약속을 지키려고 시어칸의 가죽을 가지고 왔어요." 마더울프가 뒤에 새끼들을 거느리고 근엄한 자세로 동굴에서 걸어나왔다. 가죽을 보자 마더울프의 눈이 빛났다.

"꼬마 개구리야, 시어칸이 네 생명을 노리고 이 동굴에 머리와 어깨를 들이밀었던 바로 그날 내가 말했었단다. 지금은 사냥을 하지만 나중에는 사냥을 당하는 처지가 될 거라고. 잘했다."

"동생아, 잘했다." 덤불에서 깊은 목소리가 들려왔다. "네가 없어서 외로웠어." 바기라였다. 바기라는 맨발의 모글리에게 뛰어왔다. 모두 함께 총회 바위로 올라갔다. 모글리는 아켈라가 앉던 평평한 바위에 가죽을 펼치고는 대나무 조각으로 고정시켰다. 아켈라는 가죽 위에 배를 깔고 앉아 예전처럼 총회를 소집하는 소리를 냈다. "잘 보시오, 늑대들이여! 잘 보시오." 파더울프가 처음 모글리를 이곳에 데려왔을 때 외쳤던 바로 그 소리였다.

아켈라가 우두머리 자리에서 밀려난 후 무리에는 지도자가 없었다. 모두 멋대로 사냥하고 싸웠다. 하지만 무리는 습관에 따라 이 외침에 대답했다. 몇몇은 덫에 걸려 다리를 절었고, 몇몇은 총에 맞아 절룩거렸으며, 또 몇몇은 상한 음식을 먹어 옴이 올라 있었다. 없어진 늑대도 많았다. 남아 있던 늑대들이 모두 총회 바위로 모였다. 그리고 바위 위에 펼쳐진 시어칸의 줄무늬 가죽을 보았다. 커다란 발톱이 속이 텅 비어 달랑달랑하는 발끝에 달려 있었다. 바로 이때 모글리가 운율 없는 노래를 부르기 시작했다. 저절로 목구멍에 치밀어오르는 노래였다. 모글리는 큰 소리로 노래를 부르며 풀썩거리는 가죽 위에서 폴짝폴짝 뛰었다. 그러고는 더이상 숨이 남아 있지 않을 때까지 발꿈치로 박자를 맞추었다. 노래 사이사이로 그레이브라더와 아켈라의 긴 울부짖음이 들려왔다.

"잘 보세요, 늑대들이여! 제가 약속을 지켰나요?" 노래를 끝낸 모글리가 물었다. 늑대들이 크게 짖으며 "네"라고 대답했다. 만신창이가 된 늑대 한 마리가 울부짖었다.

"다시 우리의 지도자가 되어주세요, 아켈라. 다시 우리를 이끌어주세요, 인간의 아들. 이 무질서에 넌더리가 납니다. 다시 한번 자유족이 되고 싶어요."

"그건 안 되지." 바기라가 말했다. "그렇게는 안 돼. 배가 부르면 다시 광증이 너희를 사로잡을 거야. 공짜로 자유족이라는 명칭을 다시 얻을 수는 없어. 자유를 위해 싸워라. 그러면 얻게 될 거야. 이 빌어먹을 늑대들아."

"인간 무리와 늑대 무리가 날 내쫓았어요." 모글리가 말했다. "난 이제 정글에서 혼자 사냥할 거예요."

"우리가 너와 함께 사냥하겠어." 모글리의 형제들이 말했다.

이날 이후 모글리는 멀리 떠나 네 마리 형제들과 함께 정글에서 사냥을 했다. 하지만 항상 외로운 것은 아니었다. 몇 년 후에는 성인이 되어 결혼을 했던 것이다.

하지만 그건 어른들을 위한 이야기다.

모글리의 노래

총회 바위 시어칸의 가죽 위에서
춤을 추며 부른 노래

모글리의 노래 ─ 나, 모글리가 노래한다. 정글아, 내가 해낸 일을 들으렴.

시어칸은 날 죽이겠다고 했어 ─ 죽이겠다고! 문 앞에서 황혼녘에 개구리 모글리를 죽이겠다고!

그는 먹고 마셨다. 양껏 마셔둬라, 시어칸. 이제 다시 언제 물을 맛볼지 알 수 없으니. 푹 자며 사냥 꿈을 꿔라.

초원에는 나 혼자다. 그레이브라더야, 내게 오렴! 내게 오라, 고독한 늑대야, 곧 큰 승부가 벌어질 테니!

커다란 버팔로들, 푸른 가죽과 성난 눈을 가진 수소들을 몰고 오렴. 내가 이르는 대로 그들을 몰고 와.

아직도 자고 있어, 시어칸? 일어나, 오, 일어나! 여기 내가 왔으니, 그리고 수소들을 데리고 왔으니.

버팔로의 제왕, 라마가 발을 굴렀다. 와잉궁가의 물아, 시어칸은 어디로 갔지?

놈은 구덩이를 파는 이키도 아니고, 공작새 마오가 아니니 날아갈 수도 없을 텐데. 박쥐 망이 아니니 나뭇가지에 매달릴 수도 없고. 바스락거리는 대나무들아, 놈은 어디로 갔지?

아! 저기 있군. 아후! 저기 있어. 라마의 발치에 절뚝이가 엎드려 있다! 일어나, 시어칸! 일어나 사냥해봐! 여기 고기가 있다! 수소들의 목을 부러뜨려라!

쉿! 놈은 자고 있다. 깨우지 않을 테다. 놈의 힘은 매우 드세니. 솔개들이 살피러 왔다. 검은 개미들도 살피러 왔다. 놈을 섬기는 무리가 모였다.

알랄라! 내겐 몸을 가릴 천이 없다. 솔개들은 내가 벌거벗은 것을 보겠지. 사람들을 만나는 것이 부끄러워.

가죽옷을 빌려줘, 시어칸. 내가 총회 바위에 갈 때 입을 알록달록한 외투를 빌려줘.

나는 내 목숨을 산 바기라의 수소에 약속했다―작은 약속을. 내 약속을 지키는 데 필요한 건 네 외투뿐.

칼로, 인간들이 쓰는 칼로, 사냥꾼이 쓰는 칼로, 나의 전리품을 도려내리.

와잉궁가의 물아, 시어칸은 나를 사랑해 내게 외투를 내준다. 당겨라, 그레이브라더여! 당겨라, 아켈라! 시어칸의 가죽은 무겁구나.

인간의 무리는 화가 났다. 그들은 돌을 던지며 애들이나 하는 소릴 한다. 입에서 피가 난다. 달아나야겠다.

밤새도록, 뜨거운 밤이 새도록, 나와 함께 빨리 달리자, 내 형제들아. 우리는 밝은 마을을 벗어나 그 달이 비추는 숲으로 간다.

와잉궁가의 물아, 인간의 무리가 나를 버렸어. 나는 아무 짓도 하지 않았지만, 그들은 날 두려워해. 왜일까?

늑대의 무리야, 너희도 나를 버렸다. 정글로는 돌아갈 수 없고, 마을도 날 받아주지 않는다. 왜일까?

망이 짐승과 새들 사이를 오가듯이, 나도 마을과 정글 사이를 오간다. 왜일까?

나는 시어칸의 가죽 위에서 춤을 추지만, 마음은 무겁다. 마을에서 맞은 돌팔매에 입술이 찢어지고 상처가 났지만, 마음은 아주 가볍다. 정글에 돌아왔으니까. 왜일까?

봄이면 뱀들이 서로 싸우듯이, 이 둘은 내 속에서 함께 싸운다.

눈에서 물이 흘러나온다. 하지만 그 물이 떨어져도 나는 웃는다. 왜일까?

나는 두 명의 모글리로 갈라졌지만, 시어칸의 가죽은 내 발밑에 있다.

내가 시어칸을 죽였다는 것을 정글은 모두 알고 있다. 봐라―똑바로 봐라. 오, 늑대들아!

아하! 알 수 없는 것들에 마음이 무겁다.

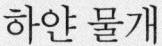

하얀 물개

쉿! 아가야, 조용. 밤이 우릴 쫓고 있어.
푸른 불빛을 내뿜던 물결이 시커멓고
부서지는 파도 위로 뜬 달빛은
파도 사이 우묵한 곳에 잠든 우리를 내려다보네.
물결과 물결이 만나는 곳, 그곳이 포근한 너의 베개.
피곤에 지친 작은 발길질. 편안하게 웅크리렴.
폭풍도 널 깨우진 못할 거야. 상어도 널 덮치지 못해.
천천히 흔들어주는 파도 품에 안겨 잠들렴.
_물개 자장가

이 모든 일은 몇 년 전, 멀고 먼 베링 해, 세인트폴 섬의 노바스토시나, 혹은 '북동쪽의 갑岬'이라 부르는 곳에서 일어났다. 일본으로 향하는 증기선을 타고 있을 때 겨울새이자 굴뚝새인 리머신이 바람에 우리 배 돛대까지 날려온 적이 있었다. 난 리머신을 선실로 데려와서 세인트폴로 다시 날아갈 기력을 회복할 때까지 며칠 동안 돌봐주었다. 이건 그때 리머신이 나에게 해준 이야기다. 리머신은 아주 기묘한 작은 새지만 진실을 이야기하는 방법을 알고 있었다.

볼일 없이 노바스토시나를 찾는 이는 없었다. 그리고 이곳에 정기적으로 볼일이 있는 건 물개들뿐이었다. 여름이 되면 차가운 회색 바다를 떠나 수천만 마리씩 이곳으로 모여들었다. 노바스토시나는 세상 어느 곳에 사는 물개에게도 최적의 서식지이기 때문이다.

시캐치Sea Catch도 그 사실을 알고 있었다. 그래서 봄마다, 자기가 있던 곳이 어디든 이곳을 향해 어뢰정 같은 기세로 헤엄을 쳤다. 그러고는 바다 가까운 곳의 가장 좋은 자리를 차지하기 위해 동료들과 다투며 한 달을 지냈다. 시캐치는 열다섯 살의 거대한 회색 물개였다. 갈기라고 불러도 좋을 만큼 자란 털이 어깨를 뒤덮었고 긴 송곳니는 무시무시했다. 앞발을 짚고 우뚝 서면 사 피트에 달하는 키에 무게는 거의 칠백 파운드였다. 시캐치의 무게를 잴 만큼 용감한 사람이 있다면 말이다. 사나운 싸움에서 입은 상처가 온몸 여기저기 남아 있었지만 언제라도 다시 싸울 태세가 되어 있었다. 적을 정면으로 바라보기가 두렵다는 듯 고개를 한쪽으로 괴고 있다가도 번개처럼 고개를 쳐들고 커다란 이빨을 다른 물개의 목에 박아넣곤 했다. 그럴 수만 있다면 상대야 도망치는 게 상책이지만 순순히 협조해줄 시캐치가 아니었다.

하지만 시캐치는 싸움에 진 물개를 쫓지는 않았다. 해안의 법칙에 위배되기 때문이다. 시캐치가 원한 것은 바닷가에 아기를 돌볼 수 있는 공간뿐이었다. 하지만 매년 봄이 되면 사오만 마리의 다른 물개들이 똑같은 것을 찾아 헤맸기에 휘파람 소리, 고함, 으르렁거리는 소리, 입김을 내뿜는 소리로 해안은 무시무시했다.

허친슨 언덕이라는 작은 언덕에서 내려다보면 3.5마일의 땅이 싸우는 물개들로 뒤덮인 광경을 볼 수 있었다. 밀려드는 파도 사이사이로, 얼른 뭍에 닿아 싸움에 끼어들려고 서두르는 물개들의 머리가 점점이 보였다. 부서지는 파도에서, 모래사장에서, 어린 물개들의 보금자리인 부드럽게 마모된 현무암에서 싸움은 계속되었다. 물개는 인간만큼이나 어리석고 타협을 모르는 종족들이기 때문이다. 암컷들은 오월 말,

유월 초가 되기 전까지는 절대 섬에 다가가지 않았다. 몸이 찢기는 것을 원치 않았기 때문이다. 가정을 꾸리지 않은 두 살, 세 살, 네 살 된 물개들은 줄지어 늘어서서 싸우는 물개들을 반 마일 정도 지나쳐 섬으로 가서는 떼를 지어 모래 언덕에서 놀면서 푸르게 돋아난 것은 모조리 짓뭉개 없애버렸다. 홀루시키, 즉 총각이라고 부르는 이 물개들은 노바스토시나에만 이삼 만 마리 정도가 있었다.

어느 봄날, 시캐치가 마흔다섯번째 싸움을 끝낸 직후였다. 부드럽고 매끄러우며 눈이 온화한 아내 마트카가 바다에서 나타났다. 시캐치는 부인의 목덜미를 잡아 자기가 마련한 보금자리에 떠다밀고는 거칠게 말했다. "언제나처럼 또 늦었군. 도대체 어디 있었던 거야?"

해안에 머무는 사 개월 동안은 보통 아무것도 먹지 않는 시캐치였기에 대체로 기분이 좋지 않았다. 이를 아는 마트카는 말대답을 삼갔다. 주위를 둘러보던 마트카가 정답게 속삭였다. "정말 당신은 생각이 깊어요. 이전과 같은 곳을 차지했네요."

"그래야 한다고 생각했지. 내 몸을 좀 봐!"

긁힌 상처투성이에 스무 군데 정도에서는 피가 흐르고 있었다. 한쪽 눈은 거의 실명 상태였으며 옆구리는 엉망으로 찢겨 있었다.

"당신, 정말!" 뒷지느러미로 부채질하며 마트카가 말했다. "분별 있게 좀 조용히 자리에 있을 수는 없어요? 누가 보면 범고래랑 싸움이라도 한 줄 알겠어요."

"오월 중순부터는 싸움밖에 안 했어. 이번 시즌에는 정말 지긋지긋하게 해안에 물개가 많더군. 루카논 해안에서 온 놈들만도 백 마리는 만났어. 다들 그냥 원래 살던 데 있으면 안 되나?"

"이 붐비는 곳 대신에 오터 섬 쪽으로 방향을 바꾸면 훨씬 좋지 않을까라는 생각을 종종 했어요."

"바보 같은 소리! 오터 섬은 애송이들이나 가는 데야. 우리가 가면 무서워서 그런다고 할걸. 체면을 지켜야지."

시캐치는 살찐 어깨 사이로 자랑스럽게 머리를 박고 몇 분간 잠을 청하는 척했다. 하지만 한순간도 경계를 늦추지 않았다. 물개들과 그 부인들이 모두 뭍에 올랐으니 이제 수마일 떨어진 바다에서도, 광풍을 뚫고 들려오는 물개들의 요란한 소음을 들을 수 있었다. 최소로 잡아도 해안에는 백만 마리의 물개가 있었다. 늙은 물개, 어미 물개, 작은 아기 물개, 총각 물개. 싸우는 소리, 몸을 질질 끄는 소리, 우는 소리, 기는 소리, 같이 노는 소리. 이 모든 소리는 바다로 울려퍼졌다가 다시 군단을 이루어 뭍으로 기어올라와서는 눈에 보이는 모든 땅덩어리를 뒤덮었다. 그러고는 안개를 뚫고 대규모로 활개를 쳤다. 해가 나와 잠시 동안 모든 것이 진줏빛이나 무지갯빛으로 보일 때를 제외하고, 노바스토시나는 거의 언제나 안개에 휩싸여 있었다.

마트카의 아기 코틱은 이 소란의 와중에 태어났다. 머리와 어깨밖에 없는 것처럼 보이는 코틱은 푸른 물빛 눈동자를 가지고 있었다. 여기까지는 평범한 어린 물개지만 코틱의 외피에는 엄마를 유심히 들여다보게 하는, 뭔가 특이한 점이 있었다.

"여보, 코틱은 흰 물개가 될 것 같아요."

"흥! 세상에 하얀 물개라는 건 없어."

"어쩔 수 없죠. 이젠 생겨난걸요." 이렇게 말하며 마트카는 엄마 물개가 아기 물개에게 불러주는 물개 노래를 나지막이 불렀다.

육 주가 되기 전에는 수영하면 안 돼.

수영을 하면 뒷지느러미 때문에 머리가 가라앉을 거야.

여름 광풍과 범고래는

아기 물개에게는 아주 안 좋아.

아기 물개에게는 아주 안 좋아,

정말 최악이지.

물장구치고 강해지렴.

그럼 잘못될 일이 없단다.

대해의 아이야!

물론 아기는 처음에는 노래를 이해하지 못했다. 지느러미를 파닥거리며 엄마 곁에서 기어다녔다. 아빠가 다른 물개와 싸울 때는 배로 기어서 피할 줄도 알게 되었다. 둘은 미끄러운 바위를 굴러서 오르내리며 고함을 질렀다. 마트카는 먹을 걸 얻기 위해 바다로 나가곤 했다. 이틀에 한 번만 아기에게 먹을 걸 먹였다. 아기는 잘 먹고 무럭무럭 자라났다.

아기가 처음 한 일은 내륙으로 기어간 것이었다. 거기서 아기는 자기 또래의 아기를 수만 마리 만났다. 아기들은 펭귄처럼 같이 놀다가 깨끗한 모래에서 잠을 자고 또 놀았다. 해안가의 부모들은 아기들에게 신경을 쓰지 않았고 총각 물개들은 자기 구역만 지켰기 때문에 아기 물개들은 정말 신나게 놀 수 있었다.

깊은 바다까지 가서 사냥을 하고 돌아올 때면 마트카는 곧장 놀이

터로 가서 양이 새끼를 부르듯 코틱을 부르고 대답을 기다렸다. 그러고는 가장 가까운 길을 골라 네 지느러미로 닥치는 대로 이쪽저쪽 어린 것들을 후려치며 코틱에게 갔다. 놀이터를 누비며 이렇게 새끼를 찾는 엄마들이 언제나 수백 마리 있었기에 아이들은 안전했다. 마트카가 코틱에게 말한 것처럼, "진흙물에 누워 옴이 옮거나 딱딱한 모래에 몸을 비벼서 베이거나 할퀴지만 않으면, 거친 바다에서 수영만 하지 않으면, 여기서는 아무것도 너를 다치게 하지 않을"것이었다.

어린 물개는 어린아이들과 마찬가지로 수영을 하지 못했다. 하지만 수영을 배우기 전까지는 불행했다. 처음 바다에 나갔을 때 코틱은 파도에 떠밀렸다. 큰 머리는 가라앉고 자그마한 뒷지느러미는 엄마가 노래로 알려준 것처럼 뒤로 치켜올라갔다. 두번째 파도가 다시 코틱을 뭍으로 던지지 않았다면 물에 빠져 죽었을지도 몰랐다.

그 이후로 코틱은 해안가 웅덩이에 앉아서 몸이 파도에 잠기도록 기다렸다가 지느러미를 파닥거려 몸을 일으키는 법을 배워야 했다. 하지만 코틱은 언제나 눈을 크게 뜨고 자기를 다치게 할 수도 있는 큰 파도가 오는지 살폈다. 지느러미 사용법을 이 주째 배웠다. 그동안 내내 코틱은 몸을 허우적거리며 물에 들어갔다 나오기를 반복했다. 기침을 해대다가 꽥꽥거리다가 해안을 기어올랐다가 모래에서 선잠을 자고는 다시 물로 가기를 계속했다. 마침내 코틱은 자기가 정말로 바다 동물이라는 걸 알게 되었다.

그럼 이제 상상이 될 것이다. 코틱이 친구들과 함께 밀려드는 파도 아래로 머리를 박았다가 부서지는 파도 위로 솟아오르고 물을 차고 물을 튀기며 소용돌이치며 해안으로 밀려드는 큰 파도에 밀려 뭍으로 내려앉는 모습을 말이다. 어른 물개들처럼 꼬리로 앉아 머리를 긁적이는 모습, 물살이 훑고 지나간 미끄럽고 잡초 많은 바위에서 '난 성의 왕이다' 놀이를 하는 모습도 상상할 수 있을 것이다. 이따금씩 커다란 상어의 가느다란 지느러미 같은 게 뭍 가까이까지 다가오는 것이 보였다. 코틱은 그것이 어린 물개도 마다않는 범고래 그램푸스라는 걸 알았다. 그럴 때면 코틱은 화살처럼 해안으로 돌진했다. 그럼 지느러미는 뭘 찾고 있는 게 아니라는 듯이 천천히 멀어져갔다.

시월 말이 되자 물개들은 가족 단위로, 혹은 부족 단위로 세인트폴 섬을 떠나 깊은 바다로 가기 시작했다. 새끼를 위한 보금자리를 차지하기 위한 싸움은 더이상 일어나지 않았고 총각 물개들은 마음 내키는 대로 아무 데서나 놀았다. 마트카가 코틱에게 말했다. "내년이 되면 넌 총각 물개야. 하지만 고기 잡는 법은 올해 배워야 한다."

이들은 함께 태평양을 가로질러 나아갔다. 마트카는 코틱에게 지느러미를 옆구리에 접고 코를 물 밖에 내놓고 등으로 누워서 잠을 자는 법을 가르쳐주었다. 태평양의 흔들리는 긴 파도보다 더 안락한 요람은 없었다. 코틱은 온몸이 아려오는 것을 느꼈다. 마트카는 그게 '물의 느낌'을 배우는 거라고 했다. 아리기도 하고 따끔거리기도 한 그 느낌은 날씨가 안 좋을 거라는 걸 뜻하므로 열심히 헤엄쳐서 멀리 달아나야 한다는 것이었다.

"조만간 어디로 헤엄을 쳐야 할지 알게 될 거야. 하지만 지금은 돌고래 시피그Sea Pig를 따라가자. 아주 현명한 친구거든." 한 무리의 돌고래가 자맥질을 하며 물살을 가르고 있었다. 코틱은 있는 힘을 다해 돌고래 무리를 따라갔다. "어디로 가야 할지 어떻게 아세요?" 숨을 헐떡이며 코틱이 물었다. 돌고래 무리의 대장은 하얀 눈알을 굴리고는 물 아래로 머리를 처박았다. "꼬리가 따끔거리는군. 뒤쪽에 거센 바람이 오고 있다는 뜻이야. 날 따르게! 끈적한 물(돌고래는 적도를 이렇게 부른다) 남쪽에 있을 때 꼬리가 따끔거리면 앞에서 돌풍이 불어온다는 뜻이고, 그럴 때면 북쪽으로 가야 해. 자, 가지! 여기는 물 느낌이 안 좋아."

이것은 코틱이 배운 수많은 것들 중 하나였다. 코틱은 늘 배우고 있었다. 바닷속 높이 솟아오른 퇴를 지날 때는 대구와 넙치를 따라가야 하고, 해초 사이에 있는 구멍에서 농어를 잡아채야 하며, 백 길 물속에 놓여 있는 난파선은 피해서 돌아가야 하고, 배의 창문을 드나들 때는 한쪽 창문으로 총알처럼 빠르게 들어갔다가 다른 쪽 창문으로 빠르게 나와야 한다고 엄마가 가르쳐주었다. 번개가 하늘을 가로지를 때 파도 꼭대기에서 춤추는 법, 꼬리가 뭉툭한 알바트로스와 군함새를 만났을 때 지느러미를 공손하게 흔드는 법, 지느러미를 옆구리에 착 붙이고 꼬리는 돌돌 만 채로 물에서 돌고래처럼 삼사 피트 뛰어오르는 법도 엄마한테 배웠다. 엄마는 이외에도 날치는 먹을 게 없으니까 잡지 말고, 열 길 바닷속에서는 전속력을 다해서 대구의 어깻죽지를 잡아채라고, 멈춰 서서 보트나 배, 특히 노 젓는 배를 바라보아서는 안 된다고 알려주었다. 이렇게 육 개월이 지나자 해저 사냥에 대해 알아야 하는 것 중 코틱이 모르는 건 하나도 없었다. 그동안 코틱은 단 한 번도 마른 땅에서 지느러미를 쉰 적이 없었다.

그러던 어느 날, 후안페르난데스 제도* 근처의 따뜻한 물에서 반쯤 졸고 있을 때, 봄날이 되면 인간들에게 흔히 있는 일처럼 코틱은 온몸이 나른해지는 것을 느꼈다. 문득 칠천 마일 떨어져 있는 노바스토시나의 멋지고 단단한 해안이 떠올랐다. 친구들과 했던 놀이, 해초 내음, 물개들의 울음소리, 그리고 새끼들의 보금자리를 위한 쟁탈전, 그 모든 것이 기억났다. 바로 그 순간 코틱은 북쪽을 향했다. 천천히 헤엄쳐 나가면서 코틱은 수십 마리의 옛 친구들을 만났다. 그들은 모두 같은 곳을 향하고 있었다. 그들은 말했다. "안녕, 코틱! 올해는 우리 모두 총각 물개야. 루카논에 부는 파도에서 불춤을 출 수 있어. 새로 돋은 풀밭에서 놀아도 되고. 그런데 그 털은 어디서 났니?"

코틱의 털은 거의 순백에 가까웠다. 코틱은 매우 자랑스러웠지만 그냥 "빨리 헤엄이나 쳐! 뭍에 닿고 싶어서 온몸이 다 근질거려"라고만 했다. 이들은 모두 자신들이 태어난 그 해안으로 돌아왔고 나이 든 물개들, 자기들의 아버지들이 흔들리는 안개 속에서 싸우는 소리를 들었다.

그날 밤 코틱은 한 살배기 물개들과 불춤을 추었다. 여름밤이면 노바스토시나에서 루카논에 이르는 바다는 온통 불바다였다. 솟구쳐오르는 물개들 뒤로 불타는 기름띠 같은 궤적이 생기고 섬광이 번쩍였다. 직선으로, 나선으로, 어지럽게 흩어지는 인광 속에 파도가 부서졌다. 총각 물개들은 자신들의 영역을 찾아가 새로 돋은 야생밀 사이를 구르며 바다에서 있었던 이야기들을 풀어놓았다. 아이들이 숲에 밤 따러 갔던 이야기를 하듯 물개들은 태평양 바다에 대해 얘기했다. 물개들의 말을 알아들을 수만 있다면 태평양 지도를 새로 만들 수도 있

---

* 칠레 연안에서 667킬로미터 떨어진 남태평양에 있는 섬들.

을 듯했다. 서너 살 먹은 총각 물개가 허친슨 언덕에서 달려내려오며 고함쳤다. "젊은 물개들아, 길을 비켜라. 바다는 깊고 너희는 아직 그 안에 뭐가 있는지 몰라. 케이프 혼*을 돌 때까지 기다려. 안녕, 젊은이. 그 하얀 털은 어디서 얻었나?"

"얻은 게 아니에요. 자라났어요." 코틱이 이렇게 대답하고 지나가려는 순간 검은 머리에 납작하고 빨간 얼굴의 남자 둘이 모래 언덕 뒤에서 나타났다. 그때껏 사람을 본 적이 없었던 코틱은 기침을 하며 머리를 숙였다. 급히 몇 야드 물러나 주저앉아서는 멍하니 앞을 응시했다. 케릭 부터린과 그 아들인 파타라몬이었다. 케릭 부터린은 섬에 사는 물개 사냥꾼들의 대장이었다. 아기 물개들이 태어나 자라는 곳에서 반 마일도 채 떨어지지 않은 작은 마을에 사는 이들은 어떤 물개를 죽음의 덫으로 몰아넣을지(물개도 양처럼 몰아넣을 수 있다) 고르는 중이었다. 그 물개는 나중에 물개가죽 재킷이 될 터였다.

"어라! 하얀 물개가 있네요." 파타라몬이 말했다.

케릭 부터린은 기름과 연기를 뒤집어써서 허옇게 변해 있었다. 케릭은 알류트족**이었고 알류트족은 깨끗한 사람들이 아니었다. 케릭은 기도를 하기 시작했다. "파타라몬, 하얀 물개를 건드리지 말거라. 하얀 물개는 듣도 보도 못 했다. 적어도 내가 태어난 이후로는 말이야. 지난해 광풍에 실종됐던 자하로프의 영혼일지도 몰라."

"가까이 가지 않을래요. 재수 없어요. 정말 자하로프가 돌아왔다고 생각하세요? 갈매기 알 몇 개 빚진 게 있는데." 파타라몬이 말했다.

---

* 남미 대륙 최남단 섬.
** 알류산 열도와 알래스카 서쪽에 사는 원주민.

"쳐다보지 마. 저기 네 살배기 물개들의 앞으로 가서 길을 막아봐. 오늘 이백 마리의 가죽을 벗겨야 하지만 시즌 첫날이고 일도 처음 하는 사람들이니까 백 마리면 족해. 빨리 움직여!"

파타라몬은 한 무리의 총각 물개 앞에서 물개의 어깨뼈 두 개를 흔들어 덜거덕덜거덕 소리를 냈다. 물개들은 콧김만 내뿜으며 미동도 하지 않았다. 그러고 나서 파타라몬이 다가서자 움직이기 시작했다. 케릭이 물개를 내륙 쪽으로 몰자 물개들은 동료들이 있는 곳에서 점점 멀어졌다. 수십만 마리 물개들은 동료 물개가 쫓기는 것을 지켜보았지만 아무 상관도 하지 않고 계속 놀기만 했다. 코틱만이 유일하게 질문을 하고 다녔지만 사람들은 늘 저런 식으로 일 년 중 육 주에서 팔 주 동안 물개몰이를 한다는 말 말고는 아무도 별다른 대답을 해주지 못했다.

"따라가봐야겠어." 물개들이 지나간 자리를 따라 몸을 끌고 가는 코틱은 눈알이 튀어나올 지경이었다.

"하얀 물개가 우릴 따라와요. 물개가 혼자서 도살터로 쫓아오는 건 처음 있는 일이에요." 파타라몬이 말했다.

"조용! 뒤를 보지 마라. 자하로프의 유령이 분명해. 사제랑 얘기를 해봐야겠어." 케릭이 말했다.

도살터까지의 거리는 반 마일밖에 되지 않았지만 한 시간이나 걸렸다. 물개가 너무 속력을 내면 열이 날 거고 그렇게 되면 가죽을 벗겨낼 때 갈라지기 쉽기 때문에 이들은 아주 천천히 물개를 몰았다. '바다사자의 목'을 지나고, '웹스터 하우스'를 지나고, 드디어 해안의 물개들이 보이지 않게 되는 '솔트 하우스'에 닿았다. 코틱은 헐떡거리면서도 이상하다 생각하며 계속 따라갔다. 코틱은 세상 끝까지 간 것만 같았다. 하지만 뒤쪽에 있는 물개 보금자리에서 들려오는 아우성은 터널 속 기차 소리만큼이나 크고 요란했다. 이끼에 주저앉은 케릭은 하얀 납으로 만든 시계를 꺼내들고 삼십 분 동안 물개들을 쉬게 했다. 케릭의 모자챙에서 안개의 물방울이 맺혀 떨어지는 소리가 코틱에게 들렸다. 그러더니 삼사 피트 길이의 쇠몽둥이를 든 열두어 명의 사람들이 나타났다. 케릭이 동료에게 물리거나 너무 더워하는 물개 한두 마리를 손으로 가리키자 사람들은 바다코끼리 목 가죽으로 만든 두꺼운 장화로 이 물개들을 걷어차 한옆으로 몰아냈다. "시작!" 케릭의 말이 떨어지자 사람들은 물개들의 머리를 몽둥이로 내려치기 시작했다. 순식간의 일이었다.

십 분 후 코틱은 더이상 친구를 알아볼 수 없었다. 코에서 뒷지느러미까지 쭉 찢긴 친구들의 가죽은 몸에서 분리되어 바닥에 차곡차곡 쌓여갔다.

코틱에게는 이걸로 충분했다. 몸을 돌린 코틱은 전속력으로(물개는 짧은 시간 동안은 아주 빠르게 질주할 수 있다) 바다를 향했다. 새로 돋은 수염이 겁에 질려 곤두섰다. 바다사자들이 파도 끝에 앉아 있는 '바다사자의 목'에 이르러 코틱은 머리를 지느러미로 감싸고 차가운 물에 몸을 던졌다. 그리고 파도에 몸을 맡겼다. 숨이 가빴다. 비참했다. "이게 누구신가?" 바다사자 한 마리가 퉁명스레 말했다. 보통 바다사자는 자기들끼리만 모여 있기 때문이었다.

"외로워요, 너무 외로워요!" 코틱이 말했다. "해안에서 사람들이 총각 물개를 모두 죽이고 있어요." 바다사자가 해안 쪽으로 고개를 돌렸다. "말도 안 되는 소리! 네 친구들은 보통 때처럼 시끄러워. 늙은 케릭이 물개떼를 죽이는 걸 본 게로군. 케릭이 삼십 년 동안 해온 짓이야."

"끔찍해요." 파도에 온몸이 젖었다. 코틱은 물을 밀쳐내며 지느러미를 바삐 움직였다. 그러다가 뾰족한 바위에서 삼 인치도 떨어지지 않은 곳에 섰다.

"한 살배기치고는 잘하는군!" 훌륭한 수영선수를 알아볼 줄 아는 바다사자가 말했다. "네 입장에서 보자면 정말 끔찍할 수도 있겠다. 하지만 너희 물개들이 해마다 오니까 인간들이 당연히 알게 되지. 사람이 전혀 없는 섬을 찾지 않는 한, 언제나 같은 일이 생길 거야."

"그런 섬이 어디 있나요?"

"난 이십 년 동안 넙치를 쫓아다녔지만 아직 그런 섬은 못 봤어. 하지만 넌 너보다 더 잘 아는 이들과 얘기하는 걸 좋아하는 것 같으니까, 바다코끼리 섬에 가서 시비치에게 물어봐. 시비치라면 뭔가 알지도 몰라. 그렇게 허둥대지 마. 육 마일이나 헤엄쳐야 하니까. 나라면 물 밖으로 나가서 우선 낮잠부터 자겠어."

좋은 충고라고 생각한 코틱은 물개들이 있는 해안으로 헤엄쳐가서 육지에 올라 보통 물개들처럼 온몸을 씰룩거리며 삼십 분간 잠을 잤다. 잠에서 깬 코틱은 곧장 바다코끼리 섬으로 갔다. 그곳은 노바스토시나에서 정확히 북동쪽에 있는 바위섬이었다. 온통 바위와 갈매기 둥지만 있는 섬으로 바다코끼리들이 무리를 이루어 살고 있었다.

코틱은 뭍에 올라 늙은 시비치에게 다가갔다. 크고 못생긴데다, 살찐 몸집에는 온통 여드름이 돋아 있었다. 목은 짧고 엄니는 긴 북태평양 바다코끼리 시비치는 지금처럼 잠들어 있을 때를 빼고는 예의라곤 찾아볼 수 없는 동물이었다. 그는 뒷지느러미를 반은 물속에 반은 물 밖에 둔 채 잠들어 있었다.

"좀 일어나보세요!" 코틱이 소리 질렀다. 갈매기들이 워낙 시끄럽게 떠들었기 때문이다.

"허 참, 이건 뭐야?" 시비치가 옆에 잠들어 있던 바다코끼리를 엄니로 후려쳐 깨우자 얻어맞은 바다코끼리는 그 옆에 잠든 바다코끼리를 쳤고, 이렇게 깨어난 바다코끼리는 다시 옆의 바다코끼리를 치기를 반복했다. 마침내 바다코끼리들이 모두 잠에서 깨어나 사방을 노려보았다. 하지만 코틱을 쳐다보는 바다코끼리는 없었다.

"안녕하세요, 저예요." 파도 위에서 너울대던 코틱이 외쳤다. 작고 하얀 민달팽이처럼 보였다.

"내 가죽이라도 벗기시려나?" 시비치가 말하자 바다코끼리들은 일제히 코틱을 바라보았다. 졸고 있던 노인들이 어린 소년을 바라보는 모습을 떠올려보면 지금 바다코끼리들이 코틱을 바라보는 모습을 상상할 수 있을 것이다. 코틱은 더이상 가죽 벗기는 일에 관계된 말을 듣고 싶지 않았다. 이미 본 것으로 충분했다. 그래서 이렇게 물었다. "물개가 갈 수 있는 곳 중에 사람이 없는 곳이 있나요?"

"가서 찾아봐." 눈을 감으며 시비치가 말했다. "빨리 꺼져. 우린 바빠."

코틱은 돌고래처럼 공중제비를 돌고는 목청껏 외쳤다. "조개만 먹지! 조개만 먹어!" 코틱은 시비치가 무시무시한 존재인 것처럼 굴지만 사실은 절대 물고기를 잡지 않고 조개와 해초만 먹는다는 걸 알고 있었다. 언제나 시비치를 놀릴 기회만 엿보던 치키와 구베루스키, 에파

트카, 시장갈매기, 키티웨이크, 그리고 퍼핀 등 온갖 바닷새들이 일제히 코틱을 따라 외쳐대기 시작했다. 리머신이 나에게 말해준 바에 따르면 약 오 분 동안은 총을 발사해도 들리지 않을 지경이었다고 한다. 이 섬에 사는 모든 동물들이 소리를 지르며 악을 쓰고 있었다. "조개만 먹는 노친네!" 시비치는 이리저리 몸을 굴리며 툴툴거리고 기침을 해댔다.

"이제 말해줄래요?" 숨을 헐떡이며 코틱이 물었다.

"가서 바다소한테 물어봐. 아직 살아 있다면 말해줄 거야."

"어떻게 바다소를 알아보죠?" 바다 쪽으로 몸을 돌리며 코틱이 물었다.

"바다소는 바다에서 유일하게 시비치보다 못생겼어. 더 못생기고 매너도 더 엉망이야. 노친네!" 시장갈매기 한 마리가 시비치의 코 아래서 빙글빙글 돌며 말했다.

소리 지르는 갈매기들을 뒤로하고 코틱은 노바스토시나로 헤엄쳐 돌아왔다. 조용히 있을 곳을 찾고자 하는 코틱의 노력에 공감하는 물개는 단 한 마리도 없었다. 사람들은 언제나 총각 물개를 쫓았다는 말뿐이었다. 늘상 있는 일이니 험한 꼴 보기 싫으면 살육의 땅으로는 가지 말라고 했다. 하지만 직접 살육을 목격한 물개는 없었다. 그게 코틱과 다른 물개들의 차이점이었다. 게다가 코틱은 하얀 물개였다.

아들의 모험에 대해 들은 시캐치가 말했다. "빨리 자라서 이 아빠처럼 큰 물개가 되는 게 급선무야. 그리고 해안에 아기를 키울 보금자리를 만들고. 그럼 아무도 널 건드리지 않을 거야. 이제 오 년 후엔 너도 혼자 싸울 수 있어야지." 온화한 성품의 엄마 마트카도 "네 힘으로 살육을 막을 수는 없단다. 바다에 나가서 놀기나 하렴" 하고 말했다. 물로 나간 코틱은 불춤을 추었다. 어린 마음이 무거웠다.

그해 가을 코틱은 혼자 서둘러 해안을 떠났다. 고집불통의 둥근 머리에 떠오른 생각 때문이었다. 이 바다에 살고 있기만 하다면 반드시 바다소를 찾을 생각이었다. 그리고 물개가 살 수 있는 해안이 있는, 인간이 근접하지 못하는 조용한 섬을 찾고자 했다. 코틱은 혼자서 북태평양에서 남태평양까지를 뒤지고 또 뒤졌다. 하루 밤낮에 삼백 마일을 헤엄쳤다. 수없이 많은 모험을 했고 돌묵상어와 점박이상어, 그리고 귀상어에게서 가까스로 도망치기도 했다. 바다에 출몰하는 믿지 못할 악한들도 만났다. 예의바르고 육중한 물고기, 한곳에서 수백 년을 사는 선홍색 점무늬 가리비도 만났다. 자랑스러웠다. 하지만 바다소도, 마음에 드는 섬도 찾지 못했다.

해안이 좋고 뒤에 물개들이 놀 수 있는 언덕이 있으면 영락없이 수평선에 고래기름을 끓이고 있는 포경선이 보였다. 코틱은 그게 무엇을 의미하는지 알았다. 물개들이 찾아왔다가 몰살된 곳도 있었다. 인간은 한 번 왔던 곳은 다시 또 들른다는 것도 코틱은 알았다.

꼬리가 뭉툭한 알바트로스는 케르겔렌 섬이야말로 평화롭고 고요한 곳이라 했다. 하지만 그곳에 도착한 코틱은 무시무시한 검은 절벽에 부딪혀 하마터면 몸이 부서질 뻔했다. 진눈깨비를 동반한 폭풍이 무섭게 불었고 천둥과 번개도 쳤다. 광풍에 맞서 힘겹게 몸을 추스르는 와중에 이곳도 한때 물개의 보금자리였다는 사실을 알 수 있었다. 코틱이 찾아간 수많은 섬들도 마찬가지였다.

리머신은 섬들의 이름을 길게 열거해주었다. 코틱은 다섯 해 동안 바다를 헤매고 다녔던 것이다. 매년 넉 달은 노바스토시나에서 휴식을 취했는데, 그때가 되면 총각 물개들은 코틱과 코틱의 상상 속 섬을 놀려대곤 했다. 무섭도록 건조한 적도의 갈라파고스 군도를 갔을 때에는 가죽이 갈라져서 거의 죽을 뻔했다. 조지아 섬, 사우스오크니 제도, 에메랄드 섬, 리틀나이팅게일 섬, 고프 섬, 부베 섬, 크로셋 군도, 심지어 희망봉 남쪽에 있는 매우 작은 섬에도 갔었다. 하지만 어디를 가든 바다의 식구들은 코틱에게 모두 같은 이야기를 했다. 물개들이 이 섬들에 온 적이 있지만 인간이 이들을 모두 죽여 없앴다는 것이었다. 태평양을 벗어나 수백 마일을 헤엄쳐 코리엔테스 곶이라는 곳에도 갔었다(고프 섬에서 돌아오는 중이었다). 하지만 그곳에서 코틱이 만난 건 초라하기 이를 데 없는 수백 마리 물개가 바위에 앉아 있는 모습뿐이었다. 물개들은 그곳에도 인간이 왔었다고 말해주었다.

절망한 코틱은 혼 곶을 돌아 다시 집으로 향했다. 북쪽으로 가는 길에 푸른 나무가 가득한 섬에 올랐고, 그곳에서 죽어가는 늙은 물개를 발견했다. 코틱은 물고기를 잡아주면서 늙은 물개에게 자기의 슬픈 이야기를 쏟아냈다. "전 지금 노바스토시나로 가는 길이에요. 다른 총각 물개들이랑 같이 떼죽음을 당한대도 이제 신경 안 써요."

늙은 물개가 말했다. "다시 한번만 더 찾아보게나. 난 마사푸에라에서 사라진 물개들 중 마지막 생존 물개야. 인간이 우리를 수십만 마리씩 죽이던 시절에 해안에는 이런 이야기가 있었어. 언젠가 하얀 물개가 북에서 나타나 우리를 조용한 곳으로 데려갈 거라고. 난 이미 너무 늙어서 그런 날을 볼 수는 없겠지만 다른 물개들은 보겠지. 다시 한번만 찾아보게나."

코틱은 콧수염을 말아올렸다. 아름다운 콧수염이었다. 그리고 말했다. "제가 최초의 하얀 물개예요. 게다가 검은 물개와 하얀 물개를 통틀어, 새로운 섬을 찾아야겠다는 생각을 한 유일한 물개죠."

이 일로 코틱은 많은 용기를 얻었다. 그해 여름 노바스토시나로 돌아오자 엄마 마트카는 코틱에게 제발 결혼해서 정착하라고 말했다. 코틱은 이제 더이상 총각 물개가 아닌 다 자란 어른 물개였다. 곱슬곱슬한 하얀 털이 어깨를 덮은, 아빠만큼이나 무겁고 크고 사나운 물개가 된 것이었다. "한 철만 더 기다려주세요. 엄마도 알죠? 해안에서 가장 멀리까지 밀려오는 파도는 항상 일곱번째 파도예요."

정말 묘하게도, 다음 해까지 짝짓기를 미루겠다는 암컷 물개가 한 마리 더 있었다. 마지막 탐험을 떠나기 전날 밤 코틱은 루카논 비치에서 그녀와 불춤을 추었다.

이번에는 서쪽으로 갔다. 넙치 무리가 지나간 자리를 따라갔다. 건강을 유지하기 위해서는 하루에 물고기를 백 파운드 정도는 먹어야 했기 때문이다. 피곤해질 때까지 넙치를 따라간 코틱은 몸을 동그랗게 말고 코퍼 섬으로 밀려가는 파도의 우묵한 곳에 몸을 맡긴 채 잠을 청했다. 이곳은 코틱이 아주 잘 아는 곳이었기에 자정쯤 잡초에 몸이 부딪힌 걸 느꼈을 때도 "오늘은 파도가 심하네"라고 중얼거렸을 뿐이었다. 물 아래서 몸을 돌린 코틱은 천천히 눈을 뜨고 기지개를 켜다가 고양이처럼 펄쩍 뛰었다. 뭔가 거대한 것들이 얕은 물에서 코를 박고 킁킁거리며 무성한 해초숲 가장자리를 먹고 있었기 때문이다.

"맙소사! 이건 도대체 뭐야?"

해마도, 바다사자도, 물개도, 곰도, 고래도, 상어도, 물고기도, 오징

어도 아니고 조가비도 아니었다. 이런 종족은 지금까지 한 번도 본 적이 없었다. 길이는 이십에서 삼십 피트 정도에 뒷지느러미 대신 삽처럼 생긴 꼬리가 달려 있었다. 젖은 가죽을 잘라 다듬어 만든 꼬리처럼 보였다. 얼굴은 너무나 멍청해 보였고, 풀을 뜯지 않을 때는 뚱뚱한 사람이 팔을 흔들듯 앞지느러미를 흔들며 서로에게 엄숙히 인사하며 꼬리로 균형을 잡고 서 있었다.

"안녕하십니까?" 코틱이 말을 건넸다. 그 큰 것들은 고개를 숙이고 개구리 하인*처럼 지느러미를 흔들어 답 하고는 다시 먹기 시작했다. 코틱은 이들의 윗입술이 반으로 쪼개져 있는 걸 보았다. 이 부분이 실룩거리며 삼십 센티미터 정도 열렸다가 해초를 한 움큼 물고 다시 닫히는 것이었다. 해초를 입으로 밀어넣고는 엄숙하게 우적우적 씹었다.

"정말 지저분하게도 먹는군!" 코틱이 말했다. 큰 동물들이 다시 한 번 고개 숙여 인사를 했다. 코틱은 화가 나기 시작했다. "좋아. 어쩌다 너희가 앞지느러미에 관절이 하나 더 있다고 해도 그걸 그렇게 자랑할 필요는 없잖아. 우아하게 인사하는 건 알겠는데 이름부터 알자." 갈라진 입술이 달싹이더니 실룩거렸다. 유리알 같은 푸른 눈동자가 코틱을 응시했다. 하지만 말을 하지는 않았다.

"시비치보다 더 못생긴 동물은 처음이야. 매너도 더 형편없고."

그때 섬광처럼 시장갈매기가 했던 말이 생각났다. 바로 코틱이 한 살 때, 바다코끼리 섬에서 있었던 일이었다. 코틱은 물속에서 뒤로 비틀거렸다. 드디어 바다소를 찾은 것이었다.

---

*『이상한 나라의 앨리스』에 등장하는 개구리.

바다소들은 계속 해초를 뜯고 우적거리며 씹었다. 코틱은 여행하며 주위들은 모든 언어를 동원해 바다소들에게 질문을 했다. 바다에 사는 동물들은 인간들만큼이나 다양한 언어를 사용한다. 하지만 바다소는 대답하지 않았다. 말을 못하기 때문이다. 바다소의 목 안에는 원래 일곱 개 있어야 할 뼈가 여섯 개밖에 없다. 게다가 물속에서 말을 해야 하기 때문에 자기들끼리도 대화가 힘들다. 하지만 여러분도 알다시피 바다소는 앞지느러미에 관절이 하나 더 있다. 그들은 앞지느러미를 상하좌우로 흔들어서 서툴기는 하지만 일종의 신호를 만들어낸다.

동이 틀 때쯤, 코틱의 털은 곤두섰고 인내심은 바닥이 났다. 그제야 바다소는 아주 천천히 북쪽으로 이동하기 시작했다. 때로 멈추어서 우스꽝스럽게 인사를 하는 회의를 했다. "저렇게 멍청한 족속이 지금까지 살아남은 걸 보면 안전한 섬을 찾아낸 게 틀림없어. 바다소에게 좋은 곳이라면 우리 물개들에게도 물론 좋은 곳이겠지. 어쨌든, 빨리들 좀 갔으면 좋겠다."

코틱에게는 아주 따분한 일이었다. 바다소들은 하루에 사쪽에서 오십 마일 이상을 가는 일이 없었고 밤에는 먹기 위해 멈추었으며 해안 가까운 곳에서 멀어지는 일도 없었다. 코틱이 위, 아래, 옆으로 맴돌며 주변에서 헤엄을 쳤지만 그들을 서둘러 가게 할 수는 없었다. 북으로 갈수록 인사하며 멈춰 서는 일이 더 잦아졌고 조바심이 난 코틱은 자꾸 수염을 물어뜯었다. 수염이 다 떨어져나갈 지경이었다. 그러나 마침내 코틱은 바다소들이 따뜻한 해류를 따라가고 있음을 문득 알아차렸고 이들을 더 존경하게 되었다.

어느 날 밤 바다소들이 반짝이는 물 아래로 마치 돌처럼 쑥 가라앉았다. 그러고는 코틱이 이들을 만난 이후로 정말 처음으로 헤엄치는 속도가 빨라졌다. 바다소들을 따라가던 코틱은 그 속도에 놀라지 않을 수 없었다. 한 번도 바다소가 헤엄을 잘 칠 거라고는 생각해보지 않았던 것이다. 바다소들은 해안가 절벽을 향했다. 절벽 아래는 물이 아주 깊었다. 바다소들은 이 절벽 아래 부분의 어두운 구멍으로 돌진했다. 바닷속 백이십 피트 깊이였다. 정말 오래 헤엄을 쳐야 했다. 바다소들을 따라 어두운 터널을 통과하던 코틱은 신선한 공기가 너무나도 그리웠다.

"맙소사!" 터널 끝에서 물 밖으로 얼굴을 내민 코틱이 숨을 헐떡거리며 말했다. "정말 오랜 잠수였어. 하지만 그럴 가치가 있었지."

바다소들은 해안을 따라 죽 흩어져 한가로이 풀을 뜯고 있었다. 코틱이 지금까지 본 해안 중 최고였다. 부드럽게 닳은 바위들이 해안을 따라 몇 마일에 걸쳐 늘어서 있었다. 물개가 아기를 낳아 기르기에 이보다 더 좋을 수 없는 곳이었다. 이렇게 늘어선 바위 뒤로는 뭍을 향해 딱딱한 모래로 덮인 경사지가 있었다. 물개들의 놀이터였다. 춤출 수 있는 파도, 뒹굴 수 있는 풀숲, 오르락내리락할 수 있는 모래언덕도 있었다. 그리고 무엇보다 코틱은 물의 감촉으로, 이곳에는 단 한 번도 인간이 온 적이 없다는 것을 느낄 수 있었다.

우선 코틱은 어장이 좋다고 생각했다. 그러고는 해안을 따라 헤엄을 치면서 아름다운 안개에 반쯤 가려 있는, 매혹적인 낮은 모래섬들을 헤아려보았다. 멀리 북쪽으로 모래톱과 바위가 줄지어 바다로 뻗어 있었다. 해안에서 육 마일 이내로는 배가 절대 접근하지 못할 지형이었다. 섬들과 육지 사이의 깊은 물은 가파른 절벽을 향해 흘렀고, 그 절벽 아래 어딘가에 수중 동굴의 입구가 있었다.

"열 배나 더 훌륭한 노바스토시나군. 바다소들은 내가 생각했던 것보다 훨씬 현명한 게 틀림없어. 어떤 인간도 저 절벽으로 내려올 수는 없을 거야. 배로 접근하려다가는 바다 쪽 모래톱에 부딪혀 부서져버릴 거고. 바다에서 안전한 곳이 있다면 바로 여기야."

코틱은 섬에 두고 온 물개를 생각하기 시작했다. 빨리 노바스토시나로 돌아가야 했지만 새로운 곳을 샅샅이 살펴보았다. 물개들의 질문에 모두 답해줄 수 있어야 하기 때문이었다.

잠수를 해서 터널 입구를 확인한 코틱은 빠른 속도로 남쪽을 향했다. 바다소나 물개가 아니고서는 그런 장소가 있으리라고는 꿈에도 생각지 못할 것이다. 다시 절벽을 바라보자 코틱 자신도 자기가 그 절벽 아래 갔었다는 사실을 믿을 수가 없었다.

서둘러 헤엄을 쳤는데도 집까지는 엿새가 걸렸다. 바다사자의 목을 지나쳐 올라왔을 때 코틱이 처음 마주친 것은 그를 기다리고 있던 암컷 물개였다. 그녀는 코틱의 눈빛을 보고 코틱이 마침내 바라던 섬을 찾아냈음을 알아차렸다.

하지만 코틱이 자기가 뭘 찾아냈는지 설명하자 총각 물개와 아버지 시캐치, 그리고 다른 모든 물개들이 그를 비웃었다. 코틱 또래의 한 젊은 물개는 이렇게 말했다. "다 좋아, 코틱. 하지만 넌 어딘지도 모를 곳에서 돌아와서는 우리더러 그곳으로 가라고 명령만 내리고 있잖아. 우린 우리의 보금자리를 위해 싸웠어. 넌 싸우기는커녕 바다에서 어슬렁거리고 돌아다니는 걸 더 좋아했지."

다른 물개들이 웃었다. 그러자 이 젊은 물개는 고개를 이리저리 비틀어 돌리기 시작했다. 그해 막 결혼한 이 친구는 장가간 것을 야단스럽게 떠들어대던 중이었다.

"난 싸워서 지킬 보금자리가 없어. 그저 너희한테 안전한 곳을 보여주고 싶었을 뿐이야. 싸우는 게 무슨 소용이 있어?"

"물론 네가 그렇게 순순히 물러선다면 나로서는 더 할 말이 없지." 흉하게 킬킬거리며 젊은 물개가 말했다.

"내가 이기면 나랑 같이 갈래?" 코틱이 물었다. 코틱의 눈에 푸른 빛이 돌았다. 어쨌든 싸울 수밖에 없다는 생각에 분노가 치밀었던 것이다.

"좋지. 만약에 네가 이길 수만 있다면." 젊은 물개가 심드렁하게 대답했다.

젊은 물개에게는 결정을 번복할 시간이 없었다. 코틱의 머리가 쏜살같이 앞으로 나아가는가 싶더니 젊은 물개의 살찐 목에 이빨을 깊숙이 꽂아넣었던 것이다. 코틱은 해안을 따라 적을 질질 끌고 가서는 잡아흔들어 때려눕혔다. 그리고 물개들을 향해 소리쳤다. "지난 오 년 동안 난 여러분을 위해서 최선을 다했습니다. 그리고 마침내 안전한 섬을 발견했어요. 하지만 미련한 목에서 머리를 잡아끌어 떼어놓지 않으면 믿으려 하지를 않는군요. 이제 여러분을 좀 가르쳐야 되겠어요. 각오하세요!"

리머신이 말하기를, 자기는 짧게 사는 동안 단 한 번도 코틱이 물개들의 보금자리로 공격해 들어갈 때와 같은 모습을 본 적이―리머신은 매년 만 마리의 성장한 물개들이 싸우는 모습을 본다―없다고 했다. 코틱은 가장 덩치가 큰 물개에게 달려들더니 목을 졸라 거의 질식을 시켰다. 그러고는 제발 살려달라는 소리가 나올 때까지 두들겨팼다. 또다시 다른 시캐치에게 덤벼들었다. 다른 물개들은 일 년에 넉 달씩 금식을 하지만 코틱은 한 번도 그런 적이 없었다. 깊은 바다에서 계속 헤엄을 치면서 여행을 한 덕분에 몸은 최상의 컨디션을 유지하고 있었다. 그리고 무엇보다 싸워본 적이 없었다. 곱슬곱슬한 하얀 털은 분노로 곤추섰고 눈은 번뜩였으며 커다란 송곳니는 광택을 내뿜었다. 바라보면 눈이 부실 지경이었다.

아버지 올드 시캐치는 코틱이 쏜살같이 움직이며 회색빛 늙은 물개들을 넙치 다루듯 끌고 다니고, 사방의 총각 물개들을 때려눕히는 모습을 지켜보았다. 시캐치는 한 번 크게 울부짖더니 큰 소리로 말했다. "어리석을지는 몰라. 하지만 해안 최고의 전사지. 이 아비를 막지 마라, 아들아. 내가 너와 함께한다."

코틱이 울부짖음으로 대답했다. 올드 시캐치는 뒤뚱거리며 걸어왔다. 콧수염은 곤추서고 기관차처럼 콧김이 뿜어져나왔다. 마트카와 코틱의 짝이 될 물개는 몸을 웅크린 채 수컷들의 위용을 우러렀다. 굉장한 싸움이었다. 감히 머리를 치켜드는 물개가 보이기만 하면 바로 둘의 공격이 시작되었던 것이다. 두 부자는 크게 울부짖으며 해안을 따라 당당히 행진했다.

밤이 오고 북극광이 안개를 뚫고 번쩍일 때, 코틱은 빈 바위에 올라 여기저기 흩어져 있는 물개들의 보금자리와 가죽이 찢겨 피를 흘리고 있는 물개들을 내려다보았다. "자, 이제 가르칠 만큼 가르쳤으니 뭔가 깨달았겠지."

"이런!" 상처로 만신창이가 된 시캐치가 뻣뻣하게 몸을 일으키며 말했다. "범고래도 물개들을 이 지경으로 만들어놓지는 못했을 거야. 아들아, 네가 자랑스럽구나. 난 너와 함께 그 섬으로 가겠다. 정말 그런 섬이 있다면 말이야."

"자, 살찐 돼지 같은 물개들아! 어느 물개가 나와 함께 바다소의 터널로 가겠나? 대답하라. 대답이 없으면 다시 가르칠 것이다." 코틱이 소리를 질렀다.

해안선 전체에 걸쳐 웅성거리는 소리가 일었다. 잔물결이 부서지는 소리 같았다. 수천의 피곤한 목소리들이 말했다. "가겠습니다. 하얀 물개 코틱을 따라가겠습니다."

코틱은 어깨 사이에 머리를 묻고 자랑스럽게 눈을 감았다. 이제 코틱은 더이상 하얀 물개가 아니었다. 머리부터 꼬리까지 붉은색이었다. 하지만 절대로 상처를 바라보거나 만지는 일 따위는 하지 않을 것이다.

일주일 후 코틱은 거의 만 마리에 이르는 총각 물개와 늙은 물개 들을 이끌고 바다소의 터널을 향해 북쪽으로 출발했다. 노바스토시나에 남은 물개들은 이들을 바보라 했다. 하지만 이듬해 봄, 물개들이 태평양의 어장에서 만났을 때 코틱의 물개들이 바다소의 터널 너머에 있는 새로운 해안에 대해 이야기하자, 점점 더 많은 수의 물개가 노바스토시나를 떠났다.

물론 한 번에 이루어진 것은 아니었다. 물개들이 마음을 바꾸는 데는 시간이 오래 걸리기 때문이다. 하지만 해가 갈수록 더 많은 물개들이 노바스토시나, 루카논, 그리고 이외의 다른 보금자리를 떠나 조용하고 안전한 해안으로 자리를 옮겼다. 여름 내내 그 해안에 앉아 있는 코틱은 해가 갈수록 더 비대해지고 힘도 더 세진다. 인간이 접근할 수 없는 그곳에서 총각 물개가 코틱의 주변을 돌며 놀고 있다.

루카논

세인트폴 물개들이 여름에 자신들의 해변으로 돌아갈 때 부르는
위대한 심해의 노래이자 아주 슬픈 물개들의 국가國歌

난 아침에 내 동료들을 만났지. (하지만 난 아주 늙었어!)
바위에 부딪혀 포효하며 여름날 파도 굽이칠 때
난 그들의 합창 소리가 파도의 노래를 잠재우는 걸 들었어.
루카논 해안. 강렬한 이백만의 목소리.

초호 옆 매혹적인 서식지의 노래
뒤뚱거리며 모래언덕을 내려와 입김을 뿜어대는 무리의 노래
바다를 휘저어 불꽃이 일게 하는 한밤의 춤 노래
루카논 해안. 물개잡이들이 오기 전!

난 아침에 동료들을 만났지. (더는 만나지 못할 거야!)
동료들은 떼 지어 왔다 갔어. 온 해안을 검게 물들였지.
군데군데 거품이 일던 앞바다, 목소리가 닿는 곳까지
우린 뭍에 오르는 무리를 반겼어. 그리고 노래를 불러주었지.

루카논 해안. 키 큰 가을밀.

물이 똑똑 떨어지는 오그라든 이끼, 모든 걸 적시는 바다 안개.

우리 놀이터의 플랫폼. 부드럽게 반질반질 윤이 나지.

루카논 해안. 우리가 태어난 고향.

난 아침에 동료들을 만났어. 여기저기 흩어진 지친 무리.

인간들은 바다에서는 총을 쏘고 뭍에서는 몽둥이로 내리치지.

인간들은 우리를 솔트 하우스로 몰아가. 잘 길들여진 어리석은 양처럼.

그래도 우린 루카논을 노래해. 물개잡이들이 오기 전에는.

남으로, 남으로 선회하라! 구베루스카, 잘 가!

가서 심해 총독에게 우리의 슬픈 이야기를 전하렴.

머지 않아 폭풍우가 해안으로 딘지고 간 상어 알처럼 텅 비어서,

루카논 해안은 그 아들들을 더이상 모르게 될 거라고.

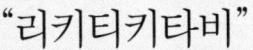

"리키티키타비"

그가 들어간 구멍에서
빨간 눈은 쭈글이를 불렀다.
작은 빨간 눈의 말을 들으라.
"나그, 이리 와서 죽음과 춤춰봐!"
눈에는 눈. 머리에는 머리.
(규칙을 지켜, 나그.)
하나가 죽어야 끝날 거야.
(편한 대로, 나그.)
돌면 같이 돌고, 꼬면 같이 꼬고
(어서 달려가 숨어, 나그.)
두건 쓴 죽음이 놓쳤군!
(항상 불운이 함께하길, 나그!)

이것은 리키티키타비가 세고리 병영에 있는 큰 방갈로의 욕실에서 홀로 싸운 위대한 전투 이야기다. 재봉새 다지가 그를 도왔고, 마룻바닥 가운데로는 절대 나오지 않고 항상 벽에 붙어 기어다니는 사향쥐 추춘드라가 조언을 했다. 하지만 직접 진짜 전투를 치른 건 리키티키였다.

리키티키는 몽구스였다. 털과 꼬리는 작은 고양이와 비슷하지만 머리와 습성은 족제비 같았다. 눈과 쉴 새 없는 코는 분홍빛이었다. 근지러운 곳은 어디라도 앞다리나 뒷다리를 자유자재로 써서 긁을 수 있었고, 꼬리는 곧추세워 병 닦는 솔처럼 보일 때까지 부풀릴 수 있었다. 긴 풀 사이를 허둥지둥 내달리며 "리크-티크-티키-티키-턱!"하고 싸울 때의 함성을 내지르기도 했다.

어느 여름 날 홍수에 부모와 살던 굴에서 쓸려내려온 리키티키는 발버둥을 치고 끙끙거리며 대로변 도랑을 따라 떠내려갔다. 떠내려가는 한 줌 풀에 매달렸던 리키티키는 정신을 잃고 말았다. 깨어나보니 어느 집 정원의 길 한가운데 따가운 햇볕을 받으며 누워 있었다. 꼴이 말이 아니었다. 한 남자아이가 이렇게 말했다. "여기 죽은 몽구스가 있어요. 장례식을 치러줘요."

"아니야." 그 아이의 엄마였다. "데리고 들어가서 털을 말려봐. 죽지 않았을지도 몰라."

아이와 엄마는 리키티키를 집으로 데리고 들어갔다. 큰 남자가 엄지와 검지로 리키티키를 집어올리더니 죽은 게 아니라 반쯤 질식한 거라 말했다. 아이와 부모는 리키티키를 헝겊에 감싸 따뜻하게 해주었다. 리키티키가 눈을 뜨고 재채기를 했다.

큰 남자(그는 이제 막 이 방갈로로 이사 온 영국인이었다)가 말했다. "자, 놀라게 하지 말고, 어쩌는지 보자."

몽구스를 겁먹게 하는 건 세상에서 제일 하기 힘든 일이다. 코끝부터 꼬리까지 호기심으로 똘똘 뭉쳐 있기 때문이다. 모든 몽구스 가족의 가훈은 "달려라. 그리고 알아내라"이다. 그리고 리키티키는 전형적인 몽구스였다. 헝겊은 먹는 게 아니라고 결론지은 리키티키는 테이블 위를 한 바퀴 달리고는 똑바로 앉아 털을 고르고 몸을 긁다가 어린 소년의 어깨로 뛰어올랐다.

"겁먹지 마, 테디. 몽구스가 친구를 사귀는 방법이니까." 소년의 아빠가 말했다.

"아얏. 얘 때문에 턱 아래가 따가워요." 테디가 말했다.

리키티키는 소년의 깃과 목 사이를 내려다보고, 귀에 코를 대고 냄새를 맡고, 마룻바닥으로 내려가 앉아서는 자기 코를 문질렀다.

"저런, 야생동물이야! 우리가 잘 대해줘서 얌전한 것 같아요." 테디의 엄마가 말했다.

남편이 말했다. "몽구스는 다 저래요. 테디가 꼬리를 잡고 들어올리거나 가두지 않으면 하루 종일 들락날락할 거야. 먹을 걸 좀 줘야겠군."

그들은 리키티키에게 작은 날고기 조각을 주었다. 정말 맘에 드는 식사였다. 식사를 끝낸 리키티키는 베란다로 나가서 햇볕을 쬐며 앉아 털을 보풀렸다. 모근까지 털을 말리고 싶었던 것이다. 기분이 훨씬 좋아졌다.

"우리 가족이 평생 알아낼 수 있는 것보다 이 집에서 알아낼 게 더 많겠어. 여기 머물면서 살펴봐야지." 리키티키가 혼자 중얼거렸다.

리키티키는 집 안을 어슬렁거리며 그날 하루를 보냈다. 욕조에 빠져 거의 익사할 뻔도 했고, 책상 위 잉크에 코를 빠뜨리기도 했다. 뭐 하는 건지 궁금해서 무언가를 쓰고 있던 큰 남자의 무릎에 올라섰다가 시가 끝에 코를 데기도 했다. 밤이 되자 리키티키는 테디의 침실로 뛰어들어가 등유에 불을 붙이는 걸 보았다. 테디가 침대에 들자 자기도 침대로 기어올랐다. 하지만 잠을 푹 자지는 못했다. 밤새 무슨 소리가 들릴 때마다 일어나서 귀를 기울였고, 뭐 때문에 그런 소리가 났는지 확인해야 했기 때문이다. 테디의 부모가 마지막으로 아들을 보러 들어왔을 때도 리키티키는 베개 위에서 잠들지 않고 있었다. 테디의 엄마가 말했다. "맘에 안 들어요. 우리 아이를 물지도 모르잖아요." 아빠가 대꾸했다. "그런 짓은 안 할 거요. 블러드하운드를 시켜서 테디를 지키라고 하는 것보다 작은 몽구스랑 있는 게 더 안전해요. 아이 방에 뱀이라도 들어오면……"

하지만 테디의 엄마는 그렇게 끔찍한 일에 대해서는 생각하고 싶지 않았다.

아침 일찍 리키티키는 테디 어깨를 타고 아침식사를 하러 베란다로 나갔다. 테디 식구들은 리키티키에게 바나나와 삶은 달걀을 주었다. 리키티키는 차례 차례 한 사람씩 돌아가며 무릎에 앉았다. 잘 자란 몽구스는 언젠가는 애완 몽구스가 되어 실내에서 이리저리 뛰놀 공간을 갖기를 희망한다. 그래서 세고리에서 장군 집에 산 적이 있었던 리키티키의 엄마는 백인을 만나게 되면 어떻게 해야 하는지 세심히 말해 주었던 것이다.

식사가 끝나자 리키티키는 정원으로 나가 뭐가 있나 살폈다. 반쯤만 손질이 되어 있는 아주 큰 정원이었다. 닐 장군의 여름별장만큼이나 많은 장미들, 라임과 오렌지 나무, 대나무 숲, 키 큰 풀숲이 있었다. 리키티키는 입맛을 다셨다. "굉장한 사냥터야." 그렇게 생각하자 꼬리가 병 닦는 솔 모양으로 부풀었다. 정원을 황급히 오르락내리락하며 여기저기 코를 박고 킁킁거리고 있을 때였다. 가시덤불 안에서 아주 구슬픈 목소리가 들려왔다.

재봉새 다지와 그 부인이었다. 둘은 큰 나뭇잎 두 장을 맞대고 풀로 끝을 꿰매어 아름다운 둥지를 만들었다. 그리고 우묵한 곳을 솜과 폭신한 보풀로 채워넣었다. 두 마리 새가 둥지 가장자리에 앉아 울부짖자 둥지가 이리저리 흔들렸다.

"무슨 일이죠?" 리키티키가 물었다.

"너무 끔찍해요. 어제 둥지 밖으로 떨어진 우리 아기를 나그가 잡아 먹었어요."

"저런! 정말 안됐군요. 하지만 전 여기가 처음이라서요. 나그가 누구죠?"

다지와 부인은 대답도 못 하고 둥지 안에서 몸을 움츠렸다. 관목 아래쪽 풀이 무성하게 자란 곳에서 낮게 쉭쉭거리는 소리가 들려왔기 때문이다. 끔찍하고 서늘한 소리였다. 깜짝 놀란 리키티키는 족히 이 피트는 뒤로 물러났다. 풀 밖으로 차츰차츰 머리가 올라오더니 나그의 목덜미가 펼쳐졌다. 검은색의 거대한 코브라였다. 혀부터 꼬리까지 오 피트였다. 몸을 땅에서 삼분의 일쯤 들어올린 나그는 바람에 나부끼는 민들레처럼 몸을 이리저리 흔들어 균형을 잡았다. 그러고는 사악한 뱀의 눈으로 리키티키를 바라봤다. 무슨 생각을 하고 있는지 전혀 알 수 없는, 표정의 변화라고는 전혀 없는 그 눈으로.

"나그가 누구냐고? 바로 나야. 최초의 코브라가 목덜미를 펼쳐 잠든 브라마께서 깨시지 않게 햇빛을 가려주었다고 위대한 신 브라마께서 우리 종족에 그분의 표식을 새겨주셨지. 보아라, 그리고 두려워하라."

나그가 목덜미를 한껏 펼쳤다. 리키티키는 목덜미 뒤편의 거대한 표식을 보았다. 갈고리의 고리에 해당하는 부분과 똑같이 생긴 표식이었다. 눈을 뗄 수가 없었다. 잠깐 두렵기도 했다. 하지만 몽구스가 오랫동안 두려워하는 건 불가능하다. 살아 있는 코브라를 본 적은 없었지만, 엄마는 리키에게 죽은 코브라를 먹이기도 했었다. 다 자란 몽구스가 평생 할 일이 뱀과 싸우고 뱀을 먹는 일이라는 것도 잘 알고 있었다. 나그도 그것을 알고 있었고 싸늘한 심장의 밑바닥에서는 두려움을 느꼈다.

"좋아." 리키티키가 말했다. 꼬리가 다시 부풀기 시작했다. "표식이 있든 없든, 네가 둥지에서 떨어진 어린 새를 잡아먹는 게 옳다고 생각하니?"

나그는 혼자 생각중이었다. 그리고 리키티키 뒤쪽 잔디밭의 아주 사소한 움직임도 놓치지 않으려 애쓰고 있었다. 나그는 정원에 나타난 몽구스가 자신과 가족의 죽음을 의미한다는 것을 알았다. 하지만 지금은 리키티키를 방심하게 해야 했다. 그래서 머리를 조금 숙여 한으로 기울였다.

"이야기를 좀 하지. 넌 달걀을 먹으면서 왜 나는 새를 먹으면 안 된다는 거지?"

"뒤를 조심해, 뒤를!" 다지가 지저귀었다.

리키티키는 뒤를 돌아보느라 시간을 허비할 만큼 어리석지 않았다. 그가 공중으로 있는 힘껏 뛰어올랐고 바로 아래로 나그의 사악한 부인인 나가이나의 머리가 슉 지나갔다. 나그와 말하는 동안 리키티키를 끝장내려고 뒤에서 몰래 기어왔던 것이다. 공격이 빗나가자 그녀는 무시무시하게 쉭쉭거리는 소리를 냈다. 리키티키는 나가이나의 등을 거의 가로질러 내려앉았다. 나이 든 몽구스였다면 이때야말로 나가이나의 등을 한입에 물어뜯을 좋은 기회라는 것을 알았을 것이다. 하지만 리키티키는 코브라의 채찍 같은 반격이 두려웠다. 물기는 했지만 오래 물지는 않았다. 그러고는 홱 내리치는 꼬리를 피해 뛰어올랐다. 살이 찢긴 나가이나가 분을 못 참고 씩씩거렸다.

"못된 것. 이 못된 다지!" 가시덤불 속 둥지를 향해 한껏 몸을 세워 돌진하며 나그가 말했다. 하지만 다지는 뱀이 못 닿을 곳에 둥지를 만들었기에 둥지는 그저 이리저리 흔들리기만 했다.

리키티키는 눈이 빨갛게 달아오르는 것을 느꼈다(몽구스의 눈이 빨개진다는 건 화가 났다는 뜻이다). 리키티키는 꼬리를 깔고 조그만 캥거루처럼 뒷다리로 앉았다. 그러고는 주위를 둘러보았다. 분노에 차서 끽끽 소리를 질러댔다. 하지만 이미 나그와 나가이나는 숲으로 사라지고 난 뒤였다. 공격에 실패한 뱀은 다음에 뭘 할지에 대해 어떤 말도 하지 않고, 어떤 단서도 남기지 않는다. 리키티키는 뱀들을 따라가고 싶지는 않았다. 한 번에 뱀 두 마리를 상대할 자신은 없었기 때문이다. 그래서 종종걸음으로 집 근처 자갈이 깔린 길로 가서는 주저앉아 생각을 했다. 그에게는 아주 심각한 문제였다.

오래된 자연사 책을 보면 몽구스가 뱀과 싸우다 물리면 어디론가 달려가 상처를 치유할 풀을 먹는다고 나와 있다. 하지만 그건 사실이 아니다. 승리는 눈과 발이 얼마나 빠른가에 달려 있다. 뱀의 일침과 몽구스의 점프. 더구나 뱀이 공격할 때 뱀 머리의 움직임을 따라갈 수 있는 눈은 없다. 재빠른 발이야말로 그 어떤 마법의 풀보다도 효과적이다. 리키티키는 자기가 아직 풋내기라는 걸 알았고 후방에서의 공격을 피하는 데 성공했다는 사실에 아주 흡족했다. 이로써 리키티키는 자신감을 얻었다. 테디가 자갈길을 따라 뛰어올 때 리키티키는 다시 애완동물로서 한껏 귀여움을 받을 준비를 하고 있었다.

하지만 테디가 멈추는 순간 먼지 속에서 무엇인가가 움찔하더니 작은 목소리로 말했다. "조심해. 나는 죽음이다!" 카라이트였다. 먼지 이는 땅에 누워 맛있는 먹이를 노리는 먼지투성이의 작은 갈색 뱀. 카라이트에게 물리는 것은 코브라에게 물리는 것만큼이나 위험하다. 하지만 너무 작아서 아무도 카라이트를 주의하지 않기에 사람들에게 더 많은 피해를 입힌다.

리키티키의 눈이 다시 빨개졌다. 가족에게서 물려받은 그만의 독특한 몸동작으로, 즉 전후좌우로 몸을 흔들며 카라이트에게 돌진한다. 아주 우스꽝스러워 보이지만 완벽하게 균형 잡힌 걸음이기에 원하는 어떤 각도에서도 날아오를 수 있다. 뱀을 상대할 때는 아주 유리하다. 나그와 싸우는 것보다 훨씬 위험한 일을 하고 있다는 것을, 카라이트는 너무 작고 아주 빠르게 회전을 할 수 있기 때문에 머리 뒤쪽을 아주 가까이서 물지 않는 이상 눈이나 입술에 반격을 당할 수 있다는 것을 리키티키가 알기만 했더라면. 하지만 리키는 몰랐다. 눈이 빨개진 채 앞뒤로 몸을 흔들며 물 곳을 노리고 있었다. 카라이트의 동작 개시. 리키는 옆으로 뛰어올라 빈틈을 노렸다. 하지만 사악하고 작은 먼지투성이의 회색 머리가 리키의 어깨에 닿을락말락한 거리에서 휙휙 움직였고 리키는 뱀의 몸 위로 뛰어올라야 했다. 카라이트의 머리가 리키의 발뒤꿈치를 바싹 따라붙었다.

테디가 집을 향해 소리 질렀다. "여기 좀 보세요! 우리 몽구스가 뱀을 죽이고 있어요." 리키티키의 귀에 테디 엄마의 비명이 들렸다. 테디의 아빠는 작대기를 들고 뛰어나왔다. 하지만 그가 도착했을 때쯤엔 이미 상황은 끝나 있었다. 카라이트가 몸을 쭉 편 순간, 리키티키가 뛰어올라 등에 내려앉았고, 앞다리 사이로 머리를 깊숙이 찔러넣고는 최대한 몸을 뻗어 카라이트 머리 가까운 쪽의 등을 물고 몸을 굴렸던 것이다. 카라이트는 마비 상태였다. 리키티키는 몽구스 가족의 관습에 따라 꼬리부터 먹을 참이었다. 하지만 바로 이때 너무 많이 먹으면 몸이 둔해진다는 것이 기억났다. 힘과 민첩함을 발휘하려면 언제나 날씬한 몸을 유지해야 했다.

리키티키는 아주까리 숲 아래로 흙 목욕을 하러 갔다. 테디의 아빠는 죽은 카라이트를 두들겼다. "저게 무슨 소용이람? 내가 벌써 다 처리했는데." 리키티키는 생각했다. 테디의 엄마는 흙구덩이에서 리키티키를 들어올려 안아주었다. 그러고는 리키티키가 죽을 뻔한 테디를 구했다고 울먹였다. 테디의 아빠는 리키티키는 신이 보낸 거라 했다. 테디는 그저 겁먹은 커다란 눈으로 바라보고 있었다. 리키티키는 이 모든 소동이 재미있기만 했다. 물론 상황을 이해하는 건 아니었다. 그가 보기엔 테디 엄마가 흙에서 놀았다고 테디를 껴안아줄 수도 있었던 것이다.

그날 밤 식사 시간이었다. 리키티키는 테이블 위에 놓인 와인 잔 사이에서 이리저리 걸어다니며 아주 맛난 걸로만 평소보다 세 배 이상 배불리 먹을 수 있었다. 하지만 리키티키는 나그와 나가이나를 기억했다. 테디 엄마가 토닥이며 예뻐해주는 것도, 테디 어깨에 앉아 있는 것도 아주 유쾌한 일이었지만 리키티키의 눈은 때때로 빨갛게 충혈되었다. 그럴 때면 전투에 나설 때 내는 긴 함성을 내지르곤 했다. "리키-티키-티키-티키-틱!"

테디는 리키티키를 침대로 데려가서는 자기 턱 아래서 자라며 고집을 부렸다. 리키티키는 교육을 아주 잘 받은 몽구스였기에 물거나 할퀴지는 않았다. 하지만 테디가 잠이 들자마자 집을 순찰하러 나섰다.

어둠 속에서 리키티키는 벽에 붙어 기어다니는 사향쥐 추춘드라와 맞닥뜨렸다. 추춘드라는 비탄에 잠긴 작은 짐승이다. 밤새 낑낑거리고 찍찍거리며 방 한가운데로 달려나갈 결심을 하려 애쓰지만 결코 달려나가지 못한다.

"날 죽이지 마요, 리키티키. 날 죽이지 마요." 추춘드라가 울먹이며 말한다.

"넌 뱀도 죽일 수 있는 내가 사향쥐를 죽일 거라고 생각하는 거니?" 리키티키가 경멸하듯 말한다.

"뱀을 죽이는 자는 뱀한테 죽어요." 추춘드라가 그 어느 때보다도 슬픈 목소리로 말한다. "어두운 밤에 나그가 나를 당신으로 착각하지 않으리라고 어떻게 확신하겠어요?"

"위험할 것 하나도 없어. 나그는 정원에 있어. 넌 정원에는 가지 않잖아."

"제 사촌 추아가 그러는데요," 추춘드라는 갑자기 말을 멈추었다.

"뭐라고 했는데?"

"쉿! 나그는 어디든 있대요. 당신이 정원에서 추아와 이야기를 해봤어야 하는 건데."

"못 만났어. 그러니 네가 말해줘. 빨리, 추춘드라. 아니면 물어버릴 거야."

추춘드라는 주저앉아 눈물이 콧수염을 타고 흘러내릴 때까지 울었다. "전 불쌍한 아이예요. 방 가운데로 갈 용기조차도 없어요. 쉿! 아무 말도 해서는 안 돼요. 들리지 않나요, 리키티키?"

리키티키는 귀를 기울였다. 집은 완벽하게 고요했다. 하지만 어디선가 아주 약하게 뭔가를 긁는 듯한 소리가 들렸다. 말벌이 창유리에서 걸어다니는 소리만큼이나 희미한, 뱀 비늘이 마른 벽돌담을 스치고 지나가는 소리였다.

"나그나 나가이나, 둘 중 하나군! 목욕탕 배수관으로 기어들어오고 있는 거야. 네 말이 맞아, 추춘드라. 추아와 얘기를 해봤어야 했어."

리키티키는 테디의 욕실로 숨어들었다. 하지만 그곳에는 아무것도 없었다. 이번에는 테디 엄마의 욕실로 갔다. 회반죽으로 마무리한 부드러운 벽 아래에 목욕물이 나갈 수 있게 배수관을 만들려고 들어낸 벽돌 한 장이 있었다. 욕조를 놓을 수 있도록 벽돌을 이어붙여놓은 곳으로 리키티키가 숨어들었을 때, 나그와 나가이나가 달빛 아래서 속삭이는 소리가 들렸다.

나가이나가 남편에게 말했다. "집에 사람이 살지 않으면 그 녀석도 떠나겠지. 그러면 정원은 다시 우리 차지야. 조용히 들어가요. 카라이트를 죽인 그 큰 남자를 제일 먼저 물어야 한다는 걸 기억해요. 물고 나와서 나한테 얘기해줘요. 그리고 나서 같이 리키티키를 사냥해요."

"사람들을 죽여서 얻는 게 있을 거라고 확신해?"

"모든 걸 얻을 수 있어요. 방갈로에 사람이 없을 때는 정원에 몽구스도 없었어요. 방갈로가 비어 있는 한 우린 정원의 왕과 왕비죠. 멜론밭에 있는 우리 알들이 부화하면(내일쯤 부화하겠죠) 아기들이 자랄 공간과 안정이 필요해요."

"그건 생각 못 했어. 갈게. 하지만 나중에 리키티키를 사냥할 필요는 없어. 큰 남자랑 부인을 죽이고, 가능하면 아이도 죽일게. 그리고 조용히 돌아오면 방갈로는 비게 될 거고, 리키티키도 떠나겠지."

이 말을 들은 리키티키는 분노와 미움으로 온몸이 욱신거렸다. 나그의 머리가 배수관을 통해 나타나고 이어 오 피트 길이의 차가운 몸이 뒤를 이었다. 리키티키는 분노에 차 있기는 했지만, 거대한 코브라의 크기에 겁이 났다. 나그는 똬리를 틀더니 머리를 들어올려 어둠 속의 욕실을 응시했다. 리키티키는 나그의 눈이 빛나는 것을 볼 수 있었다.

"내가 여기서 나그를 죽이면 나가이나가 알아차릴 거야. 넓은 마루에서 나그와 싸우면 나그가 유리하고. 어쩌면 좋지?"

나그는 이리저리 머리를 흔들며 저쪽으로 지나갔고, 리키티키는 욕조를 채우는 데 쓰이는 제일 큰 물통에서 물을 마시는 소리를 들었다. "좋아." 뱀이 말했다. "카라이트를 죽일 때 그 큰 남자는 막대기를 들고 있었어. 아직도 가지고 있겠지. 하지만 아침에 목욕하러 올 때는 막대기를 가져오지 않을 거야. 여기서 그가 올 때까지 기다려야지. 나가이나, 내 목소리 들려? 여기 시원한 데서 날이 밝을 때까지 기다릴게."

밖에서는 대답이 없었다. 리키티키는 나가이나가 가버린 것을 알았다. 나그는 물통 바닥의 불룩한 부분을 빙빙 돌아 똬리를 틀고 앉았다. 리키티키는 죽은 듯 가만히 있었다. 한 시간 후 리키티키는 근육을 하나씩 움직여 물통 쪽으로 움직이기 시작했다. 나그는 잠들어 있었고 리키티키는 나그의 거대한 등을 바라보며 어디를 공격해야 할지 궁리했다. "첫 점프에 등을 부러뜨리지 않으면 계속 싸우자고 덤비겠지. 나그가 싸우면, 오, 리키!" 리키티키는 나그의 목덜미 아래쪽이 얼마나 두꺼운지를 보았다. 리키티키에게는 무리였다. 꼬리 쪽을 물면 나그의 성질만 건드리는 꼴이 될 것이다.

"머리를 물어야 돼. 목덜미 위쪽의 머리. 일단 물면, 절대 놔줘서는 안 돼."

리키티키가 뛰어올랐다. 나그의 머리는 물통의 구부러진 곳 바로 아래, 물통에서 조금 떨어져 있었다. 아랫니와 윗니가 물리자 리키는 빨간 물통의 불룩한 부분에 기대어 등을 지탱하고 머리를 잡아당겼다. 이렇게 해서 번 시간은 고작 일 초뿐이었지만 리키는 이 시간을 최대한 활용했다. 그러고는 개한테 당하는 쥐처럼 이리저리 내동댕이쳐졌다. 바닥에서 이리저리, 위아래로 요동을 치다가 큰 원을 그리며 빙글빙글 돌았다. 하지만 리키티키의 눈은 점점 더 빨개졌다. 나그의 몸이 굵은 채찍처럼 바닥을 내리칠 때마다 이를 악물고 버텼다. 깡통 바가지와 비누접시, 목욕용 솔이 엎어지고 욕조에 주석을 댄 쪽에 몸이 부딪혔다. 이를 악물고 턱을 점점 더 강하게 조였다. 몸이 부서져 죽는다 해도 가족의 명예를 위해 이를 악문 채 발견되고 싶었다. 어지러웠다. 아팠다. 몸이 산산이 부서지는 것 같았다. 그때 바로 뒤에서 무엇인가 청천벽력 같은 소리를 냈다. 뜨거운 바람에 정신이 혼미해졌다. 빨간 불꽃에 털이 그슬렸다. 요란한 소음에 잠을 깬 큰 남자가 나그의 목덜미 바로 아래쪽에 엽총을 발사했던 것이다.

리키티키는 입을 앙다문 채 눈을 감았다. 이제 꼼짝없이 죽었다고 생각했다. 하지만 나그의 머리는 움직이지 않았고 큰 남자는 리키티키를 들어올리며 말했다. "앨리스, 또 이 몽구스야. 이 작은 녀석이 우리 목숨을 구했어요." 테디의 엄마가 하얗게 질린 얼굴로 들어오더니 나그의 잔해를 보았다. 리키티키는 테디의 침실로 발을 끌며 힘겹게 걸어갔다. 그리고 몸을 부드럽게 이리저리 흔들어보며 남은 밤의 반을 지새웠다. 리키티키 생각에는 몸이 마흔 조각으로 부서진 것 같았는데, 정말 그런지 살펴봐야 했던 것이다.

아침이 왔다. 전신이 뻣뻣했다. 하지만 리키티키는 자기가 한 일이 흐뭇했다. "이제 나가이나를 해결해야지. 나가이나는 나그보다 다섯 배는 질이 안 좋지. 게다가 나가이나가 말한 알들이 어디서 부화할지 알 수 없으니. 그렇지! 가서 다지를 만나봐야겠어."

아침식사를 기다리지 않고 리키티키는 다지가 목청껏 승리의 노래를 부르고 있는 가시덤불로 향했다. 나그가 죽었다는 소문이 이미 정원에 자자했다. 청소부가 시체를 쓰레기 더미 위에 던졌던 것이다.

"이런 멍청한 털뭉치 같으니라고!" 리키티키가 화난 목소리로 말했다. "지금이 노래나 하고 있을 때야?"

"나그가 죽었어. 죽었어. 죽었다고!" 다지가 노래했다. "용맹스러운 리키티키가 머리를 물고 늘어졌지. 큰 남자가 탕 소리를 내는 막대기를 가져왔고, 나그는 두 동강이 났어! 이제 다시는 내 새끼들을 먹지 못하겠지."

"다 사실이야. 하지만 나가이나는 어디 있지?" 조심스레 주변을 둘러보며 리키티키가 물었다.

"나가이나는 욕실 배수관으로 와서 나그를 불렀어. 나그가 막대기 끝에 걸쳐 나왔지. 청소부는 나그를 막대기 끝으로 집어올려서 쓰레기 더미 위에 버렸어. 위대한, 빨간 눈의 리키티키를 노래하자!" 목을 부풀린 다지가 노래했다.

"네 둥지에 올라갈 수만 있으면 네 새끼들을 모두 굴러떨어지게 할 거야. 넌 언제 뭘 해야 하는지 모르는 놈이야. 넌 거기 둥지에서 안전하겠지만 여기 아래 있는 나에게 이건 전쟁이야. 잠시만 노래를 멈춰 봐, 다지."

"위대하고 아름다운 리키티키를 위해서 내 노래를 멈추지. 끔찍한 나그를 죽인 자여, 그래, 뭔데?"

"세번째로 묻는 거야. 나가이나는 어디 있지?"

"마구간 옆 쓰레기 더미 위에서 나그를 애도하고 있어. 하얀 이의 위대한 리키티키!"

"하얀 이 좋아하네! 나가이나가 어디에 알을 숨겼는지 들은 적 있어?"

"멜론 밭. 담장 제일 끝, 햇빛이 거의 하루 종일 드는 곳이야. 거기 몇 주 전에 알을 숨겼어."

"나한테 그 얘기를 해줘야 한다는 생각은 안 해봤어? 담장 제일 끝 이라고 했지?"

"리키티키, 설마 나가이나의 알을 먹지는 않겠지?"

"정확히 말해서 먹지는 않아, 다지. 네가 머리라는 게 조금이라도 있 다면 당장 마구간으로 날아가서 날개가 부러진 척해. 그렇게 해서 나 가이나가 너를 따라 이 숲까지 오게 하라고. 그사이에 난 멜론 밭으로 가야겠어. 내가 지금 가면 나가이나가 날 발견할 테니까."

다지는 한 번에 한 가지 이상의 생각을 머리에 담아두지 못하는 작 고 어리석은 새였다. 그는 나가이나의 새끼들이 자기 새끼들처럼 알 에서 곧 태어난다는 걸 알았기 때문에 처음에는 그 알들을 죽이는 게 공평하다는 생각을 하지 못했다. 하지만 다지의 부인은 현명했고 코 브라 알은 나중에 어린 코브라가 된다는 걸 이해했다. 다지의 부인은 둥지를 떠나 날아올랐다. 둥지에는 다지가 남아 새끼들을 따뜻하게 보살피며 나그의 죽음을 계속 노래했다. 다지는 어떤 점에서 인간을 많이 닮았다.

다지 부인은 쓰레기 더미 옆, 나가이나 앞에서 날개를 퍼덕거리며 소리질렀다. "아! 날개가 부러졌어! 저 집에 사는 아이가 돌을 던져 내 날개를 부러뜨렸어." 그러고는 더 절망적으로 날개를 퍼덕거렸다.

나가이나는 고개를 들고 쉿쉿 소리를 냈다. "네가 리키티키에게 미리 알려줬어. 내가 그놈을 죽일 수도 있었는데 말이야. 여기서 불구가 되다니 장소 한번 잘 골랐구나." 나가이나는 먼지를 일으키며 미끄러지듯 다지 부인 쪽으로 움직였다.

"아이가 돌로 날개를 부러뜨렸어!" 다지 부인이 날카롭게 소리질렀다.

"내가 그 아이도 손봐줄 생각이라는 걸 알면 네가 죽더라도 좀 위안이 되겠구나. 내 남편은 오늘 아침 쓰레기 더미 위에 누워 있어. 하지만 밤이 되기 전에 저 아이도 뻣뻣하게 누워 있게 될 거야. 도망가야 무슨 소용이 있겠나? 어차피 잡히고 말 텐데. 이 어리석은 것! 날 봐."

다지 부인이 시키는 대로 할 정도로 바보는 아니었다. 새는 뱀 눈을 보면 너무 겁이 나서 움직일 수 없게 되기 때문이었다. 다지 부인은 계속 날개를 퍼덕이며 슬프게 지저귀며 그 근처를 맴돌았다. 나가이나는 속도를 더했다.

리키티키는 다지 부인과 나가이나가 길을 따라 올라가는 소리를 들었다. 그리고 담벼락 근처에 멜론이 자라고 있는 곳을 향해 달렸다. 멜론 가까이, 따뜻하게 짚을 깔아놓은 곳에, 스물다섯 개의 알이 아주 교묘하게 숨겨져 있었다. 달걀만 한 크기였지만 껍데기 대신 하얀 빛이 도는 가죽질이었다.

"하루만 늦었어도 큰일날 뻔했군." 리키티키가 말했다. 아기 코브라들이 가죽 안에 몸을 말고 있는 게 보였기 때문이다. 부화하는 순간부터 제각기 사람이나 몽구스를 죽일 수 있는 놈들이었다. 리키티키는 재빨리 알 윗부분을 물어뜯어 코브라 새끼들을 죽였다. 그리고는 깔짚을 이리저리 들춰보며 혹시라도 놓친 게 없는지 살폈다. 마침내 알이 세 개밖에 남지 않았다. 리키티키가 혼자 키득거리기 시작했을 때 다지 부인의 비명이 들렸다.

"리키티키, 나가이나를 집 쪽으로 유인했는데, 나가이나가 베란다로 들어갔어. 빨리 좀 와. 사람들을 죽이려고 해!"

리키티키는 알 두 개를 박살 내고 나머지 한 알은 입에 넣은 채 허둥지둥 멜론 밭을 내려왔다. 그리고는 전속력으로 베란다를 향해 달렸다. 테디 가족은 이른 아침을 먹기 위해 베란다에 있었다. 하지만 아무것도 씹고 있지 않았다. 돌처럼 굳은 채 하얗게 질려 있었다. 나가이나는 테디가 앉은 의자 옆 매트에서 똬리를 틀고 있었다. 맨살이 드러난 테디의 다리를 쉽게 공격할 수 있는 거리였다. 나가이나는 이리저리 몸을 흔들며 승리의 노래를 부르고 있었다.

"나그를 죽인 큰 남자의 아들이여. 가만히 있거라. 내가 아직 준비가 안 됐거든. 잠시만 기다려. 가만히 있어야 해, 너희 셋 다 모두. 움직이면 내가 물 거고, 안 움직여도 내가 물 거야. 어리석은 인간들. 어쩌자고 내 남편 나그를 죽인 거냐!"

테디의 눈은 아빠를 향하고 있었다. 아빠가 해줄 수 있는 건 "테디,

가만히 있어. 움직이면 안 돼. 테디, 가만히 있어!"라고 속삭이는 것뿐이었다.

이때 리키티키가 나타나 소리 질렀다. "나가이나, 몸을 돌려. 몸을 돌려 싸우자고!"

"시간 한번 잘 맞추는군." 나가이나가 눈도 돌리지 않은 채 말했다. "너랑은 곧 계산을 끝내야지. 친구들을 좀 봐, 리키티키. 하얗게 질렸어. 두려운 거지. 움직이지도 못하잖아. 네가 한 발자국만 더 가까이 오면 바로 물어버릴 거야."

"네 새끼들 좀 보지그래. 벽 근처 멜론 밭. 어서 가봐, 나가이나."

거대한 뱀은 반쯤 머리를 돌려 베란다 위의 알을 보았다. "맙소사! 알을 내게 줘." 나가이나가 말했다.

리키티키는 두 앞발로 알 양옆을 밟고 섰다. 눈에는 핏발이 섰다. "뱀 알을 가지려면 어떤 값을 치러야 하지? 특히 어린 코브라는? 그것도 킹코브라의 알인데? 그것도 마지막 남은 알이라면? 형제들은 모두 죽고 말이야. 저 아래 멜론 밭 옆에서 개미들이 다른 알들을 먹고 있어."

나가이나는 똬리를 틀었던 몸을 풀었다. 마지막 남은 알 외에는 아무것도 생각나지 않았다. 리키티키는 테디 아빠가 재빨리 큰 손을 뻗어 테디 어깨를 잡아서는, 찻잔이 놓인 작은 테이블 저편으로 테디를 잡아당기는 것을 보았다. 이제 안전했다. 나가이나의 공격 범위 밖이었던 것이다.

"속았지, 속았어. 속은 거야. 리키티키한테 속은 거야!" 리키티키가 낄낄거렸다. "이제 아이는 안전해. 그리고 어젯밤 나그의 목덜미를 문

건 바로 나였어." 이 말과 함께 리키티키는 머리를 바닥으로 향한 채 팔짝팔짝 네 발로 뛰었다. "나그는 날 이리저리 휘둘렀지. 하지만 떨쳐 낼 수는 없었어. 큰 남자가 총으로 두 동강을 내기 전에 이미 죽어 있 었어. 내가 죽인 거지. 리키-티키-틱-틱! 덤벼봐, 나가이나. 나랑 싸 우자고. 과부 신세 금방 면하게 해줄게."

나가이나는 테디를 죽일 기회는 이미 잃었고, 자기 알은 리키티키 의 발치 아래 있음을 보았다. "나한테 알을 줘, 리키티키! 마지막 남은 내 새끼를 줘. 그럼 사라질게. 다시는 나타나지 않을게." 목덜미를 낮 추며 나가이나가 말했다.

"그래. 가서 다시는 안 올 테지. 나그와 함께 쓰레기 더미로 갈 테니 까. 과부여! 싸우라. 큰 남자가 총을 가지러 갔군. 덤벼!"

리키티키는 나가이나 주위를 폴짝폴짝 뛰어다녔다. 하지만 사정권 안에 들지 않으려 신경을 곤두세웠다. 작은 두 눈은 달구어진 석탄 덩 어리 같았다. 나가이나는 몸을 추스르고 리키티키에게 덤벼들었다. 리 키티키는 펄쩍 뛰어 뒤로 물러났다. 나가이나는 연거푸 공격을 했고 그럴 때마다 머리가 쾅 소리와 함께 베란다 매트에 부딪혔지만 매번 시계의 용수철처럼 일어나 다시 공격 태세를 갖추었다. 리키티키는 뱅글뱅글 원을 그리며 나가이나의 뒷덜미를 노렸다. 나가이나는 몸 을 말아 머리로 리키티키를 마주 보는 위치를 유지했다. 꼬리가 매트 에서 사각거리는 소리가 마치 마른 잎이 바람에 날리는 소리처럼 들 렸다.

그러는 사이 리키티키는 알을 잠시 잊고 있었다. 알은 아직 베란다 에 있었고 나가이나는 점점 알에 다가갔다. 마침내 리키티키가 숨을 몰아쉬는 동안 나가이나는 알을 입에 물고는 베란다 계단을 향해 몸을 돌렸다. 그러고는 정원 사이로 난 길을 따라 쏜살같이 달아났다. 리키티키가 뒤를 쫓았다. 코브라가 목숨을 걸고 달아날 때는 말 목덜미에 내리치는 채찍처럼 빠르게 움직였다.

리키티키는 나가이나를 잡아야 한다는 걸 알았다. 그러지 않으면 모든 문제가 되풀이될 것이다. 나가이나는 가시덤불 옆의 긴 풀을 향해 곧장 나아갔다. 달리면서 리키티키는 다지가 아직도 그 어리석은 승리의 노래를 지저귀는 소리를 들었다. 하지만 다지의 부인은 그렇게 어리석지 않았다. 다지 부인은 둥지에서 날아올라 나가이나 머리 주변을 맴돌며 날개를 퍼덕거렸다. 다지가 도와주기만 했더라면 나가이나가 방향을 틀게 할 수도 있었을 것이다. 하지만 나가이나는 계속 전진할 뿐이었다. 그럼에도 한순간의 머뭇거림 덕분에 리키티키는 나가이나를 따라잡을 수 있었다. 나가이나가 나그와 함께 살던 쥐구멍으로 들어가는 순간 리키티키의 하얀 이가 나가이나의 꼬리를 물었다. 둘은 함께 구멍으로 들어갔다. 아무리 현명하고 나이가 지긋한 몽구스라 해도 코브라를 따라 그 굴 속으로 들어가는 걸 좋아할 리는 없다. 구멍 안은 어두웠고 리키티키는 언제 공간이 넓어져서 나가이나가 몸을 틀어 공격해올지도 알지 못했다. 리키티키는 악착같이 물고 늘어졌다. 덥고 습한 어두운 경사면에서 발을 브레이크 삼아 지탱해보려 기를 썼다.

그때였다. 구멍의 입구 옆에서 하늘거리던 풀의 움직임이 멈추더니 다지의 목소리가 들렸다. "리키티키는 이제 끝났어. 애도의 노래라도 불러야겠군. 용감한 리키티키가 죽었다! 땅속에서는 나가이나가 리키티키를 죽일 게 확실해."

다지는 아주 슬픈 노래를 불렀다. 눈앞에 벌어진 일에 자극을 받아 즉석에서 만든 노래였다. 다지의 노래가 가장 감동적인 부분에 이르렀을 때 풀이 다시 한번 떨리듯 움직였다. 그러더니 흙먼지를 뒤집어쓴 리키티키가 구멍 밖으로 기어나와 다리를 하나씩 끄집어올리며 혀로 입 주변의 털을 핥았다. 다지는 환호성을 지르며 부르던 노래를 멈추었다. 리키티키는 몸을 흔들어 털에 묻은 먼지를 털어내고 재채기를 했다.

"다 끝났어." 리키티키가 말했다. "과부는 두 번 다시 구멍 밖으로 나오지 못할 거야." 풀뿌리에 사는 붉은 개미들이 리키티키의 말을 듣고는 사실을 확인하러 줄지어 몰려갔다.

리키티키는 풀밭에 몸을 옹송그리고 누워 그대로 잠이 들었다. 오후 늦게까지 자고 또 잤다. 고된 하루였기 때문이다.

잠이 깬 리키티키가 말했다. "자, 이제 집으로 돌아가야지. 다지, 쿠퍼스미스에게 말해. 그럼 쿠퍼스미스가 정원 식구 모두에게 나가이나가 죽었다고 알려줄 거야."

쿠퍼스미스는 구리 냄비를 작은 망치로 두들길 때와 똑같은 소음을 내는 새이다. 쿠퍼스미스가 언제나 이렇게 시끄러운 이유는 인도의 모든 정원에 마을의 소식을 전하는 존재이기 때문이다. 귀만 기울인다면 누구에게라도 소식을 전한다. 길을 따라 올라가면서 리키티키는 쿠퍼스미스의 '주목' 신호를 들었다. 저녁식사를 알리는 작은 징소리 같았다. 이어서 아주 침착하게 "딩-동-톡! 나그가 죽었다. 동! 나그가 죽었다. 딩-동-톡!" 하고 외치는 소리가 들렸다. 이에 정원의 모든 새들이 노래하기 시작했다. 개구리들도 개골거렸다. 나그와 나가이나는 작은 새뿐 아니라 개구리도 잡아먹었기 때문이다.

리키티키가 집에 들어가자 테디와 엄마(기절했던 테디 엄마는 아직도 하얗게 질려 있었다)와 아빠가 달려나와 거의 울 듯이 그를 반겼다. 그날 밤 리키티키는 더이상 먹지 못할 때까지 실컷 배를 불린 후 테디의 어깨에 앉아 침실로 갔다. 테디 엄마가 늦은 밤 둘러보러 왔을 때도 리키는 테디의 어깨에 있었다.

"저 몽구스가 우리와 테디의 목숨을 살렸어요." 엄마가 아빠에게 말했다. "생각해봐요. 우리 모두의 목숨을 구한 거예요."

리키티키는 잠에서 깨어 벌떡 일어났다. 몽구스들은 잠을 깊이 자지 않기 때문이다.

"테디 엄마 아빠셨군요. 왜 못 주무세요? 코브라는 다 죽었어요. 그렇지 않다 해도 제가 여기 있으니 괜찮아요."

스스로에 대해 뻐길 만도 했지만, 리키티키는 지나치게 뽐내지는 않았다. 그리고 몽구스 본연의 모습대로 점프하고 물고 튀어오르고 물어뜯고 하면서 정원을 지켰다. 이후 정원 담장 안으로 머리를 들이미는 코브라는 단 한 마리도 없었다.

다지의 노래

리키티키타비를 기리며

난 가수이자 재봉사.

내가 아는 즐거움은 두 배.

하늘에 울리는 내 곡조가 자랑스럽고

내가 바느질한 집이 자랑스럽다.

위에서 아래에서 이렇게 나는 음악을 잣는다. 그렇게 잣는다.

내가 바느질한 집을.

어린 새들에게 다시 노래하라.

엄마여, 머리를 들고!

우리를 괴롭히는 악을 베어 없앴다.

정원에 죽음이 죽어 누워 있다.

장미꽃 안에 숨었던 공포가 무기력해졌다.

똥 더미 위에 팽개쳐졌다. 죽었다!

누가 우리를 구원했나, 누가?

나에게 그의 둥지와 이름을 말해다오.

리키, 용감한 자, 진실한 자,

티키, 이글거리는 눈알을 가진 자,

리키티키티키, 상앗빛 송곳니를 가진 자.

이글거리는 눈을 지닌 사냥꾼.

그에게 새들의 감사를 바치자.

꽁지깃을 펼치고 휘파람을 불자.

나이팅게일의 언어로 그를 칭송하자.

아니, 내가 대신 그를 칭송하리라.

듣거라! 병 모양 꼬리를 한 리키,

불타는 눈알을 지닌 리키. 내 너를 칭송하는 노래를 할 테니.

(여기서 리키티키가 끼어들었고, 노래의 나머지 부분은 없어져버렸다.)

코끼리들의 투마이

이전의 나를 기억하리. 난 밧줄과 쇠사슬이 지겹다.
이전에 지녔던 힘과 숲에서의 일을 모두 기억하리.
한 다발의 사탕수수 때문에 내 등을 인간에게 팔지 않으리.
내 종족과 그들이 사는 숲의 친구들에게로 가리.
날이 밝을 때까지, 동이 터올 때까지 가리.
바람의 키스가 더럽혀지지 않고, 물의 애무가 깨끗한 그곳까지.
내 발목의 고리는 잊고, 말뚝은 분질러버리리.
잃어버린 내 사랑과 자유로운 어릴 적 동무들을 다시 만나리!

검은 뱀을 뜻하는 '칼라나그'라는 이름을 가진 그 코끼리는 사십칠 년간 인도 정부에 헌신했다. 코끼리가 할 수 있는 일은 뭐든 했다. 사람들에게 잡혔을 때 이미 꽉 찬 스무 살이었기에 지금은 거의 일흔이 되었다. 코끼리로서는 아주 늙은 나이였다. 이마에 커다란 가죽을 대고 진창에 깊이 박힌 대포를 밀었던 게 기억났다. 1842년 아프간 전쟁이 있기 전이었고 칼라나그의 기운이 아직 한창 무르익기 전이었다. 칼라나그가 잡힐 때 함께 잡혔던 엄마 라다 피아리—내 사랑 라다—는 칼라의 젖니가 채 빠지기도 전에 겁먹은 코끼리는 다치기 십상이라고 가르쳤다. 그 충고가 옳다는 걸 안 건 처음으로 포탄이 터지는 걸 봤을 때였다. 칼라나그는 비명을 지르며 뒷걸음을 쳤다. 뒤에는 라이플총이 겹겹이 쌓여 있었고 총끝에 달린 칼은 칼라나그의 여린 살을 마구잡이로 찔러댔다. 이리하여 스물다섯이 되기 전에 칼라나그는 두려움을 모르는 코끼리가 되었고, 인도 정부를 위해 복무하는 코끼리 중 가장 총애받는 코끼리가 되었다. 인도 북부로 행군할 때는 천이백 파운드 무게의 텐트를 운반했다. 증기 기중기 끝에 매달려 배에 실렸고, 그 배를 타고 인도에서 아주 멀리 떨어진 바위투성이의 낯선 나라에 가기도 했다. 그곳에서는 등에 박격포를 실어날랐다. 마그델달라에서는 테오드로스 황제*가 죽어 누워 있는 모습도 보았다. 그리고 다시 증기선을 타고 돌아왔다. 군인들은 칼라나그가 아비시니아** 무공훈장을 받을 자격이 있다고 말했다. 이로부터 십 년 뒤에는 알리 무스지드라는 곳에서 동료 코끼리들이 추위와 간질, 굶주림, 일사병으로 죽어가는 것을 지켜봤다. 이후 남쪽으로 수천 마일 정도 떨어진 모울메인*** 목재저장소로 파견되어 티크나무를 운반해 그 목재를 쌓는 일도 했다. 자기 몫의 일을 제대로 하지 않고 말도 잘 안 듣는 젊은 코끼리를 목숨이 반쯤 끊어질 정도로 혼내주는 것도 칼라나그의 일이었다.

이후로 목재를 운반하는 일에서 철수한 칼라나그는 다른 수십 마리의 훈련된 코끼리와 함께 가로Garo 언덕에서 야생코끼리 생포 작업을 도왔다. 코끼리는 인도 정부에 의해 아주 철저하게 보존된다. 코끼리를 사냥하고 생포하고 길들여서 필요한 곳에 보내는 일만 하는 부서가 따로 있을 정도다.

---

* 에티오피아의 황제(재위 1855년~1868년). 여러 에티오피아 왕국을 하나의 제국으로 통일시켜 최초의 근대적 통치자라고 불린다. 1868년 영국군과의 마그델라 전투에서 수세에 몰리자, 스스로 목숨을 끊었다.
** 에티오피아의 옛 이름.
*** 미얀마 남부에 있는 항구 도시.

칼라나그는 어깨까지 높이가 십 피트였다. 사람들은 칼라나그의 상아를 오 피트 길이로 짧게 잘랐고, 갈라지는 것을 방지하기 위해 상아 끝을 구리로 감았다. 하지만 그는 이렇게 뭉툭 잘린 상아로도 훈련받지 않은 코끼리가 뾰족한 상아로 할 수 있는 일보다 더 많은 일들을 해냈다.

이리저리 흩어진 코끼리들을 언덕을 가로질러 조심스럽게 몰아댔다. 몇 주가 지났는지 몰랐다. 사오십 마리 정도의 야생코끼리를 마지막 울타리로 몰아넣자 세 개의 나무 기둥을 밧줄로 묶어 만든 커다란 문이 덜커덕거리며 아래로 내려왔다. 명령이 떨어졌다. 칼라나그는 너울거리는 불빛 속, 코끼리 울음소리가 요란한 아비규환 속으로 들어갔다(이런 일은 주로 밤에 했는데, 밤에는 너울거리는 횃불 때문에 거리를 가늠하기가 어려웠다). 가장 덩치가 크고 사나운 코끼리를 한 놈 골라잡은 칼라나그는 이 녀석을 두들기고 밀어붙였다. 녀석은 곧 조용해졌다. 다른 코끼리 등에 타고 앉은 인간들은 작은 코끼리들을 밧줄로 잡아 묶었다.

늙고 현명한 칼라나그가 싸움에 대해 모르는 것은 하나도 없었다. 한창때, 상처 입은 호랑이의 공격에 여러 차례 대적했었기 때문이다. 연한 코가 다치지 않도록 말아올리고 공중에서 머리를 재빨리 돌리며 뛰어오르는 호랑이를 옆으로 후려쳤다. 칼라나그가 혼자서 개발한 방법이었다. 다시 한번 호랑이를 후려치고 거대한 무릎으로 호랑이를 찍어눌렀다. 헐떡이고 울부짖으며 호랑이의 몸에서 서서히 생명이 빠져나가고, 땅에는 털이 복슬복슬한 줄무늬 시체만 남았다. 남은 일은 꼬리를 잡고 끌고 가는 일뿐이었다.

칼라나그를 타고 부리는 빅 투마이가 말했다. 빅 투마이는 칼라나그를 아비시니아로 데려온 블랙 투마이의 아들이었고, 칼라나그가 잡히는 것을 목격한 코끼리들의 투마이의 손자였다. "그래, 검은 뱀이 두려워하는 건 나 말고는 없어. 우리 삼대가 검은 뱀을 먹이고 손질했지. 아마 이 녀석은 내 다음 대까지도 살 거야."

"녀석은 나도 두려워해요." 일어서서 한껏 키를 늘려봐야 사 피트밖에 안 되는 리틀 투마이가 말했다. 몸에는 천 쪼가리만 걸치고 있었다. 빅 투마이의 맏아들인 리틀 투마이는 열 살이었고, 다 자라고 나면 관습에 따라 아버지의 자리를 물려받아 칼라나그의 목에 앉게 될 것이었다. 그리고 아버지와 할아버지, 증조할아버지가 써서 동글동글하게 닳은 묵직한 쇠 막대기로 코끼리를 다루게 될 것이었다. 리틀 투마이는 자기가 하는 말의 의미를 알았다. 그는 칼라나그의 그림자 아래서 태어나 걸음마를 시작하기 전부터 칼라나그의 코끝을 가지고 놀았으며, 걸을 수 있게 되면서부터는 칼라나그를 물가로 끌고 가서 물을 먹였다. 빅 투마이가 칼라나그의 엄니 아래 구릿빛 작은 아기를 데려가서 장차 주인이 될 아기에게 인사하라고 했던 바로 그날부터, 아기를 죽인다는 건 칼라나그에겐 꿈도 못 꿀 일이었다. 앳된 목소리의 어린 주인이 내리는 명령에 복종하지 않는다는 것 역시 상상하지 못했다.

"그래요. 녀석은 나를 두려워해요." 이렇게 말한 리틀 투마이는 성큼성큼 칼라나그에게 다가가 그를 뚱뚱한 늙은 돼지라 부르고는 발을 한 쪽씩 들게 시켰다.

"와! 넌 정말로 거대한 코끼리야." 솜털이 보송보송한 머리를 흔들며 리틀 투마이는 아버지의 말을 인용했다. "코끼리들의 노동에 대한 대가는 정부가 지급하겠지만 진짜 주인은 우리, 코끼리 몰이꾼들이야. 네가 늙으면 귀족이 나타날 거고, 네 거대한 몸집과 예의범절이 맘에 들어 정부로부터 널 사들일 거야. 그럼 넌 금귀고리를 하고 등에는 금 가마를 얹고 금으로 덮인 빨간 천을 옆구리에 늘어뜨리고 왕의 행렬 맨 앞에서 걷기만 하면 되는 거야. 그럼 난 은빛 곤봉을 들고 네 목에 앉겠지. 사람들이 우리 앞에서 금빛 막대기를 들고 달려가면서 '왕의 코끼리가 지나가니 길을 비키시오!'라 외치겠지. 그것도 좋을 거야. 하지만 정글에서 사냥하는 것만큼 좋지는 않을걸."

"흠! 넌 애야. 들송아지만큼이나 길들여지지 않았지. 이렇게 언덕을 오르내리며 뛰어다니는 게 최고의 일거리는 아니야. 난 늙어가고 있고 야생코끼리를 사랑하지도 않아. 나에게 한 칸에 코끼리 한 마리를 넣을 수 있게 만든 벽돌 막사와 코끼리를 안전하게 매둘 수 있는 커다란 그루터기, 그리고 운동을 할 수 있는 넓고 편평한 길을 달라고. 이렇게 떠돌아다녀야 하는 야영 말고 말이야. 아, 칸푸르 막사가 좋았는데. 시장이 가까이 있었고 하루에 일은 세 시간만 했지." 빅 투마이가 투덜댔다.

리틀 투마이는 칸푸르 코끼리 막사를 기억했다. 그리고 아무 말도 하지 않았다. 리틀 투마이는 야영 생활이 훨씬 좋았다. 넓고 편평한 길도 싫었고 마초 보호지에서 매일 풀을 뜯는 것도 싫었다. 칼라나그가 말뚝 안에서 안절부절못하는 모습을 지켜보는 것 이외에는 아무 할 일도 없는 그 지루한 시간들이 싫었다.

리틀 투마이가 좋아하는 건 코끼리만 갈 수 있는 길로 달려가는 거였다. 저 아래 계곡에 몸을 담그는 것, 수마일 밖에서 야생코끼리가 풀을 뜯는 모습을 구경하는 것, 칼라나그의 발 아래서 겁에 질린 돼지와 공작이 달아나는 것, 눈앞을 흐리는 따뜻한 비가 내리면 언덕과 골짜기에 자욱이 연기가 퍼지는 것, 그날 밤 캠프 칠 곳을 예측할 수 없는 안개 낀 아름다운 아침, 찬찬히, 조심스럽게 야생코끼리를 몰아가는 것, 그리고 마지막 밤의 미친 질주와 불꽃, 왁자한 소리가 좋았다. 이 마지막 밤에 코끼리들은 산사태에 무너져내리는 돌처럼 울타리 안으로 몰려갔다. 울타리 밖으로 나갈 수 없음을 알고는 육중한 말뚝에 몸을 던져 부딪쳐보지만 고함과 이글거리는 횃불, 공포탄에 질려 되밀릴 뿐이었다.

그곳에서는 어린아이도 할 일이 있었다. 그리고 투마이는 아이 셋만큼 쓸모가 있었다. 투마이는 자기 횃불을 꺼내 흔들며 고래고래 소리를 질렀다. 하지만 정말 좋은 건 코끼리 몰이가 시작될 때였다. 케다(울타리)가 세상 끝 그림처럼 보였고, 서로의 목소리를 알아들을 수가 없어 사람들은 손짓을 주고받았다. 그럴 때면 투마이는 흔들거리는 울타리 말뚝 꼭대기로 올라갔다. 태양빛에 바랜 갈색 머리털이 어깨에서 흩날렸다. 횃불에 비친 투마이는 꼭 도깨비처럼 보였다. 고요하다 싶으면 바로 투마이가 높은 음조로 칼라나그를 부추기는 소리를 내질렀다. 코끼리 울음소리와 부딪히는 소리, 밧줄로 잡아채는 소리, 밧줄에 묶인 코끼리들의 신음 위로 투마이의 목소리가 들렸다. "계속해, 칼라나그! 계속, 엄니로 받아버려. 조심해, 조심! 내리쳐! 내리치라고! 말뚝을 조심해!" 투마이는 이렇게 소리를 질러댔다. 칼라나그와 야생코끼리의 큰 싸움은 케다를 가로질러 이쪽 저쪽으로 밀고 밀리며 계속됐고, 나이 든 코끼리잡이들은 눈에서 땀을 닦아내며 말뚝 위에서 기뻐

몸부림치는 리틀 투마이에게 고개를 끄덕일 여유를 부리기도 했다.

그뿐만이 아니었다. 어느 날 밤 말뚝에서 내려온 투마이는 코끼리들 사이로 미끄러져들어가서, 발길질을 해대는 어린 것의 다리를 붙들려고 애쓰는 몰이꾼에게 밧줄의 느슨한 끝 부분을 던져주었다(어린 새끼들은 언제나 다 자란 동물들보다 더 말썽을 일으킨다). 칼라나그가 투마이를 발견하고 코로 들어올려서 빅 투마이에게 넘겨주었다. 빅 투마이는 그 자리에서 리틀 투마이를 철썩 때려주고 다시 말뚝 위에 올려주었다.

다음 날 아침, 리틀 투마이를 꾸짖으며 빅 투마이가 말했다. "벽돌코끼리 막사랑 텐트 운반도 부족해서 네 멋대로 코끼리 잡는 일까지 꼭 해야겠어, 이 망아지 같은 녀석아? 나보다도 적게 버는 어리석은 사냥꾼들이 피터슨 나리에게 어제 일을 일러바쳤단 말이다." 리틀 투마이는 겁에 질렸다. 백인에 대해 아는 건 별로 없었지만, 피터슨 나리는 리틀 투마이에게 세상에서 가장 위대한 백인이었다. 그는 케다에 관련된 모든 일을 총괄하는 대장이었다. 인도 정부를 위해 모든 코끼리를 잡아들이고 그 어떤 사람보다도 코끼리의 습성을 잘 아는 사람이었다.

"어떻게, 어떻게 될까요?" 리틀 투마이가 물었다.

"어떻게 되겠냐고? 최악의 결과가 발생하겠지. 피터슨 나리는 미친사람이야. 그렇지 않으면 뭐 때문에 야생의 악마를 사냥하러 다니겠니? 너더러 코끼리잡이가 되라 할지도 몰라. 열병으로 가득 찬 정글아무 데서나 자고 종국에는 케다에서 짓밟혀 죽겠지. 이 말도 안 되는 짓거리가 안전하게 끝나면 다행이야. 다음 주면 코끼리잡이가 끝나고 초원에 나와 있던 우리도 기지로 복귀할 거야. 그럼 포장된 길을 걸으며 이 모든 사냥을 잊겠지. 하지만 아들아, 난 네가 이 더러운 아삼의 정글족 일에 끼어든 게 아주 화가 난단다. 칼라나그가 내 말만 들으니 나도 어쩔 수 없이 케다로 가는 거야. 하지만 칼라나그는 전투용 코끼리야. 밧줄로 코끼리를 잡는 일 따윈 돕지 않아. 그러니 난 코끼리 부리는 사람답게─천박한 사냥꾼이 아니라, 복무가 끝나면 연금을 받는 코끼리 몰이꾼이란 말이야─편히 앉아 있을 거야. 코끼리의 투마이 가족이 케다 먼지구덩이 속에서 코끼리 발에 밟힌다? 나쁜 녀석! 못된 녀석! 쓸모없는 녀석! 가서 칼라나그를 씻기고 귀도 잘 살펴. 발에 가시가 박히지 않았는지 잘 보고. 아니면 피터슨 나리가 틀림없이 널 잡아서 코끼리 사냥꾼으로 만들 거야. 코끼리 발자국이나 따라다니는 정글의 곰 녀석아. 부끄러운 줄 알아야지, 어서 가!"

리틀 투마이는 한마디도 못 하고 물러갔다. 하지만 발을 봐주면서 칼라나그에게 불평을 호소했다. 칼라나그의 거대한 귀 언저리를 들어 올리며 투마이가 말했다. "상관없어. 내 이름이 벌써 피터슨 나리에게 들어갔어. 아마, 아마, 아마 말이야, 누가 알겠어? 이런! 내가 뽑은 가시 정말 크네."

그 후 며칠은 코끼리를 모으고, 새로 잡은 야생코끼리를 길들인 코끼리 두 마리 사이에서 걷게 하며 보냈다. 평원으로 향한 내리막길 행진에서 새로 잡힌 코끼리들이 문제를 일으키지 않게 하기 위함이었다. 담요와 밧줄, 그리고 닳거나 숲에서 잃어버린 것들의 재고를 조사하는 일도 했다.

피터슨 나리가 똑똑한 암코끼리 푸드미니를 타고 왔다. 코끼리 사냉철이 끝나가고 있었기에, 언덕 사이에 흩어진 야영지에 임금을 지불하고 다니는 중이었다. 현지인 사무원이 나무 아래 테이블에 앉아 몰이꾼들에게 임금을 주었다. 돈을 받은 몰이꾼은 자기 코끼리에게로 돌아가 출발하려 대기중인 줄에 합류했다. 해가 바뀌어도 정글에 남는 코끼리잡이, 사냥꾼, 조련사, 케다의 고정 종사자들은 피터슨 나리 소유의 코끼리 등에 앉아 있거나 양팔에 총을 걸친 채 나무에 기대어 있었다. 그리고 떠나가는 몰이꾼들을 비웃었다. 새로 잡힌 코끼리가 줄을 이탈해 이리저리 뛸 때면 웃음을 터뜨리기도 했다.

빅 투마이가 사무원에게 다가갔다. 리틀 투마이가 뒤를 따랐다. 코끼리 흔적을 쫓는 무리의 우두머리인 마추아 아파가 자기 친구에게 낮은 음성으로 말했다. "코끼리를 정말 다룰 줄 아는 녀석이 가는군. 정글에 있어야 할 녀석이 평원에서 자라야 하다니 참 안타까운 일이야."

피터슨 나리는 온몸에 귀가 달렸다. 살아 있는 것들 중 가장 조용한 야생코끼리의 소리에 귀 기울여야 하는 사람이었던 것이다. 죽 푸드미니 등에 누워 있던 그는 몸을 돌려 말했다. "이게 무슨 소리야? 평원의 몰이꾼들 중에 죽은 코끼리라도 밧줄로 잡을 수 있을 만큼 똑똑한 사내가 있다고는 들어본 적이 없는데."

"사내가 아니라 어린애입니다. 마지막 몰이에서 케다에 들어가서는 바르마오에게 밧줄을 던졌습니다. 우리가 어깨에 반점이 있는 저 어린 코끼리를 어미에게서 떼어놓으려 애쓰던 중이었죠."

마추아 아파는 리틀 투마이를 가리켰다. 피터슨 나리가 바라보자 리틀 투마이는 고개를 숙여 인사했다.

"저 아이가 밧줄을 던졌다고? 말 매는 말뚝보다 작은데. 꼬마야, 이름이 뭐지?"

리틀 투마이는 너무 겁에 질려 말을 할 수가 없었다. 하지만 뒤에 칼라나그가 있었다. 리틀 투마이는 손으로 사인을 보냈고 칼라나그는 리틀 투마이를 코로 푸드미니 이마까지 들어올려주었다. 위대하신 피터슨 나리와 마주 보았다. 리틀 투마이는 두 손으로 얼굴을 가렸다. 코끼리와 관계된 일을 제외하고서는 리틀 투마이 역시 여느 아이들처럼 숫기 없는 평범한 아이였기 때문이다.

"오호!" 피터슨 나리가 콧수염 아래로 웃음 지으며 말했다. "넌 왜 네 코끼리한테 그런 기술을 가르친 거냐? 말리려고 지붕에 널어놓은, 덜 여문 푸른 옥수수를 훔치는 데 도움이 될 거라고 생각한 거냐?"

"푸른 옥수수가 아니라 멜론이었어요." 빈자의 수호자시여." 리틀 투마이가 이렇게 대답하자 주변에 앉아 있던 모두가 웃음을 터뜨렸다. 대부분 어릴 때 자기 코끼리에게 그런 기술을 가르쳤던 것이다. 팔 피트 상공에 매달린 리틀 투마이는 땅속으로 팔 피트 꺼져들어가고 싶었다.

"나리, 저 녀석은 제 아들 투마이입니다." 못마땅한 표정을 지으며 빅 투마이가 말했다. "아주 못된 놈이죠. 결국엔 감옥에 갈 놈입니다."

"내 생각에는 그럴 것 같지는 않은데." 피터슨 나리가 말했다. "저 나이에 진짜 코끼리 우리에 들어갈 수 있는 애라면 감옥에 가지는 않지. 자, 얘야. 여기 4아나를 받아라. 사탕과자를 사먹으렴. 머리가 영리하구나. 머지 않아 너도 사냥꾼이 될 게다." 빅 투마이는 얼굴을 험하게 찡그렸다. "하지만 기억하렴. 케다는 아이들이 놀 곳은 아니란다." 피터슨 나리가 계속 말했다.

"그럼 거기 가면 절대 안 되나요?" 리틀 투마이가 놀라서 입을 크게 벌리고 물었다.

"가도 되지. 코끼리가 춤추는 걸 본 다음에는 말이야. 그때는 괜찮아. 코끼리 춤을 보게 된다면 나를 찾아와. 그럼 내가 케다를 구석구석 돌아다닐 수 있게 해줄게."

다시 한번 사람들이 와 웃었다. 그건 코끼리잡이들 사이의 오래된 농담이었기 때문이다. 그 말은 '결코 아님'을 뜻했다. 숲 깊숙한 곳에 코끼리 무도장이라 불리는 넓고 편평한 맨땅이 있다. 하지만 이런 곳도 우연히 발견될 뿐, 코끼리가 춤추는 걸 본 사람은 아무도 없었다. 몰이꾼이 자기의 기술과 용맹을 뽐내면 다른 몰이꾼들은 이렇게 말한다. "자네 코끼리가 춤추는 거 언제 봤나?"

칼라나그가 리틀 투마이를 내려놓았다. 리틀 투마이는 다시 한번 고개를 숙여 인사하고 아버지를 따라갔다. 4아나 은화는 아기를 보고 있던 엄마에게 주었다. 가족 모두 칼라나그의 등에 탔다. 울부짖는 코끼리들의 행렬이 언덕을 내려가 평원으로 향했다. 새로 합류한 코끼리들 덕에 아주 생동감 넘치는 행진이 되었다. 개울에만 이르면 말썽을 일으키고 이 분에 한 번씩은 달래거나 때려주어야 했기 때문이다.

빅 투마이는 화가 단단히 나 칼라나그를 모질게 찔러댔다. 하지만 리틀 투마이는 행복해서 말문이 막힐 지경이었다. 피터슨 나리가 자기를 주목해서 돈까지 주었다. 마치 사열을 받던 사병이 총사령관에게 불려나가 칭찬을 받은 것 같은 기분이었다.

"피터슨 나리가 코끼리 춤이라고 한 게 뭐예요?" 리틀 투마이가 결국 엄마에게 조용히 물었다.

이 말을 들은 빅 투마이가 으르렁거리듯 말했다. "그건 네가 결코 코끼리 흔적을 쫓는 추격꾼이 되어서는 안 된다는 뜻이야. 바로 그 말이라고. 너, 앞에 가는 녀석, 왜 이렇게 꾸물거려?"

두세 마리 코끼리 앞에 있던 아삼 출신 몰이꾼이 화가 나서 몸을 돌리더니 외쳤다. "칼라나그 좀 이리로 보내봐. 그리고 내가 타고 있는 이 어린 녀석 버릇 좀 가르치게 해줘. 왜 나리는 너희 같은 놈들을 따라가는 일에 나를 고른 거지? 네 코끼리 좀 어떻게 해봐, 투마이. 엄니로 좀 받으라고 해. 언덕의 신을 모두 걸고 말하겠는데, 이 새로 온 코끼리들은 뭔가에 홀린 거야. 아니면 정글에 있는 자기 친구들의 냄새를 맡았거나."

칼라나그는 새로 온 코끼리의 옆구리를 들이받아서 숨막히게 했다. 이때 빅 투마이가 말했다. "우린 마지막 사냥에서 언덕의 야생코끼리를 모두 쓸어냈어. 네가 코끼리를 몰 때 부주의한 것뿐이라고. 코끼리 행렬의 질서를 내가 다 책임져야 하나?"

"이 사람 말 좀 들어보시게! 우리가 언덕을 쓸어버렸다네! 허허! 똑똑하시기도 하지, 평원족들이란! 정글을 한 번도 본 적이 없는 얼간이가 아니라면 누구라도 알아. 이번 시즌 코끼리몰이가 끝났다는 것을 코끼리들이 알고 있다는 사실을 말야, 따라서 오늘 밤 모든 야생코끼리는…… 근데 왜 내가 이런 얘기를 해줘야 하지?"

"그들이 뭘 하는데요?" 리틀 투마이가 외쳤다.

"꼬마, 거기 있었니? 내 너한텐 말해주지. 넌 똑똑하니까. 코끼리들은 춤을 출 거야. 그러니 언덕에서 코끼리를 모두 쓸어버린 네 아버지는 오늘 밤 말뚝에 쇠사슬을 이중으로 감아야 마땅하지."

"이게 무슨 소리야?" 빅 투마이가 말했다. "지난 사십 년 동안 대를 이어 코끼리를 돌봐왔지만 춤에 대한 그런 허튼소리는 들어본 적이 없다고."

"그래. 하지만 평원의 막사에 사는 인간은 자기가 사는 막사의 네 벽이 세상의 전부인 줄 알지. 네 코끼리들을 오늘 밤 풀어놓고 무슨 일이 벌어지는지 보라고. 춤에 대해 말이야. 내가 그걸 본 게 어디였더라…… 바프리 밥! 디항 강이 몇 굽이지? 여기 또 개울이 나왔군. 어린 코끼리들을 헤엄치게 해야지. 너, 거기 뒤. 가만히 멈춰."

이런 식으로 이들은 떠들고 다투고 철벅거리며 강을 건너 새로 온 코끼리들을 받는 야영장을 향해 첫 행진을 했다. 하지만 도착하기 한참 전에 인내심을 잃고 말았다.

코끼리들의 뒷다리를 커다란 말뚝에 쇠사슬로 매어두었다. 여분의 밧줄은 새로 온 코끼리들을 한 번 더 묶는 데 썼다. 언덕의 몰이꾼들은 코끼리들 앞에 사료를 쌓아주고는 오후의 빛을 받으며 피터슨 나리에게 돌아갔다. 그들은 평원의 몰이꾼들에게 그날 밤 특별히 조심해야 한다고 말했고, 평원의 몰이꾼들이 그 이유를 묻자 웃기만 했다.

리틀 투마이는 칼라나그의 저녁을 챙겼다. 그리고 어둠이 깔리기 시작하자 야영장 구석구석 북을 찾아 빈둥거렸다. 말할 수 없이 행복했다. 인도 아이는 마음이 한껏 부풀어도 뛰어다니거나 중구난방 떠들고 다니지 않는다. 혼자 앉아 일종의 연회를 즐긴다. 피터슨 나리가 리틀 투마이에게 말을 걸어주었다! 원하는 걸 찾지 못했다면 틀림없이 앓아 드러누웠을 것이었다. 하지만 캠프의 사탕과자 장수가 리틀 투마이에게 북을 빌려주었다. 손바닥으로 두들기는 작은 북이었다. 별이 뜨기 시작했다. 리틀 투마이는 칼라나그 앞에 다리를 꼬고 앉았다. 무릎에 북을 얹고 쿵, 쿵, 쿵, 쳤다. 자기에게 주어진 영광을 생각하면 할수록 북소리는 더 세차게 울려퍼졌다. 리틀 투마이는 코끼리 사료 사이에서 오롯이 혼자였다. 음조도 가사도 없었지만 북을 치고 있자 니 행복해졌다.

밧줄에 매여 신경이 날카로워진 새로 온 코끼리들은 때때로 끽끽거 리기도 하고 나팔 소리를 내기도 하며 울어댔다. 캠프의 막사 안에서 는 엄마가 위대한 시바 신에 얽힌 옛 노래를 불러 아기 동생을 재우는 소리가 들려왔다. 그 노래에 따르면 옛날에 시바 신이 모든 동물에게 각기 무엇을 먹어야 하는지 알려주었다고 한다. 마음을 가라앉혀주는 자장가의 첫 절은 다음과 같다.

거두어들일 곡물을 베풀어주시고 바람을 일으켜주시는 시바 신,
아주 오랜 옛날 하루의 문지방에 앉아
각자에게 자기 몫의 음식과 노고와 운명을 주셨네.
왕좌의 왕으로부터 문가의 거지까지
　모든 것을 만드셨네―보호자 시바
　마하데오! 마하데오! 모든 것을 만드셨네.
　낙타에게는 가시나무를, 소에게는 사료를
　졸리운 머리에게는 어머니의 가슴을, 오 내 어린 아들!

리틀 투마이는 노래 한 곡이 끝날 때마다 즐겁게 북 장단을 곁들였 다. 그러다 졸음이 오자 칼라나그 옆에 놓인 사료에 몸을 길게 뻗고

누웠다.

　마침내 코끼리들이 습성대로 하나씩 눕기 시작했다. 줄의 오른쪽에 있던 칼라나그만이 여전히 서 있었다. 칼라나그는 천천히 이리저리 몸을 흔들었다. 언덕을 넘어 아주 천천히 불어오는 밤바람 소리를 듣기 위해 귀를 쫑긋 앞으로 모았다. 대기는 밤의 소음으로 가득 차 있었다. 모두 합쳐지면 하나의 거대한 적막을 이루는 소음. 대나무 가지 하나가 다른 대나무 가지에 탁 부딪치는 소리. 덤불 속에 뭔가 살아서 바스락거리는 소리. 반쯤 깨어난 새가 발톱을 할퀴며 거억거억 우는 소리(새들은 우리가 상상하는 것보다 밤에 훨씬 자주 깬다). 아주 먼 곳에서 물이 떨어지는 소리. 리틀 투마이는 얼마간 잠을 잤다. 깨어났을 때는 달빛이 밝게 빛나고 있었다. 칼라나그는 여전히 귀를 쫑긋하고 서 있었다. 사료 안에서 바스락거리며 리틀 투마이가 몸을 돌렸다. 그리고 완만한 곡선을 그리는 칼라나그의 등을 보았다. 등뒤로 하늘의 별이 반쯤 보였다. 칼라나그의 등을 보고 있는데 어떤 소리가 들려왔다. 너무 멀어서 고요함에 뚫린 바늘구멍 정도밖에 안 되는 소음이었다. 한 야생 코끼리가 내는 소리였다.

　막사 근처에 누워 있던 코끼리들이 마치 총에 맞은 것처럼 벌떡 일어났다. 코끼리들의 울음소리에 몰이꾼들이 잠에서 깼다. 밖으로 나온 몰이꾼들은 나무 망치로 말뚝을 박고 분주히 움직이며 밧줄을 조이고 묶었다. 마침내 고요가 찾아왔다. 새로 온 코끼리 하나는 말뚝을 거의 뽑아버렸다. 빅 투마이는 칼라나그의 다리 사슬을 풀고 그 코끼리의 네 발을 쇠사슬로 묶었다. 칼라나그의 다리에는 풀로 꼬아 만든 올가미를 걸었다. 그리고 단단히 묶여 있음을 기억하라고 말했다. 빅 투마이는 자신과 아버지와 할아버지가 이런 일을 전에도 수백 번 했었음을 알고 있었다. 칼라나그는 평소처럼 꿀꿀 소리로 명령에 응답하지 않았다. 머리는 조금 치켜들고 귀는 부채처럼 쫙 편 채로, 달빛 너머 굽이진 가로 언덕을 바라보며 가만히 서 있었다.

"밤에 불안해하지는 않는지 잘 지키거라." 리틀 투마이에게 이렇게 이르고 빅 투마이는 막사로 돌아가 잠을 잤다. 리틀 투마이 역시 막 잠이 들려던 참이었다. 희미하게 '팅' 소리가 나면서 야자껍질로 만든 줄이 툭 끊어지는 소리가 들렸다. 칼라나그가 천천히, 그리고 조용히 말뚝에서 멀어져갔다. 구름이 계곡 입구에서 빠져나가는 듯했다. 리틀 투마이가 후닥닥 칼라나그의 뒤를 따랐다. 맨발로 달빛 비치는 길을 따라 내려가며 작은 목소리로 "칼라나그! 칼라나그! 나도 데려가, 제발, 칼라나그!" 하며 숨 넘어갈 듯이 코끼리를 불렀다.

칼라나그는 아무 소리도 내지 않고 몸을 돌리더니 성큼성큼 세 걸음 만에 달빛 아래 서 있는 아이에게 되돌아왔다. 코를 내려 리틀 투마이를 휙 감아 목에 올려놓은 칼라나그는 리틀 투마이가 제대로 앉기도 전에 숲으로 미끄러져 들어갔다.

막사에서는 성난 코끼리 울음소리가 한 번 요란하게 들려왔다. 이어 모든 것에 침묵이 내려앉았고 칼라나그가 움직이기 시작했다. 때로 물결이 배 옆구리를 스칠 때처럼 키 큰 풀이 칼라나그의 옆구리를 스쳤다. 때로는 야생후추 덩굴이 등을 할퀴기도 했고, 어깨에 닿은 대나무가 삐걱이는 소리를 내기도 했다. 하지만 이런 소리 사이사이에는 완벽한 침묵뿐이었다. 칼라나그는 아무 소리도 내지 않고 움직였다. 빽빽한 가로 숲을 마치 안개를 헤치듯 유유히 통과했다. 칼라나그는 언덕을 오르고 있었다. 나뭇잎 사이로 별이 보이기는 했지만 리틀 투마이는 방향을 가늠할 수가 없었다.

언덕 끝에서 칼라나그는 잠시 멈추었다. 리틀 투마이 발 아래로 나무들이 점처럼 흩어져 있는 모습이 보였다. 달빛을 받아 부드러운 모피로 뒤덮인 듯 보이는 숲은 수마일에 걸쳐 뻗어 있었다. 계곡 아래 강물 위로는 푸르고 하얀 빛의 안개가 보였다. 투마이는 앞으로 몸을 숙여 살폈다. 발 아래 숲이 깨어 있음이 느껴졌다. 깨어 있었고, 살아 있었고, 또 붐비고 있었다. 과일을 먹는 갈색의 커다란 박쥐 한 마리가 귀를 스치고 지나갔다. 덤불에서는 고슴도치 가시가 바스락거리는 소리가 들렸다. 나무 밑동 사이 어둠 속에서는 흑곰이 촉촉하고 따뜻한 땅을 열심히 파헤치며 코를 킁킁거리는 소리가 들렸다.

머리 위를 다시 나뭇가지들이 뒤덮었다. 칼라나그는 계곡을 향해 천천히 내려가기 시작했다. 이번에는 조용히 움직이지 않았다. 마치 달아나는 도둑이 가파른 강기슭을 달리듯 한걸음에 내달렸다. 육중한 다리는 한 걸음에 팔 피트씩, 피스톤처럼 쉴 새 없이 움직였다. 관절 부분의 주름진 피부가 사각거리는 소리를 냈다. 양쪽 발에 밟힌 풀들은 범포가 찢어질 때와 같은 소리를 내며 쓰러졌고 칼라나그의 어깨에 밀려 좌우로 밀쳐진 어린 나무들은 되튀어오르며 칼라나그의 옆구리를 갈겼다. 머리를 이리저리 흔들며 어렵게 앞으로 나아가는 칼라나그의 상아에는 뒤엉킨 덩굴들이 달라붙었다. 리틀 투마이는 요동하는 가지에 부딪쳐 땅으로 곤두박이칠까 두려워 칼라나그의 커다란 목을 꼭 잡고 납작 엎드렸다. 다시 막사로 돌아가고 싶었다.

풀이 질퍽해지기 시작했다. 한 걸음 옮길 때마다 칼라나그의 발이

푹푹 빠지며 철벅거렸다. 계곡 아래쪽에 깔린 밤안개에 리틀 투마이는 한기를 느꼈다. 물이 첨벙이는 소리와 뭔가 짓밟는 소리가 들리고 물이 급하게 흘러가는 소리도 들렸다. 칼라나그는 조심스럽게 한 발씩 떼어놓으며 강을 건넜다. 코끼리의 다리를 휘감아도는 물소리 너머로 강 상류와 하류에서 첨벙거리는 소리가 들려왔다. 코끼리 울음소리와 거칠게 몰아쉬는 콧김. 주변의 안개는 빙글빙글 돌아가며 너울거리는 그림자로 가득 찬 것 같았다.

"아!" 이빨이 맞부딪쳤다. 목소리가 제대로 나오지 않았다. "코끼리들이 오늘 밤 나왔구나. 그렇다면 바로 그 춤이구나."

물을 튀기며 뭍으로 나온 칼라나그는 코로 물을 뿜어내고 다시 언덕을 오르기 시작했다. 하지만 이번에는 혼자가 아니었다. 길을 헤치며 갈 필요도 없었다. 이미 길이 있었다. 너비가 육 피트에 달하는 길이 앞에 펼쳐져 있었고, 짓밟힌 풀들은 다시 똑바로 서보려 애쓰고 있었다. 불과 몇 분 전에 수많은 코끼리들이 이 길로 지나간 게 틀림없었다. 리틀 투마이는 뒤를 돌아보았다. 뒤에는 거대한 야생코끼리 한 마리가 작은 눈을 빨간 숯처럼 이글거리며 안개 낀 강에서 막 나오고 있었다. 나무가 다시 하늘을 가리고, 일행은 계속 언덕을 올랐다. 코끼리 울음소리, 무언가 부딪치는 소리, 큰 가지들이 부러지는 소리 등이 사방에서 들렸다.

마침내 언덕 꼭대기에 오른 칼라나그는 두 그루의 나무 사이에 섰다. 이 두 나무는 삼에서 사 에이커 넓이의 공간을 둘러싸고 동그랗게 자라난 나무들 중 일부였다. 공터는 벽돌 바닥처럼 단단하게 다져져 있었다. 나무 몇 그루가 가운데에 자라 있었지만 마찰에 의해 껍질이 벗겨져 있었고 그 아래 드러난 속살은 나뭇잎 사이로 비치는 달빛을 받아 반질반질 빛나고 있었다. 윗가지에는 덩굴이 늘어져 있었고, 종 모양의 담쟁이꽃, 메꽃처럼 부드럽고 하얀 꽃은 고개를 숙이고 깊이 잠들어 있었다. 하지만 공터에는 어디를 봐도 초록 잎은 없었다. 있는 것이라고는 짓밟혀 다져진 흙뿐이었다.

달빛은 이 모든 것을 잿빛으로 바꾸어버렸다. 코끼리들이 서 있는 곳만 그림자 때문에 잉크처럼 까맸다. 리틀 투마이는 숨을 죽이고 이 광경을 지켜보았다. 눈이 튀어나올 것만 같았다. 점점 더 많은 코끼리들이 나무를 헤치고 등장했다. 열까지만 셀 줄 아는 리틀 투마이는 손가락으로 셈을 계속하다가 몇 십까지 셌는지 잊어버리기를 반복했고, 머리가 빙빙 도는 것 같았다. 공터 밖에서는 코끼리들이 언덕을 오르며 발 아래 풀을 쿵쿵 밟아대는 소리가 들려왔다. 하지만 나무로 둘러쳐진 공터에 이르면 마치 유령처럼 소리없이 움직였다.

상아가 하얀 야생 수컷의 주름진 목과 접힌 귀에는 낙엽과 열매, 잔가지가 끼어 있었다. 뚱뚱하고 느린 암컷 코끼리들도 있었다. 어미들 배 아래로 키가 삼사 피트밖에 되지 않는 연분홍빛 아기 코끼리들이 쉴 새 없이 움직였다. 이제 막 나오기 시작한 엄니가 무척 자랑스러운 어린 코끼리들도 있었다. 키가 크고 말라빠진 노처녀 코끼리들은 근심 가득한 야윈 얼굴에 거친 나무껍질 같은 코를 가지고 있었다. 사납고 늙은 수컷 코끼리들은 채찍 자국과 이전의 싸움에서 생긴 상처로 어깨에서 옆구리까지 흉터가 남아 있었다. 혼자 진흙 목욕을 했는지, 질척한 진흙이 어깨에서 떨어져내렸다. 상아가 부러진 녀석도 있었다. 호랑이가 발톱으로 무시무시하게 할퀴어놓은 흔적이 옆구리에 남아 있었다.

코끼리들은 머리를 맞대고 서 있거나 짝을 지어 공터를 가로질러 이리저리 걷고 있었다. 혼자 몸을 흔들흔들하는 녀석도 있었다. 코끼리가 수십 마리였다.

투마이는 칼라나그의 목에 가만히 엎드려 있는 한 자신에게는 아무일도 없을 것임을 알았다. 우리에서 코끼리를 몰아대며 난리법석을 부릴 때에도 길들여진 코끼리 목에 앉아 있는 사람을 끌어내리는 야생코끼리는 한 마리도 없다. 게다가 이 코끼리들은 이날 밤 사람 따윈 안중에도 없었다. 딱 한 번, 코끼리들은 귀를 쫑긋 기울였다. 숲에서 족쇄가 쩽그랑거리는 소리가 들렸던 것이다. 하지만 그건 피터슨 나리의 애완코끼리 푸드미니였다. 짧게 잘려나간 쇠사슬을 감은 채 킁킁거리며 언덕을 오르고 있었다. 말뚝을 부수고 피터슨 나리의 캠프에서 곧장 온 게 틀림없었다. 리틀 투마이가 모르는 코끼리도 한 마리눈에 띄었다. 등과 가슴에 밧줄 자국이 깊게 패어 있었다. 그 코끼리도 주변의 언덕에 있는 캠프에서 도망쳐온 게 틀림없었다.

드디어 숲에 정적이 흘렀다. 코끼리들은 한 마리도 움직이지 않았다. 칼라나그가 나무 사이에서 나와 소리를 내며 무리 한가운데로 나아갔다. 다른 코끼리들도 모두 자기네 말로 이야기를 시작하며 이리저리 움직였다.

여전히 가만히 엎드린 채, 리틀 투마이는 수십 개의 넓은 등짝을 내려다보았다. 코끼리들은 귀를 흔들고 코를 위로 치켜들고, 조그만 눈을 굴리고 있었다. 엄니끼리 부딪치는 소리도 들렸다. 코가 서로 엉기며 바스락대는 소리도 들렸다. 혼잡한 가운데 엄청 큰 옆구리와 어깨가 서로 스치는 소리, 거대한 꼬리가 끊임없이 휙휙 움직이는 소리도 들렸다. 그러더니 구름 한 조각이 달을 가렸다. 투마이는 캄캄한 어둠 속에 앉아 있었다. 하지만 밀치고 떼밀고 울부짖는 소리는 여전했다. 투마이는 칼라나그 주변을 코끼리들이 온통 에워싸고 있음을 알았다. 무리에서 빠져나갈 수 있도록 누군가 뒤에서 도와줄 가능성이 전혀 없다는 것도 알았다. 그래서 입을 굳게 다문 채 떨고 있었다. 코끼리 우리에는 적어도 횃불과 사람들의 고함이 있었다. 하지만 지금 투마이는 어둠 속에 철저하게 혼자였다. 한번은 어느 코끼리가 코를 들어올려 투마이의 무릎을 건드리기도 했다.

이때 코끼리 한 마리가 나팔 같은 울음소리를 냈다. 다른 코끼리들이 이 소리를 받아 함께 울었다. 오 초, 혹은 십 초 동안 끔찍한 시간이 이어졌다. 머리 위 나무에 맺혔던 이슬이 보이지도 않는 코끼리들 등으로 비처럼 후두두 떨어졌다. 단조롭게 쿵쿵거리는 소리가 들리기 시작했다. 처음에는 그리 크지 않은 소리였기에 리틀 투마이는 그게 무슨 소리인지 알 수 없었다. 하지만 소음은 점점 커졌고, 칼라나그는 앞발을 하나씩 차례로 들어올렸다가 땅에 내려놓았다. 하나, 둘, 하나, 둘. 기계 해머처럼 규칙적이었다. 어느덧 모든 코끼리들이 함께 발을 구르고 있었다. 동굴 입구에서 전쟁을 알리는 북을 치는 듯한 소리였다. 나무에 맺힌 이슬은 한 방울도 남김 없이 모두 떨어졌다. 쿵쿵 소리는 계속되었고 땅은 요동쳤다. 리틀 투마이는 소리를 듣지 않으려 귀를 막았다. 하지만 이 충격적인 소음—수백 개의 육중한 발이 맨땅에 쿵쾅거리는 소리—은 온몸을 훑고 지나갔다. 한두 번쯤 칼라나그를 비롯한 코끼리들이 모두 한꺼번에 몇 발자국 성큼성큼 앞으로 몰려나가는 것이 느껴졌다. 그러면 쿵쾅거리던 발소리는 축축한 풀들이 짓밟혀 뭉개지는 소리로 바뀌었다. 하지만 이내 딱딱한 땅에 발이 쿵쿵 울리는 소리가 다시 시작되었다. 가까이에서 나무 한 그루가 삐걱거리며 신음했다. 투마이는 손을 뻗어 그 나무껍질을 더듬었다. 하지만 칼라나그가 계속 쿵쾅거리며 앞으로 움직였기에 투마이는 자기가 공터 어디쯤에 있는 것인지 알 수 없었다. 코끼리들한테서는 아무런 소리도 들리지 않았다. 어린 코끼리 두세 마리가 함께 끽끽 우는 소리를 한 번 냈을 뿐이다. 그러더니 쿵 하는 소리와 발을 질질 끄는 소리가 들렸다. 그리고 쿵쾅거리는 소리가 계속되었다. 꼬박 두 시간이 그렇게 지나갔다. 리틀 투마이는 모든 신경이 곤두섰다. 하지만 밤공기 냄새로 새벽이 오고 있음을 알 수 있었다.

푸른 언덕 너머 창백하게 노란 종이 한 장이 펼쳐졌다. 아침이 오고 있었다. 첫 새벽빛과 더불어 쿵쾅거리는 소리가 멈췄다. 그 빛이 마치 멈추라는 명령인 것 같았다. 머리에서 쿵쾅거리는 소리가 미처 나가기도 전에, 심지어 고개를 들어올리기도 전에, 코끼리는 한 마리도 남김 없이 사라져버렸다. 칼라나그와 푸드미니, 그리고 밧줄 자국이 깊게 파인 코끼리만 남아 있었다. 언덕 아래쪽에서도 다른 코끼리들이 어디로 가버렸는지를 알려줄 만한 소리나 신호는 전혀 없었다.

리틀 투마이는 노려보고 또 노려보았다. 투마이가 기억하는 한, 공터는 밤새 넓어져 있었다. 중앙에는 더 많은 나무가 있었지만 공터 옆쪽의 무성한 풀들은 뒤로 밀려나 있었다. 리틀 투마이는 다시 한번 골히 앞을 응시했다. 이제야 밟힌 자국들이 눈에 들어왔다. 코끼리들은 땅을 밟아 더 넓은 공터를 만들었다. 울창한 풀과 축축한 줄기는 밟혀

서 엉망이 되었다. 세로로 찢기고 더 얇게 섬유 조직처럼 짓이겨졌다가 결국에는 땅과 하나가 되었다.

"와!" 리틀 투마이가 말했다. 눈이 무거웠다. "칼라나그, 주인님, 푸드미니를 따라 피터슨 나리의 캠프로 가요. 아니면 목에서 떨어질 것 같아요."

세번째 코끼리는 두 코끼리가 멀어지는 모습을 지켜보았다. 그러고는 코를 쿵쿵하더니 몸을 돌려 자기 갈 길을 갔다. 오십, 육십, 혹은 백 마일쯤 떨어진, 어떤 원주민 부족장 소유의 코끼리일 터였다.

두 시간 뒤, 피터슨 나리가 이른 아침을 먹고 있을 때, 이중으로 쇠사슬이 채워졌던 코끼리들이 나팔 소리를 내며 울기 시작했다. 어깨까지 온통 진흙으로 엉망이 된 푸드미니가 칼라나그와 함께 아픈 발을 끌고 비틀비틀 캠프로 들어왔다.

리틀 투마이의 얼굴은 창백하고 수척했다. 나뭇잎이 잔뜩 붙은 머리카락은 이슬에 흠뻑 젖어 있었다. 그럼에도 투마이는 피터슨 나리에게 인사를 하려 애쓰며 힘없는 목소리로 외쳤다. "춤…… 코끼리 춤을 봤어요. 전 죽을 것 같아요." 칼라나그가 주저앉자 리틀 투마이는 죽은 듯 정신을 잃고 칼라나그의 목에서 미끄러졌다.

하지만 리틀 투마이도 여느 인도 아이처럼 신경이 그다지 예민하지 않았다. 두 시간 후에 리틀 투마이는 피터슨 나리의 그물침대에, 나리의 사냥용 코트를 베고 아주 편안하게 누워 있었다. 따뜻한 우유 한 잔, 브랜디 조금, 그리고 몸속에 빠르게 번지는 키니네*의 효과 같았

---

* 말라리아의 특효약으로 알려진 해열진통제.

다. 털투성이에 깊은 상처를 가진 정글의 늙은 사냥꾼들은 리틀 투마이 앞에 앉아 투마이가 마치 혼령이라도 되는 양 바라보았다. 투마이는 아이답게 짧게 자기 이야기를 했고, 이렇게 끝을 맺었다.

"내가 한 말 중에 조금이라도 거짓이 있다면 사람들을 보내서 확인하세요. 그럼 코끼리들이 땅을 밟아 다져 춤추는 공간을 더 넓혀놓은 걸 알 수 있을 거예요. 열 개, 열 개, 또 열 개가 여러 개 있는 수만큼 춤추는 곳으로 이어진 발자국도 찾을 수 있을 거고요. 내가 직접 봤어요. 칼라나그가 날 데려갔어요. 내가 봤다고요. 칼라나그의 다리도 아주 지쳤잖아요!"

리틀 투마이는 등을 대고 누워서 긴 오후 내내, 땅거미가 질 때까지 잠을 잤다. 투마이가 잠을 자는 동안 피터슨 나리와 마추아 아파는 두 코끼리가 걸어온 발자국을 따라 언덕을 가로질러 십오 마일이나 걸어가보았다. 피터슨 나리는 열여덟 해 동안 코끼리 잡는 일을 했고, 딱 한 번 그런 곳을 발견했던 적이 있었다. 공터에 이르자 마추아 아파는 한 번 보는 것으로도 그곳에서 무슨 일이 벌어졌었는지 금세 알 수 있었다. 꽉꽉 다져진 흙을 발톱으로 긁어볼 필요도 없었다.

"아이가 하는 말이 사실입니다." 마추아 아파가 말했다. "이 모든 일은 어젯밤에 있었어요. 제가 세기로는, 강을 건너온 발자국이 칠십 개군요. 보세요. 푸드미니의 다리에 채워졌던 사슬에 저 나무껍질이 벗겨졌네요. 맞아요. 푸드미니도 여기 왔던 거예요."

둘은 서로를 바라보았다. 그리고 눈을 위아래로 굴리며 의문에 빠졌다. 코끼리들이 행동하는 방식은 피부색과 상관없이 어떤 인간의 지혜로도 가늠하기 어렵기 때문이다. 마추아 아파가 말했다. "사십오 년 동안 코끼리를 따라다녔지만 이 아이가 본 것을 봤다는 사람 얘기를 들어본 적이 없습니다. 언덕에 거하는 모든 신을 걸고, 이건, 뭐라 해야 할까요?" 이렇게 말하며 마추아 아파는 고개를 저었다.

이들이 다시 캠프에 돌아왔을 때는 저녁식사 시간이었다. 피터슨 나리는 텐트에서 혼자 식사를 했다. 하지만 양 두 마리와 가금류, 보통 때의 두 배에 달하는 밀가루와 쌀과 소금을 준비하라고 명령을 내렸다. 잔치가 열릴 것을 알았던 것이다.

자기 아들과 코끼리를 찾아 평원의 야영장에서 부리나케 달려온 빅 투마이는 막상 이들을 찾자 마치 두렵다는 듯 바라보았다. 코끼리들이 갇혀 있는 막사 앞에서 모닥불이 타오르고 잔치가 열렸다. 리틀 투마이는 이 모든 것의 영웅이었다. 체구가 큰 갈색 피부의 코끼리잡이들과 추격꾼, 몰이꾼들과 올가미잡이들, 그리고 야생코끼리를 길들이는 모든 비법을 알고 있는 사람들이 리틀 투마이를 안아 팔에서 팔로 돌리며 갓 잡은 정글새의 가슴에서 나온 피를 이마에 발랐다. 리틀 투마이가 '숲의 사람'으로 인정받아 정글 어디든 자유롭게 다닐 수 있음을 알리기 위함이었다.

마침내 불꽃이 사그라지고 통나무의 붉은빛 때문에 코끼리들 역시 피에 적셔진 것처럼 보이게 되자, 케다 몰이꾼들의 대장인 마추아 아파, 피터슨 나리의 분신으로 지난 사십 년간 단 한 번도 사람이 닦아놓은 길을 본 적이 없는 마추아 아파, 너무나 위대하기에 마추아 아파 이외에는 어떤 이름도 지니지 않은 마추아 아파가 리틀 투마이를 머리 위로 번쩍 치켜들며 벌떡 일어났다. 그리고 외쳤다. "형제들이여, 내 말을 들으라. 저기 막사 안에 있는 나의 주인님들도 귀 기울이라.

나, 마추아 아파가 말한다. 이 어린아이는 이제 더이상 리틀 투마이
라 불리지 않을 것이다. 그의 증조할아버지처럼 '코끼리들의 투마이'
라 불릴 것이다. 그 어떤 이도 보지 못했던 것을 이 아이는 밤새 목격
했다. 코끼리들과 정글 신들의 총애를 받고 있다. 그는 위대한 추적꾼
이 될 것이다. 나, 마추아 아파보다 더 위대해질 것이다. 맑은 눈으로
새로운 흔적과 낡은 흔적과 섞인 흔적을 찾을 것이다. 야생코끼리에
게 올가미를 던지느라 코끼리들의 배 아래로 뛰어다녀도 케다에서는
해를 입지 않을 것이다. 돌격하는 수컷 코끼리의 발 앞에서 미끄러져
넘어지더라도 그 수컷은 그를 알아보고 밟지 않을 것이다. 아이하이!
사슬에 갇힌 나의 주인님들!" 그는 코끼리들이 묶여 있는 막사 앞으로
리틀 투마이를 데려갔다. "숨겨진 장소에서, 어떤 인간도 보지 못한 너
희의 춤을 목격한 아이다. 나의 주인들이여, 그에게 명예를 바치라. 살
람 카로, 나의 아이들이여! 코끼리들의 투마이에게 예를 갖추라! 군가
페르샤드, 아하! 히라 구이, 비르시 구이, 쿠타르 구이, 아하! 푸드미
니, 넌 무도회에서 저 아이를 봤지, 그리고 너, 나의 보석 칼라나그도.
아하! 모두 함께, 코끼리들의 투마이에게. 바르라오!"

마추아 아파의 열광적 외침에 늘어선 코끼리들은 모두 코끝이 이마
에 닿을 때까지 코를 들어올렸고, 인도 총독에게만 올리는 엄청난 울
음소리로 케다의 완벽한 예를 갖추었다.

하지만 이 모든 것은 어떤 인간도 보지 못했던 것, 즉 가로 언덕 심
장부에서 밤에 혼자 코끼리들의 춤을 목격한 리틀 투마이를 위한 것
이었다.

시바 신과 베짱이

투마이 엄마가 아기에게 불러준 노래

거두어들일 곡물을 베풀어주시고 바람을 일으켜주시는 시바 신,

아주 오랜 옛날 하루의 문지방에 앉아

각자에게 자기 몫의 음식과 노고와 운명을 주셨네.

왕좌의 왕으로부터 문가의 거지까지

모든 것을 만드셨네―보호자 시바

마하데오! 마하데오! 모든 것을 만드셨네.

낙타에게는 가시나무를, 소에게는 사료를

졸리운 머리에게는 어머니의 가슴을, 오 내 어린 아들!

부자에게는 밀을, 가난한 자에게는 기장을 주셨네.

문전걸식을 하는 성자에게는 찌꺼기 음식을

호랑이에게는 소를, 솔개에게는 썩은 고기를,

한밤중 담장 밖 사악한 늑대에게는 넝마와 뼛조각을.

너무 고상한 것도 없고, 너무 천박한 것도 없다네.

그 옆의 파르바티는 그들이 오가는 것을 보았지.

남편을 속여 시바를 웃음거리로 만들 생각을 했어.

베짱이 한 마리를 훔쳐 가슴속에 감추었지.

이렇게 그를 속였어, 보호자 시바

마하데오! 마하데오! 고개를 돌려보세요.

낙타는 크고, 젖소는 뚱뚱하지요.

하지만 이건 작은 것들 중에 가장 작은 것, 내 어린 아들!

모두 나누어주고 나자, 그녀가 웃으며 물었네.

"주인님, 백만 개의 입 중에 먹지 못하는 입이 하나도 없는 건가요?"

시바가 웃으며 대답했다. "모두 자기 몫을 가졌소.

심지어 당신 가슴속에 숨겨져 있는, 그 어린 것도 말이오."

가슴에서 베짱이를 꺼냈지, 도둑 파르바티.

작은 것 중 가장 작은 것이 새로 돋은 잎을 갉아 먹고 있었다네.

보고, 두려워하고, 궁금해했지. 시바에게 기도하며.

시바는 살아 있는 모든 것들에게 먹을 것을 주셨어.

모든 걸 만드셨네―보호자 시바

마하데오! 마하데오! 모든 걸 만드셨네.

낙타에게는 가시나무를, 젖소에게는 사료를

졸리운 머리에게는 어머니의 가슴을, 오 내 어린 아들!

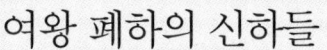

여왕 폐하의 신하들

분수 혹은 단순한 비례법으로 할 수 있어.
하지만 트위들덤의 방식과 트위들디의 방식은 다르지.
비틀 수도 있고, 돌릴 수도 있고, 지쳐 떨어질 때까지 땋을 수도 있지.
하지만 필리윙키의 방식과 윙키팝의 방식은 다르지!

한 달 내내 세찬 비가 내렸다. 삼만 명의 사람과 수천 마리 낙타, 코끼리, 말, 어린 수소, 노새, 모두가 라왈핀디라는 곳에 모여 인도 총독의 사열을 받았다. 인도 총독은 아프가니스탄 아미르의 방문을 받는 중이었다. 아주 미개한 나라의 몹시 미개한 왕이었다. 이 왕은 호위대로 팔백의 군사와 말을 대동했는데, 이들은 캠프나 기관차를 한 번도 본 적이 없었다. 중앙아시아 변두리의 야만적인 사람들과 야만적인 말들이었다. 매일 밤 한 무리의 말이 뒷발굽을 묶어놓은 밧줄을 끊고 어둠 속 진흙을 헤치며 캠프를 위아래로 질주했다. 혹은 사슬이 풀린 낙타들이 이리저리 뛰어다니다 텐트를 고정시킨 밧줄에 걸려 넘어지기도 했다. 잠들려 애쓰던 사람에게 얼마나 유쾌한 일이었을지 상상할 수 있으리라. 내 텐트는 낙타가 있는 막사에서 멀리 떨어져 있었기에 안전하다고 생각했다. 하지만 어느 날 누군가 머리를 들이밀더니 외쳤다. "빨리 나오세요! 그놈들이 오고 있어요. 내 텐트가 무너졌어요!"

난 '그놈들'이 누군지 알았다. 그래서 부츠를 신고 방수복을 입고 허둥지둥 진창으로 나갔다. 나의 폭스테리어 리틀 빅센은 다른 쪽으로 달려나갔다. 이어 아우성치고 꿀꿀거리고 부글거리는 소리가 들렸다. 기둥이 툭 넘어지면서 무너진 텐트가 미친 유령처럼 이리저리 날뛰기 시작하는 게 보였다. 낙타 한 마리가 어쩌다 그 텐트 안으로 들어갔던 것이다. 온몸이 젖고 화가 났지만 웃지 않을 수 없었다. 나는 내달렸다. 낙타가 몇 마리나 밧줄이 풀린 건지 알 수 없었기 때문이다. 머잖아 캠프가 보이지 않는 곳까지 갔다. 나는 진창을 뚫고 어렵게 길을 헤쳐 나아갔다.

결국 대포 끝에 걸려 넘어졌고, 그것으로 나는 밤에 대포를 쌓아두는 무기 막사 가까운 어딘가에 와 있음을 알았다. 어둠 속에서 가랑비를 맞으며 더이상 고생하고 싶지 않았기에 대포의 포신에 방수복을 씌우고 장전기를 두세 개 더 찾아 일종의 북미 인디언식 오두막을 만들었다. 다른 대포와 나란히 드러누워서는 빅센은 어디로 갔을지, 여긴 어디쯤일지 생각하고 있었다.

막 잠이 들려는데 마구가 부딪치는 소리와 숨소리가 들리더니 노새한 마리가 젖은 귀를 흔들며 내 옆을 지나갔다. 마구에 걸린 줄, 고리, 사슬 소리가 들리는 것을 보니 스크루건 포병대 소속의 노새인 모양이었다. 스크루건이란 필요할 때면 두 개의 부분을 나사로 연결하여 쓸 수 있는 아주 작은 대포다. 산이건 어디건, 노새가 오를 수 있는 곳이면 어디든지 가져갈 수 있으므로, 바위가 많은 곳에서 싸우는 데 매우 유용하다.

노새 뒤에는 낙타 한 마리가 따르고 있었다. 크고 부드러운 발이 진흙 속에 미끄러지며 질벅거렸다. 목은 길 잃은 암탉처럼 이리저리 깐닥거렸다. 다행히 나는 동물의 언어, 물론 야생동물 말고 캠프에서 키우는 동물의 언어를 좀 알고 있어서 낙타가 무슨 말을 하는지 알아들을 수 있었다.

그 낙타가 바로 내 텐트 속으로 뛰어든 놈인 모양이었다. 녀석이 노새에게 "어쩜 좋지? 이제 어디로 가야 해? 나풀대는 하얀 것하고 싸웠는데, 그놈이 막대기로 내 목을 후려쳤단 말이야" 하고 말했기 때문이다(그건 바로 부러진 내 텐트의 기둥이었고, 그 말을 들으니 속이 후련했다). "우리 달아날까?"

"아, 그럼 그게 너였구나." 노새가 말했다. "막사를 뒤집어놓은 게 너랑 네 친구들이었던 거야? 괜찮아. 아침에 벌로 매는 맞겠지. 하지만 지금 당장 내가 손 좀 봐줄게."

노새가 낙타 쪽으로 뒷걸음쳐서 발길질로 가슴께를 쿵쿵 걷어차니 마구가 챙그랑거리는 소리가 들렸다. "다음번에는 '도둑이야! 불이야!' 하고 소리치면서 밤에 노새 막사를 지나갈 생각은 하지도 마. 얌전히 앉아 그놈의 목 좀 그냥 두고."

낙타는 낑낑거리며 접이식 자처럼 몸을 두 겹으로 포개고 앉았다. 어둠 속에서 규칙적으로 발굽 소리가 들려오더니, 덩치 큰 말이 행군이라도 하듯 다가와 포신을 뛰어넘어 노새 바로 옆에 착지했다.

"부끄러운 일이야." 말은 콧김을 뿜어대며 말했다. "또 저 낙타들이 우리 막사를 엉망으로 만들어놓았어. 이번 주에만도 벌써 세번째야. 말이 잠을 제대로 못 자고 어떻게 제대로 움직이겠어? 근데 넌 누구지?"

"난 제1스크루건 포대의 2번포를 운반하는 노새야. 그리고 여긴 네 친구 중 하나고. 이 친구 때문에 나도 깼어. 넌 누구야?"

"제9창기병대 E분대 15번 딕 컨리프의 말이야. 조금만 비켜줄래?"

"아, 미안해. 어두워서 잘 보이질 않아서 말이야. 낙타들은 정말 골칫거리지? 나는 좀 조용히 쉬려고 막사에서 나왔어." 노새가 말했다.

"정말 미안해." 낙타가 풀이 죽어 말했다. "우린 밤에 나쁜 꿈을 꾸고, 겁도 아주 많거든. 난 39보병대의 짐을 나르는 낙타이고, 너희처럼 용감하지 못해."

"그럼 막사를 뛰어 돌아다니지 말고 39보병대에서 짐이나 나르지그래?" 노새가 말했다.

"너무 무서운 꿈이라서 말이야." 낙타가 말했다. "미안해. 어! 잘 들어봐! 무슨 소리지? 또 도망쳐야 할까?"

"앉아." 노새가 말했다. "안 그러면 대포 사이에서 네 그 기다란 다리가 부러지고 말 테니." 노새는 한쪽 귀를 쫑긋하고 귀를 기울였다. "황소들이다! 대포를 끄는 황소들이야. 내 장담하는데 너랑 너희 친구들이 막사 전체를 다 깨워놓은 모양이야. 대포 황소를 상대하려면 힘 좀 들 텐데."

땅에 사슬 끌리는 소리가 들리더니, 코끼리들이 포격 근처에 가려고 하지 않을 때 그들을 대신해서 대구경 포를 끄는 거대한 흰 소 한 쌍이 나란히 등장했다. 게다가 그 사슬과 바짝 붙어서 노새 한 마리가

"빌리"라고 미친 듯이 외치며 다가왔다.

"저건 우리 부대원인데." 늙은 노새가 말에게 말했다. "날 부르고 있어. 나 여기 있다, 애송아. 그만 좀 꽥꽥거려. 아직 아무도 안 죽었으니."

소들은 나란히 앉더니 되새김질을 시작했지만, 어린 노새는 빌리 곁에 바짝 붙어 앉았다.

"무시무시하고 끔찍한 것들이에요, 빌리! 우리가 자고 있는데 쳐들어왔어요. 우릴 죽이려는 걸까요?"

"널 한 방 걷어차주고 싶은 마음이 굴뚝같구나." 빌리가 말했다. "키는 십사 핸드*에 너처럼 훈련받은 노새가 생각하는 거 하고는! 신사분 앞에서 우리 부대의 명예에 먹칠을 하는구나!"

"자, 자, 진정해." 말이 말했다. "처음에는 늘 그럴 수 있다는 걸 기억하라고. 내가 처음으로 사람을 봤을 때(그건 내가 세 살 때, 호주에서였지) 반나절을 달려 도망쳤어. 만약에 낙타를 봤더라면 아직까지도 계속 내달리고 있을 테지."

영국군에서 일하는 말들은 거의 대부분 호주에서 데려와 기마병들이 직접 훈련시킨다.

"그렇고말고." 빌리가 말했다. "그만 좀 떨어라, 애송아. 사람들이 처음으로 내 등에 마구를 얹었을 때, 나는 뒷다리로 전부 다 걷어차 버렸어. 그때는 차는 법을 제대로 배우지도 못했지만, 부대원들은 그런 광경은 처음이라고 했지."

---

* 말의 키를 재는 단위. 일 핸드는 10.16센티미터.

"하지만 그건 마구 같은 데서 나는 소리가 아니었어요." 어린 노새가 말했다. "이젠 두렵지 않아요, 빌리. 그건 나무 같은 건데, 막사를 여기저기 뒤집어놓았어요. 제 머리에 두른 밧줄도 끊어졌고, 제 주인도 찾을 수가 없었고, 빌리도 찾을 수가 없어서…… 그래서 이 신사분들과 달아났어요."

"흠!" 빌리가 말했다. "낙타들이 난동을 부린다는 소리를 듣자마자 나는 혼자서 나와버렸지. 포병대의 노새가 대포 끄는 소들을 신사분이라고 부르다니, 보통 놀란 게 아니군. 거기 바닥에 앉은 분들은 뉘쇼?"

소들은 되새김질을 하면서 함께 대답했다. "대포부대 1번포를 끄는 7조 소들이라오. 낙타들이 왔을 때 우린 자고 있다가 발에 밟혀 밖으로 나왔소. 좋은 잠자리에서 방해를 받으니 진흙 속에 조용히 앉아 있는 편이 낫지. 우리도 여기 당신 친구에게 겁낼 것 없다고 했지만, 아는 게 너무 많아서 그런지 달리 생각하더군."

그들은 되새김질을 계속했다.

"그건 두려움 때문이오." 빌리가 말했다. "넌 소들한테 비웃음을 산 거야. 이제 기분이 좋냐, 애송아."

어린 노새는 이를 딱딱 부딪쳤고, 뚱뚱한 수소 따윈 자기도 두렵지 않다는 소리를 중얼거렸다. 하지만 소들은 자기들끼리 뿔을 부딪치면서 되새김질만 계속했다.

"자, 겁이 났다고 화를 내진 마. 그건 최고로 비겁한 거라고." 말이 말했다. "밤에는 누구든 알 수 없는 걸 보고 겁먹기 마련이지. 신병들이 고향 호주에서 채찍뱀을 본 이야기를 자꾸만 하는 바람에, 우리는 밧줄 끝이 죽도록 무서워져서 사백오십 마리 전원이 밧줄을 끊고 달아나기도 했다니까."

"막사에선 그럴 수도 있지." 빌리가 말했다. "나도 하루이틀밖에 못나가면 재미로 날뛰어보기도 하니까. 그런데 실전에선 무슨 일을 하지?"

"아, 그건 또다른 얘긴데." 말이 말했다. "실전이 벌어지면 딕 컨리프가 내 등에 타고 무릎으로 내 옆구리를 친다네. 그럼 난 앞을 잘 보면서 고삐에 따라 움직이기만 하면 돼."

"고삐가 뭐야?"

"아니 이런 세상에." 말이 콧방귀를 뀌며 말했다. "설마 고삐가 뭔지 배우지 못했단 말인가? 고삐가 목을 누르면 당장 한 바퀴 돌아서야 해. 자네 주인한텐 죽고 사는 문제야. 물론 자네에게도 죽고 사는 문제고. 목에 고삐를 당기는 느낌이 들면 곧바로 뒷다리를 당기고 준비를 해야 해. 빙 돌 자리가 없으면, 조금 뒤로 물러나서 뒷다리를 구부리는 거야. 그게 바로 고삐에 길드는 것이지."

"우린 그렇게 배우지 않았어." 빌리가 뻣뻣하게 말했다. "우린 앞장선 사람의 지시에 따르도록 배웠지. 사람의 말소리에 따라 뒤로 물러나고. 내 생각에는 결국 마찬가지인 것 같아. 뒷다리 관절에는 몹시 해롭겠지만, 어쨌든 그렇게 멋지게 길들여지고 나서, 실제로 어떤 일을 하나?"

"상황에 따라 달라." 말이 말했다. "보통은 칼을 들고 고함을 질러대는 사람들 무리로 달려들어가. 아주 길고 번득이는 무시무시한 칼을 든 사람들이지. 그리고 딕의 군화가 바로 옆에 선 사람의 군화에 살짝

닿도록 조심해야 해. 딕의 창이 내 오른쪽 눈 바로 옆에 보여. 그러면 안전하다는 뜻이지. 우리가 급히 움직일 때면, 우리와 상대하는 사람이나 말은 절대 안전하지 못해."

"칼에 다치진 않나요?" 어린 노새가 물었다.

"전에 한 번 가슴에 상처가 나긴 했지만, 그건 딕의 잘못이 아니라……"

"나라면 누구 잘못인지 많이 따졌을 거예요. 아프다면 말이죠!" 어린 노새가 말했다.

"그럼." 말이 말했다. "널 타는 사람을 믿지 못하면 당장 달아나게 될 거야. 그러는 말들도 더러 있지만, 나는 그들을 탓하지 않아. 아까도 말했지만, 그건 딕의 잘못이 아니었어. 한 남자가 땅에 쓰러져 있었고, 그를 밟지 않으려고 몸을 뻗었는데, 그가 내게 칼을 휘두른 거였어. 다음에 쓰러진 사람을 만나면 아주 세게 밟아버릴 거야."

"흠!" 빌리가 말했다. "거참 어리석은 소리군. 칼이란 언제든지 몹쓸 물건이야. 정말 할 만한 일은 산을 오르는 거야. 균형 맞춰서 안장을 잘 얹고 필사적으로 이겨내는 거지. 조심조심 기듯이 꿈틀거리며 나아가는 거야. 그렇게 수백 피트를 올라 네 발굽만 겨우 올려놓을 수 있는 절벽 끝 바위에 다다르지. 그런 다음에는 가만히 서서 얌전히 굴어야 해. 애송이, 사람에게 네 머리를 잡아달라고는 절대 하지 마. 대포를 모두 조립해서 조그만 포탄을 저 아래 나무 꼭대기로 쏘아댈 때까지는 꼼짝하지 않고 가만히 있는 거야."

"발을 헛디딜 일은 없나?" 말이 말했다.

"노새가 비틀거리는 날이면 암탉 귀도 가를 수 있다고들 하지." 빌리가 말했다. "이따금 안장을 제대로 놓지 않으면 노새가 발을 헛디딜 수도 있지만, 그런 일은 매우 드물어. 자네한테 우리가 하는 일을 보여줄 수 있으면 좋을 텐데. 아주 멋지거든. 사람들이 무슨 말을 하는 건지 알아내는 데만도 삼 년이 걸렸어. 중요한 건 지평선을 등지고 나타나면 안 된다는 거야. 그러면 포격을 받을 수 있기 때문이지. 그걸 잊지 말라고, 애송이. 언제나 몸을 최대한 숨겨야 해. 경로에서 일 마일쯤 벗어나게 된다고 하더라도 말이야. 그런 식으로 산을 오를 때면 내가 앞장을 서."

"포격을 하는 사람들에게 달려들 기회도 없이 공격을 받다니!" 말이 골 히 생각하며 말했다. "난 그건 견딜 수 없어. 나는 공격하고 싶어. 딕과 함께."

"아니, 아냐, 그렇지 않아. 대포가 제자리에 놓이기만 하면, 공격은 그것들이 맡잖아. 그게 과학적이고 깔끔하지. 하지만 칼이라니…… 어휴!"

낙타는 고개를 앞뒤로 흔들면서 말참견을 할 기회를 초조하게 노리고 있었다. 그러다가 목청을 가다듬더니 이렇게 말하는 소리가 들렸다.

"저…… 저…… 나도 좀 싸워봤어. 산을 오르거나 달리면서 한 건 아니지만."

"그렇지, 말이 나왔으니까 말인데," 빌리가 말했다. "그냥 보기에도 자넨 달리거나 산을 오르도록 생기진 않았어. 흠, 그럼 자넨 어떻게 싸웠지?"

"제대로 된 방식으로 하지." 낙타가 말했다. "우린 모두 자리에 앉아서……"

"오, 이런 말도 안 되는!" 말이 이를 악물고 말했다. "앉아서라니!"

"백 마리쯤 되는 낙타들이 모두 자리에 앉아." 낙타가 말했다. "커다란 네모꼴로. 그리고 사람들은 그 네모 바깥에 짐과 안장을 쌓아놔. 그런 다음 우리의 등뒤에서 총을 쏘지. 네모꼴 사방에서 말이야."

"어떤 사람들인데? 만나는 사람 아무한테나 그렇게 해준다고?" 말이 말했다. "승마학교에서는 우리보고 자리에 앉아서 주인이 우리 몸뚱이 너머로 총을 쏘도록 하라고 가르쳐. 하지만 내가 그런 일을 믿고 맡길 사람은 딕 컬리프밖에 없어. 그렇게 하면 옆구리가 간지럽기도 하고, 머리를 땅에 대고 있어야 하니까 아무것도 볼 수 없거든."

"누가 총을 쏘는지가 무슨 상관이야?" 낙타가 말했다. "옆에는 사람들도 많고, 다른 낙타도 많아. 그리고 연기도 엄청나게 피어오르지. 그러면 겁나지 않아. 가만히 앉아서 기다리면 돼."

"하지만," 빌리가 말했다. "넌 밤이면 악몽을 꾸고선 막사를 뒤집어 놓잖아. 좋아! 좋아! 내가 앉아서 사람들이 내 몸뚱이 위로 총을 쏘게 하기 전에 내 발굽과 그 사람들 머리가 먼저 뭔가 할 말이 있을 것 같은데. 그렇게 끔찍한 소릴 들어봤어?"

긴 침묵이 이어졌고, 수소 한 쌍 가운데 하나가 커다란 머리를 들더니 말했다. "그건 정말 어리석은 짓이야. 싸우는 방법은 단 하나지."

"그래? 그게 뭔지 한번 말해봐." 빌리가 말했다. "난 신경 쓰지 말고. 자네들은 꼬리로 땅을 짚고 싸우나?"

"한 가지뿐이지." 둘은 함께 말했다(그들은 필시 쌍둥이일 터였다). "그 방법은 바로 이거야. 우리 스무 쌍 전원이 두 꼬리들이 울자마자 대포로 다가가는 거지." ('두 꼬리'란 코끼리를 가리키는 막사의 은어였다.)

"두 꼬리들이 뭣 때문에 우는데요?" 어린 노새가 말했다.

"자기가 반대편의 연기 나는 쪽으로는 더이상 다가갈 수 없다는 뜻으로 우는 거야. 두 꼬리들은 엄청난 겁쟁이거든. 그러면 우리는 대포를 모두 끌어. 헤야…… 홀라! 히야! 홀라! 우리는 고양이처럼 기어오르지도, 송아지처럼 뛰지도 않아. 우리 스무 쌍의 소들은 평지를 건너간 다음 다시 멍에를 벗고 풀을 뜯어. 우리가 풀을 뜯는 동안 대포는 평원을 가로질러 흙벽이 둘러쳐진 마을로 날아가. 벽이 산산이 부서지고, 소떼가 집으로 돌아올 때처럼 먼지가 자욱이 일어나지."

"으아! 그럼 그 시간에 풀을 뜯는단 말이에요?" 어린 노새가 말했다.

"그때든 언제든. 먹는 건 언제나 즐겁거든. 우리는 다시 굴레를 쓸 때까지 풀을 뜯다가, 코끼리들이 기다리고 있는 곳으로 대포를 끌고 가. 도시에서 대포가 반격을 할 때도 있는데, 그럼 우리 중에 몇몇은 죽기도 하지. 그러면 남은 자들은 풀을 더 많이 뜯을 수 있어. 그게 운명이라는 거야. 어쨌거나 코끼리는 엄청난 겁쟁이야. 이게 바로 제대로 싸우는 법이라고. 우리는 하푸르에서 온 형제들이야. 우리의 조상은 신성한 시바의 황소였지. 이야기는 이게 끝이야."

"흠, 오늘 밤엔 정말 배우는 게 많군." 말이 말했다. "스크루건 포대의 자네들 같으면 앞에서는 포격이 빗발치고, 뒤에는 코끼리들이 버티고 있는데 뭘 먹고 싶은 마음이 들겠나?"

"자리에 주저앉아서 사람들이 등 위로 뛰어다니게 하거나, 칼을 든 자들과 마주치는 것도 마찬가지야. 그런 소린 금시초문이라고. 산길,

단단히 실어놓은 짐, 믿고 내 맘대로 길을 선택하게 해주는 몰이꾼, 그렇게만 있으면 나는 잘 싸울 수 있어. 하지만, 그밖의 것들은…… 사양일세!" 빌리가 발을 한 번 구르며 말했다.

"물론이지." 말이 말했다. "모두가 똑같이 생겨먹은 건 아니거든. 그리고 나는 자네의 가족, 특히 아버지 쪽 가족들은 아주 많은 것들을 이해하지 못할 거라고 생각해."

"내 친가 가족들에 대해서는 상관 마." 빌리가 화난 목소리로 말했다. 노새라면 누구나 아버지가 당나귀란 사실을 잊고 싶어했기 때문이다. "내 아버지는 남부의 신사였어. 그리고 아버지는 만나는 말마다 물어뜯고 발로 걷어차 너덜거리게 할 수도 있었다고. 그걸 잊지 마, 이 갈색 브룸비야!"

브룸비란 품종 개량을 한 번도 하지 않은 야생마란 뜻이다. 그러니 이때 이 호주산 준마가 느꼈을 분노를, 나는 어둠 속에서 번득이는 흰 자위에서 알 수 있었다.

"이봐, 어디서 굴러왔는지도 모를 말라가 수탕나귀 자식아." 말이 이를 앙다물고 말했다. "난 외가 쪽으로는 멜버른컵 우승자인 카빈과 친척이고, 내 고향에서는 따발총 부대 소속에다 입만 나불대는 머저리 노새 따위는 뒷발로 걷어차버린다는 걸 알아둬. 준비됐나?"

"좋아!" 빌리가 외쳤다. 둘은 서로 마주 보며 뒤로 물러섰고, 나는 격렬한 싸움을 예상하고 있었다. 그런데 그때 오른쪽 어둠 속에서 그렁거리는 목소리가 들려왔다. "얘들아, 거기 뭣 때문에 싸우는 거냐? 조용해라."

둘은 짜증난다는 듯 콧방귀를 뀌며 자리에 앉았다. 말도 노새도 코끼리의 목소리는 견딜 수 없었기 때문이다.

"두 꼬리잖아!" 말이 말했다. "저자는 참을 수가 없어. 양쪽에 꼬리가 달리다니, 그건 정말 공평하지 못해!"

"내 말이 그 말이야." 빌리가 말의 곁으로 다가가며 말했다. "어떤 점에서 우린 아주 닮았어."

"우리 어머니들에게서 물려받은 것이겠지." 말이 말했다. "이러쿵저러쿵 싸울 일이 아니야. 안녕, 두 꼬리! 묶여 있는 거야?"

"응." 두 꼬리가 코로 웃음소리를 내며 말했다. "밤이라서 기둥에 묶여 있지. 너희가 하던 이야기는 다 들었어. 하지만 겁내지 마. 그쪽으로 가진 않을 테니까."

수소들과 낙타가 조그맣게 말했다. "두 꼬리를 겁내다니, 말도 안 되는 소리!" 수소들이 계속해서 말했다. "이야기를 들었다니 유감이야. 하지만 사실인걸, 두 꼬리. 왜 전투중에 대포를 두려워하는 거야?"

"흠." 코끼리는 뒷발 하나를 다른 쪽에 비비며, 마치 시를 외는 꼬마아이처럼 말했다. "너희가 이해할 수 있을지 잘 모르겠는데."

"이해하진 못하지만, 우리가 대포를 끌어야 하거든." 수소들이 말했다.

"나도 알아. 그리고 너흰 너희 생각보다 훨씬 더 용감하다는 것도 알아. 하지만 내 경우는 달라. 며칠 전에 우리 부대의 부대장이 나더러 시대착오적 후피동물이라고 하던데."

"그건 싸우는 방법을 가리키는 말인가?" 빌리가 생기를 되찾으며 말했다.

"물론, 너희는 그 뜻을 모르겠지만 나는 알아. 그건 이도저도 아닌

중간이란 뜻이고, 그게 바로 나거든. 포탄이 터지면 어떤 일이 벌어질지 나는 머릿속으로 그릴 수 있지만, 너희 소들은 그럴 수가 없잖아."

"난 알아." 말이 말했다. "적어도 조금은. 그 생각은 하지 않으려고 하지만."

"나는 너보다 더 많은 걸 알 수 있고, 그것에 대해 생각도 해. 내가 돌봐야 할 일이 아주 많다는 것도 알고 있고, 내가 다치면 고쳐줄 수 있는 사람이 아무도 없다는 것도 알아. 그들이 할 수 있는 일이라곤 내가 다 나을 때까지 몰이꾼의 급료를 주지 않는 것인데, 난 내 몰이꾼을 믿을 수가 없어."

"아!" 말이 말했다. "그래서 그러는 것이군. 나는 딕을 믿을 수 있는데."

"딕 같은 사람들을 연대로 불러와도 나는 전혀 달라지지 않아. 나는 그저 너무 많은 걸 알아서 마음이 불편할 뿐이고, 그래서 도저히 앞으로 나아갈 수가 없는 거야."

"이해할 수가 없어." 수소들이 말했다.

"너희가 이해할 수 없다는 건 알아. 너희에게 말하는 게 아니야. 너희는 피가 뭔지도 모르지."

"알아." 수소들이 말했다. "땅에 스며들고 냄새가 나는 붉은 것이잖아."

말이 발길질을 하고 콧방귀를 뀌었다.

"그 이야기는 하지 마. 생각만 해도 그 냄새가 난다고. 그러면 달리고 싶단 말이야. 딕이 등에 타고 있지 않을 때는."

"하지만 여긴 피가 없는데." 낙타와 수소들이 말했다. "왜 그렇게 멍청하게 구는 거야?"

"참 고약한 문제로군." 빌리가 말했다. "나는 달아나고 싶지는 않지만, 이야기하고 싶지도 않아."

"그래 그거야!" 코끼리가 꼬리를 흔들며 설명하려고 했다.

"그래, 그렇지. 우리는 밤새 여기 있었어." 수소들이 말했다.

코끼리가 발을 굴러 쇠사슬에서 찰그랑거리는 소리가 났다. "너희한테 하는 이야기가 아니야. 너희는 머릿속을 볼 수가 없잖아."

"그래. 우리는 눈앞을 봐." 수소들이 말했다. "우리 바로 앞을 본다고."

"나도 그렇게만 할 수 있다면 너희가 나 대신 대포를 끌지 않아도 될 텐데. 내가 우리 대장 같다면—우리 대장은 포격이 시작되기 전에 머릿속을 볼 수 있어. 그래서 벌벌 떨지. 하지만 너무 많이 알기 때문에 달아나지 않아—내가 만약에 대장 같다면 대포를 끌 수 있을 텐데. 하지만 내가 그렇게 똑똑하다면 여기 올 일도 없었을 거야. 예전처럼 숲속의 왕 노릇을 하면서 반나절은 잠을 자고 원하면 목욕을 했겠지. 제대로 목욕한 지도 한 달이 되었군."

"다 좋아." 빌리가 말했다. "하지만 그렇게 주절주절 늘어놓는다고 해서 달라지는 건 없어."

"쉿!" 말이 말했다. "두 꼬리가 무슨 말을 하는 건지 난 알 것 같아."

"곧 더 잘 이해하게 될 거다." 두 꼬리가 화난 목소리로 말했다. "이제 왜 이걸 싫어하는지 설명해봐!"

그는 코를 높이 들어올려 요란한 소리를 냈다.

"그만둬!" 빌리와 말이 함께 말했고, 그들이 발을 구르며 떠는 소리가 내게 들려왔다. 코끼리 울음소리는 언제나 듣기 싫지만, 특히 어두운 밤에는 더욱 그렇다.

"멈추지 않을 거야." 두 꼬리가 말했다. "설명하지 않을 테야? 뿌우우우! 뿌! 뿌우우우우! 뿌우우!" 그러더니 갑자기 소리를 멈췄고, 어둠 속에서 낑낑거리는 소리가 들리기에 빅센이 마침내 나를 찾아왔음을 알 수 있었다. 코끼리가 세상에서 무서워하는 것이 하나 있다면, 그건 바로 짖어대는 작은 개라는 사실을 빅센도 나만큼이나 잘 알고 있었던 것이다. 빅센이 기둥에 묶인 코끼리를 겁주면서 그 커다란 발 주위를 뛰어다니자, 코끼리는 허둥거리며 소리를 질렀다. "저리 가, 이 강아지야! 내 발목에 대고 킁킁거리지 마. 안 그러면 내가 발길질을 할 테니까. 착하지, 착한 강아지지! 어서 집으로 돌아가, 이 녀석아! 오, 왜 아무도 저것을 데려가지 않지? 날 금세 물어뜯을 텐데."

"내가 보기엔," 빌리가 말에게 말했다. "우리 친구 두 꼬리는 거의 모든 것을 다 두려워하는 것 같아. 내가 여태까지 개 한 마리를 걷어찰 때마다 한 끼를 얻어먹었다면, 지금쯤 거의 두 꼬리만큼이나 뚱뚱해졌을 텐데 말이야."

내가 휘파람을 불자 빅센은 온통 진흙탕을 뒤집어쓴 꼴로 달려와서는 내 콧잔등을 핥으며 막사를 온통 뒤지고 다니며 날 찾았다고 했다. 내가 동물의 말을 알아듣는다는 사실을 알면 빅센이 뭐든 자기 마음대로 하자고 할까봐, 그 사실을 알려주지 않았다. 나는 빅센을 내 외투 안에 넣어 안아주었고, 두 꼬리는 발을 구르며 혼자 중얼거렸다.

"이상해! 정말 이상하다고!" 코끼리가 말했다. "우리 집안 내력이지. 어라, 그 작은 동물이 이제 어디로 간 거지?"

코끼리가 코로 여기저기 더듬는 소리가 들려왔다.

"우린 모두 여러모로 이상한 것 같아." 코끼리가 콧김을 뿜으며 말했다. "너희 놀랐지. 내가 코로 소리를 내서 말이야."

"정확히 말해서 놀란 건 아니야." 말이 말했다. "내 잔등에 말벌이 올라탄 것 같은 기분이 들었어. 다신 그러지 마."

"나는 조그만 강아지를 무서워하고, 여기 낙타는 악몽을 무서워해."

"우리가 다 똑같이 싸우지 않아도 되는 게 참 다행이지." 말이 말했다.

"내가 알고 싶은 건요," 한동안 가만히 있던 어린 노새가 말했다. "내가 알고 싶은 건, 우리가 애초에 왜 싸워야 되는가 하는 거예요."

"그러라고 시키니까." 말이 그것도 모르냐는 듯 무시하는 말투로 말했다.

"명령이잖아." 노새 빌리가 이렇게 말하더니 이빨을 딱 부딪쳤다.

"후큼 하이(명령이다)!" 낙타도 이렇게 말했고, 코끼리와 수소도 되풀이했다. "후큼 하이!"

"그래요, 하지만 그 명령을 누가 내리는 거죠?" 어린 노새가 말했다.

"사람이. 네 앞에서 걷거나, 네 등에 타거나, 코에 건 밧줄을 쥐거나, 꼬리를 비트는 사람 말이야." 빌리와 말, 낙타, 수소들이 차례로 말했다.

"하지만 그들에겐 누가 명령을 내리는 거예요?"

"넌 너무 많은 것을 알려고 한다, 애송아." 빌리가 말했다. "그러면 걷어차이는 법이지. 네가 할 일은 네 머리 앞에 서는 사람의 말을 잘 듣고, 질문을 하지 않는 거야."

"그 말이 옳아." 코끼리가 말했다. "난 어중간한 존재이기 때문에 늘 명령에 복종할 순 없어. 하지만 빌리 말이 옳아. 네 옆에서 명령을 내리는 사람의 말에 따라야 해. 안 그러면 부대 전체가 움직이지 못할 테니까. 회초리를 맞는 것도 물론이고."

수소들이 일어났다. "아침이 밝아오네." 그들이 말했다. "돌아가야겠어. 우린 눈앞에 있는 것밖에 보지 못하고, 별로 똑똑하지 못하다는 것도 사실이야. 하지만 그래도 오늘 밤에 겁먹지 않은 건 우리뿐이라고. 잘 있어, 용감한 친구들."

아무도 대답하지 않았고, 말이 화제를 바꾸고자 이렇게 말했다. "조그만 개는 어디 갔지? 개가 있다는 건 주위에 사람이 있다는 뜻인데."

"나 여기 있어." 빅센이 외쳤다. "내 주인이랑 같이, 대포 밑에. 너, 이 덩치만 크고 멍청한 낙타야. 너 때문에 우리 막사가 엉망이 됐잖아. 내 주인이 몹시 화가 났어."

"휴!" 수소들이 말했다. "분명히 백인일 거야!"

"물론 그렇지." 빅센이 말했다. "그럼 내 주인이 검은 수소 몰이꾼일 줄 알았니?"

"후아! 우아! 우으!" 수소들이 말했다. "어서 돌아가자."

그들은 앞에 놓인 진흙탕에 발을 디뎠고, 어쩌다 잘못해서 폭약이 든 수레의 장대에 굴레가 얽혀버렸다.

"저런, 이젠 자네들도 드디어 겁을 먹었군." 빌리가 냉정하게 말했다. "움직이지 마. 날이 밝을 때까지 거기 가만히 있으라고. 대체 왜 그러는 거야?"

수소들은 인도의 소들이 내는 긴 콧김 뿜는 소리를 내더니 몸을 밀었다, 당겼다, 발을 굴렀다, 미끄러졌다 하다가는 커다란 신음을 내면서 진흙탕에 쓰러졌다.

"그러다간 목이 부러질 거야." 말이 말했다. "백인들이 뭐가 무서워? 나는 그들과 함께 사는데."

"그들은…… 우릴…… 먹어! 어서 가자!" 가까운 쪽의 수소가 말했다. 굴레가 딱 소리를 내며 부러졌고, 그들은 함께 달아났다.

전에는 왜 인도의 소들이 영국인들을 그렇게 무서워하는지를 알지 못했다. 소몰이꾼들은 손도 대지 않는 쇠고기를 우리는 먹었으니, 소들이 우리를 좋아하지 않았던 것이다.

"내 안장 사슬에 한 대 맞았으면! 대체 저런 덩치들이 저렇게 제정신이 아닐 줄 누가 알겠어?" 빌리가 말했다.

"신경 쓰지 마. 난 그 사람을 살펴볼 거야. 백인들은 대부분 주머니에 물건들을 갖고 있거든." 말이 말했다.

"그럼 나는 가볼게. 나도 그들을 그닥 좋아하진 않아. 게다가 잘 곳이 없는 백인이라면 도둑일 가능성이 크고, 내 등에는 정부 재산이 많이 들었거든. 가자, 애송아. 우리 자리로 돌아가자. 잘 있어, 호주 말! 내일 행군 때 보자고. 잘 있어, 감정 조절 잘하라고, 응? 잘 있어, 두 꼬리! 내일 우리 옆을 지나게 되거든 콧소리 내지 말아줘. 그러면 우리 대열이 흩어지거든."

노새 빌리는 노병답게 절뚝이며 떠나갔고, 말이 내 가슴께 냄새를 킁킁거리며 맡았다. 나는 그에게 비스킷을 주었고, 아주 약삭빠른 개 빅센은 자기와 내가 맡은 말들에 대해서 허풍을 늘어놓았다.

"나는 내 수레를 타고 내일 행군에 갈 거야." 빅센이 말했다. "넌 어디 있을 거니?"

"제2대대 왼쪽에. 내가 부대 전체를 위해 시간을 정하거든, 아가씨."

말이 예의 바르게 말했다. "이제 나도 딕에게 돌아가야 해. 꼬리에 흙

탕물이 잔뜩 묻었으니, 딕이 행군 준비를 하는 데 두 시간은 고생해야

할 거야."

삼만 병력의 대규모 행군은 그날 오후에 예정되어 있었고, 빅센과

나는 총독과 가운데 커다란 다이아몬드 별이 박힌 높다랗고 새카만

모자를 쓴 아프가니스탄 왕과 가까운 좋은 자리를 차지했다. 사열식

의 첫 부분이 진행될 때는 햇볕이 아주 좋았다. 연대가 발맞추어 걸어

가고, 대포들이 모두 일렬로 서서 움직이는 광경을 보고 있으니 눈이

어지러울 정도였다. 다음으로 기병대가, 아름다운 기병대의 구보가인

'보니 던디'에 맞추어 등장했고, 빅센은 수레에 앉아서는 귀를 쫑긋거

렸다. 창기병 2대대가 지나갔다. 그리고 거기에 그 말이 있었다. 비단

실 같은 꼬리에, 고개는 가슴께로 바짝 당기고, 한쪽 귀는 앞으로 다른

쪽 귀는 뒤로 젖힌 채, 모든 대대원을 위해 박자를 맞추고 있었다. 다

리가 왈츠곡처럼 부드럽게 움직였다. 그다음엔 대포들이 지나갔고, 두

꼬리와 다른 코끼리 두 마리가 사십 파운드 포에 일렬로 묶여 지나가

는 것이 보였다. 스무 쌍의 소들도 그 뒤를 따랐다. 일곱번째 쌍은 새

멍에를 메고 있었는데, 좀 긴장하고 지친 것 같았다. 마지막으로 스크

루건 포병대가 등장했고, 노새 빌리는 눈이 부실 정도로 마구에 기름

칠을 하고 광을 내고서 마치 부대 전체의 사령관이라도 되는 모습으

로 들어왔다. 나는 노새 빌리에게 환호를 보냈지만, 그는 곁눈질조차

하지 않았다.

다시 비가 내리기 시작했고, 한동안은 앞이 잘 보이지 않았다. 그들은 평지를 가로질러 커다란 반원을 만들더니 일렬로 퍼져나갔다. 열이 점점 길어졌다. 한쪽 끝에서 다른 쪽 끝까지 사분의 삼 마일이 될 정도였다. 사람, 말, 대포가 하나의 탄탄한 벽을 쌓은 셈이었다. 그 열이 총독과 왕 앞으로 나아갔고, 엔진이 빨리 돌 때의 증기선 갑판처럼 땅이 흔들리기 시작했다.

그런 자리에 있어본 적이 없다면, 부대가 관람객을 향해 서서히 다가올 때의 두려움을 상상할 수 없을 것이다. 단지 사열일 뿐임을 알고 있다 하더라도 말이다. 나는 왕을 바라보았다. 그때까지 왕은 놀란 기색이 없었다. 하지만 이제 그의 눈이 차츰차츰 커지기 시작했고, 자기 말의 고삐를 쥐더니 뒤를 돌아보았다. 그는 당장이라도 칼을 꺼내 휘두르며 뒤에서 마차를 타고 있는 영국인들을 뚫고 달아날 것처럼 보였다. 그 순간 행군이 일시에 멈췄다. 땅의 울림이 그치고 열 전체가 경례를 올리자 삼십 개 군악대가 한꺼번에 연주를 시작했다. 그것이 사열식의 끝이었다. 연대들은 비를 맞으며 자기 막사로 돌아갔고, 보병 군악대가 노래를 시작했다.

동물들은 둘씩 짝을 지어 들어왔네,
만세!
동물들은 둘씩 짝을 지어 들어왔네,
코끼리와 노새,
그들 모두 방주에 탔네
비를 피하기 위해!

왕과 함께 온 늙고 머리가 긴 중앙아시아의 족장이 원주민 장교에게 이렇게 묻는 소리가 들렸다.

"자," 그가 말했다. "대체 이 놀라운 일이 어떻게 벌어진 건가?"

그러자 장교가 대답했다. "명령이 내려지면 따르는 겁니다."

"그렇다면 동물도 사람처럼 똑똑하단 말인가?" 족장이 물었다.

"그들도 사람처럼 명령에 따릅니다. 노새, 말, 코끼리, 또는 수소는 자기 몰이꾼을 따르고, 몰이꾼은 하사관을, 하사관은 소위를, 소위는 대위를 따르는 겁니다. 그리고 대위는 소령을, 소령은 대령을, 대령은 연대 셋을 거느리는 준장을, 준장은 장군을, 장군은 총독을 따르는 것이고, 총독은 여왕의 신하지요. 그렇게 되는 겁니다."

"아프가니스탄에서도 그렇다면 정말 좋겠군!" 족장이 말했다. "우리는 자기 뜻대로만 하니까 말이야."

"바로 그래서," 장교는 콧수염을 비비 꼬며 말했다. "즉, 족장님이 왕에게 복종하지 않기 때문에 족장님의 왕이 여기 와서 우리 총독의 명령을 받아야 하는 것입니다."

막사 동물들의 행군 노래

포병대의 코끼리들

우리는 알렉산더 대왕에게 헤라클레스의 힘을 빌려주었고,

우리 머리의 지혜와 무릎의 재주를 넘겨주었네.

우리는 고개를 숙여 봉사했고, 다시는 풀려나지 않았네.

거기 길을 비켜라. 사십 파운드 포병대의 코끼리들을 위해

길을 비켜라!

대포 끄는 수소들

저 굴레를 쓴 영웅들은 대포알을 피하고,

폭약이 무엇인지 알기에 하나같이 두려워한다.

그러면 우리가 나아가서 다시 대포를 끈다.

거기 길을 비켜라. 사십 파운드 포병대의 소들을 위해

길을 비켜라!

기병대의 말들

내 어깨의 낙인에 걸고 말하건대 창기병, 경기병, 용기병 부대가

세상에서 가장 멋진 노래를 연주한다.

이 노래는 내게 '마구간'이나 '물'보다 더 감미로우니.

바로 기병대의 구보가 '보니 던디'!

우리를 먹이고, 길들이고, 빗질하고,

우리에게 좋은 기수와 넓은 공간을 주시고,

우리를 기병대에 세우시고,

기마가 '보니 던디'에 맞추어 구보하는 모습을 보시오!

스크루건 포대의 노새들

나와 내 동료들이 언덕을 오르고 있을 때,

구르는 돌에 길을 잃더라도 우리는 앞으로 전진했다.

우리는 비틀거리면서도 앞으로 오를 수 있고, 어디든 찾아갈 수 있으니까.

오, 딛고 설 곳만 있다면 산에 오르는 것은 우리의 기쁨!

그렇다면, 우리의 길을 찾아주는 모든 하사관들에게 행운을.

짐을 제대로 싣지 못하는 몰이꾼들에게는 불운을.

우리는 비틀거리면서도 앞으로 오를 수 있고, 어디든 찾아갈 수 있으니까.

오, 딛고 설 곳만 있다면 산에 오르는 것은 우리의 기쁨!

병참부대의 낙타들

우리에겐 걸을 때 들려주는

낙타의 노래도 없지만,

목이 바로 털 달린 트롬본

(르타 – 타 – 타! 털 트롬본!)

그리고 이것이 바로 우리의 행진곡.

할 수 없어! 하지 마! 해서는 안 돼! 안 돼!

열을 따라 날라!

누군가의 꾸러미가 등에서 미끄러졌어.

그게 내 것이라면!

누군가의 짐이 길에 떨어졌어!

걸음을 멈추니 만세!

으! 아! 으! 아!

누군가 그걸 잡고 있어!

모든 동물들의 합창

우리는 막사의 아이들

각자의 자리에서 봉사하네.

굴레와 회초리의 아이들,

대열을 갖추고, 굴레를 매고, 안장을 얹고, 짐을 지라.

평야에 늘어선 우리의 열을 보라,

다시 감은 올가미 같은

몸을 뻗고 비틀고 구르며

전쟁을 향해 내달린다.

하지만 옆에서 먼지를 뒤집어쓰고서

말없이, 눈을 내리깔고 걷고 있는 사람들이

왜 우리가, 또 그들이

날마다 행군을 하면서 고생하는지는 말해줄 수 없다.

우리는 막사의 아이들,

각자의 자리에서 봉사하네.

굴레와 회초리의 아이들,

대열을 갖추고, 굴레를 매고, 안장을 얹고, 짐을 지라!

『정글북』의 최면

늘대의 젖을 먹고 자라난 꼬마 늘대소년 모글리가 발루의 손을 잡고 '걱정, 근심, 욕심은 버리고 즐겁게 평화롭게 살자' 노래를 부른다. 흑표범 바기라와 발루의 절대적 애정을 받으며 코끼리, 독수리 등 숲속 동물들과 친구가 되어 즐겁게 노래한다. 자기를 잡아먹으려 하는 호랑이 시어칸 앞에서 눈을 똑바로 뜨고 덤비는 용기는 있지만, 발루와 바기라의 도움 없이는 정글에서 생존할 수 없는 어린아이일 뿐이다. 뱀 카의 최면에 걸리고 자기를 납치한 원숭이들과도 스스럼없이 어울려 춤을 춘다. 모글리의 정글에는 모글리를 친구로 여기는 바기라, 발루, 독수리, 코끼리가 만드는 선의 세계와 그를 잡아먹으려 하는 시어칸, 그리고 그를 이용하려는 원숭이들의 악의 세계가 존재한다. 선의 세계가 악의 세계를 물리치고 모글리는 소녀에게 끌려 '자신이

속하는' 인간세상으로 스스로 걸어 들어간다. 절대적으로 보호받고 사랑받아야 할, 스스럼없이 동물과 교감을 주고받는 어린아이로 그려지는 모글리에게서 늑대의 젖을 먹고 늑대 형제들과 십 년을 함께 자란 흔적은 찾아볼 수 없다. 엄마, 아빠와 같은 사랑을 주었던 발루와 바기라를 떠나 스스로의 삶을 찾아 또다른 가정을 꾸리기 위해 떠나는 모글리의 모습에서 가족의 가치를 중시하는 1960년대 미국을 떠올릴 수 있다.

이상은 1967년 출시된 디즈니 애니메이션 〈정글북〉의 내용이다. 키플링의 『정글북』에 대한 이야기는 원작이 디즈니 애니메이션과 얼마나 다른가를 비교해보는 것으로 시작할 수 있다. 1894년 출간된 키플링의 『정글북』에는 우선 모글리 이외에 몽구스 리키티비, 하얀 물개 코틱, 코끼리를 모는 소년 리틀 투마이, 그리고 여왕폐하의 신하로 다양한 일을 하는 동물들이 주인공으로 등장한다. 디즈니의 정글과 달리 키플링의 정글은 약자에 대한 사랑과 보호보다는 신의와 충성, 그리고 용맹이 중시된다. 소떼를 몰고 호랑이 시어칸을 처단하는 모글리의 기지와 용맹스러움, 민첩함과 집요함으로 코브라를 처치하는 리키티키의 충성심, 그리고 새로운 서식지를 찾겠다는 일념으로 온 바다를 헤매는 하얀 물개 코틱의 모험심과 지도력 등은 『정글북』 전편에 스며들어 있는 교훈이다. 이러한 요인 때문에 이 작품에 실린 이야기들은 키플링의 친구이자 보이스카우트 창시자였던 베이든파월에 의해 활용되기도 하였다. 7~11세 어린 소년들을 위해 울프컵Wolf Cubs을 만들면서 『정글북』의 주제와 배경, 이름 등을 적극적으로 이용한 것이다.

이렇듯 작품이 전달하고자 하는 교훈에 주목한『정글북』은 19세기 중엽 이후 영국 아동문학의 큰 줄기를 형성했던 모험소설, 학교소설과 공유하는 면을 보인다. 당시 모험소설과 학교소설은 용맹스럽고 충성스러운 소년을 주인공으로 내세움으로써 제국을 건설하고 경영할 엘리트들이 지녀야 할 덕목을 강조했으며, 또한 야만의 세계에 질서를 주고 기독교 믿음을 전파하는 영국 소년들의 활약상을 그려냈다. 물론『정글북』에는 영국 소년이 등장하지는 않는다. 모글리와 리틀 투마이를 제외하고는 모든 주인공이 동물이며 모글리와 리틀 투마이 역시 영국 소년 이미지와는 거리가 멀다. 그럼에도 용맹스럽고 충성스러운, 그리고 의리와 신의를 중시하는『정글북』의 주인공들은 당시 모험소설과 학교소설이 주인공으로 내세웠던 영국 소년들과 많은 점을 공유한다.

작품이 내세우는 교훈적 면모가 공통점을 보인다는 것을 수긍한다 하더라도, 인도의 정글을 배경으로 그려낸 동물들의 이야기가, 제국의 엘리트를 키우기 위한 교육 수단으로서 역할을 해냈던 모험소설, 학교소설과 공유하는 바가 있다는 점에 쉽게 동의할 수는 없을 것이다. 그러나 키플링은 마지막 이야기인 '여왕 폐하의 신하들'에서 궁극적인 충성의 대상으로 여왕을 지목하며 수직적 위계에 대한 복종이 강한 영국을 만들고 있음을 직접적으로 표현한다. 이는 키플링을 거론할 때 따라다니는 곱지 않은 수식어를 상기시킨다. 에드먼드 윌슨, 조지 오웰, 라이어넬 트릴링 등은 그를 제국주의자, 인종차별주의자로 낙인찍은 바 있으며, 실제로『정글북』에는 정치적 의도가 전혀 없다고 보기 힘든 요인들이 산재해 있다. 정글의 법칙을 따르지 않는 반다로그를 응징하고, 하얀 물개 코틱에게 무리를 지도할 수 있는 모든 자질 ―용기, 모험심, 용맹함, 창조적이고 강인한 정신력 등― 을 부여하며, 흰색을 강조하고, 여왕을 최고수장으로 하는 수직적 질서와 명령체계에 대한 자부심을 드러내는 것이다.『정글북』의 이러한 면모는『나니아 연대기』로 우리나라 독자들에게도 많이 알려진 C. S. 루이스의 언급을 상기시킨다. 루이스는 "키플링은 위대한 작가이지만 그의 작품은 때로 견디기 힘들다"고 말했다. 키플링 작품에서 강조되는 정글의 법칙은 대부분 집단의 생존에 관한 것이고 이로 인해 뚜렷한 선악의 대비가 이루어지지 않으며, 그 결과 도덕적 가치판단은 유보되는 경우들이 있음을 지적한 것이다. 개인적이고 윤리적인 가치판단보다는 집단과 생존을 위한 질서와 규칙이 강조되며, 이러한 세계에서 주인공들이 지도자로서 갖추어야 할 자질이 강조된다. 디즈니 애니메이션에 등장하는 춤추고 노래하는 순진한 주인공을『정글북』에서 찾아보기는 힘들다. 보호받으며 성장해야 할 사랑스러운 어린아이가 아닌 무리를 이끌 자질을 갖춘 투사들이『정글북』의 주인공들이다.

그러나, 만약『정글북』이 당시 모험소설과 학교소설에서 강조한 메시지를 답습하면서 단지 정글이라는 배경과 동물 주인공을 통해 새롭고 신비한 이미지를 만들어낸 것뿐이라고 한다면, 이 작품이 지금까지 누리는 인기는 결코 설명되지 않을 것이다. 출간 당시 굉장한 인기를 누렸던 많은 학교소설과 모험소설이 현재에 이르러서는 기억 속에서 사라져갔음을 상기해볼 때, 키플링의『정글북』에는 여타의 작품이 지니지 못한 매력이 있음이 분명하다. 우선 생각해볼 수 있는『정글북』의 매력은 단선적이지 않다는 것이다. 늑대로 자라났지만 인간이기 때문에 모글리가 태생적으로 지닐 수 있는 우월성을 강조하고 이를 통해 허물어진 정글의 질서를 다시 세우는 것으로 묘사하지만, 동시에 남의 명예와 노동력을 착취하고 군중심리를 이용하는 이기적 인간들의 모습도 보여준다. 모글리에 대한 묘사 역시 일방적이지 않다. 알몸의 갓난아기임에도 늑대와 당당히 눈을 맞추던 멋있는 모글리이지만, 횃불을 휘두르며 호랑이와 배신한 늑대무리를 위협하는 그에게서 동물의 습성을 어리석음으로 비하하여 비웃는 폭군적 면모가 보이기도 한다. 수직적 질서와 절대복종에 대한 자부심, 그리고 그것이 가져올 힘과 영광에 대한 믿음을 드러내면서도, 그 위계의 어딘가에 위치한 개개의 생명에 대한 애착과 안타까움을 내비침으로써 전체를 관장하는 질서를 아이러니컬하게 교란시키기도 한다. 이는 19세기 당시 많은 인기를 구가하던 아동문학이 사라진 것과 대조적으로『정글북』이 21세기까지도 전 세계 어린이들의 사랑을 받을 수 있는 이유임과 동시에 키플링에 대한 비평가들의 견해가 극과 극으로 엇갈리는 이유이기도 하다. 젊은 날의 조지 오웰은 키플링을 '영국 제국주의의 선도자'라 칭했으나, 훗날의 오웰은 그와 그의 작품에 대한 존경과 애정을 고백했다고 한다. 정치적 상황이나 사회 분위기에 따라 키플링에 대한 평가가 달라지는 것 역시 어느 한쪽으로 해석해버릴 수 없는, 키플링의 작품세계가 지니는 모순적 풍부함을 역설적으로 보여주는 것이라 할 수 있다. 키플링 작품에 드러나는 이러한 면모는 영국인이었으나 인도에서 태어나 어린 시절을 보내고 온 세계를 여행한 그의 삶을 통해서도 확인해볼 수 있다.

『정글북』이외에도『킴』『왕이 되고 싶은 사나이』『스토키와 친구들』등의 작품으로 잘 알려진 키플링은 19세기 말과 20세기 초, 산문과 운문을 통틀어 가장 인기 있는 작가였다. 1907년 영어권 작가 최초로 노벨문학상을 받았고 현재까지도 최연소 수상자로 남아 있으며 영국의 계관 시인으로 거론되기도 했던 키플링은, 헨리 제임스에 따르면 "단지 똑똑한 것과는 다른 완벽한 천재"였다. 조각가이자 도자기 디자이너였던 록우드 키플링의 아들로 1865년 인도 뭄바이에서 태어난 키플링은 앵글로인디언, 즉 인도에서 태어난 영국인이었으며 이는 그의 작품에서 정체성과 국가에 대한 충성이라는 이슈가 빈번히 등장하는 이유가 된다. 인도에서의 유년기와 영국에서의 소년기, 그리고 신문기자, 작가, 통신원으로, 남편과 아버지로 수많은 곳을 여행하고 여러 지역에서의 삶을 경험한 키플링의 인생은 그의 작품 속에 다양한 방식으로 그 흔적을 남겼다. 힌두교에 대해서는 경멸적 태도를 취했으나 불교 등의 다른 동양문화에 대해서는 존경심을 드러냈으며, 인도를 지배하는 영국 총독의 정당성에 대해서는 추호도 의심하지 않았으나, 선교사들이나 인도 거주 영국인들에 대해 비판적 태도를 취하는 등 키플링의 작품 세계는 그의 삶만큼이나 다양한 색을 띠고 있는 것이다.

『정글북』역시, 앞에 언급한 것처럼 앵글로인디언이었던 키플링이 인도의 정글에 대해, 그리고 그 정글을 지배하는 힘에 대해 느꼈을 다양하고 모순적인 것들의 자취를 담고 있다. 모글리 이야기가 시작된 것은 키플링이 아내 캐럴라인과 버몬트의 블리스 오두막에서 신혼생활을 하던 1892년 겨울이었다. 인도삼림청에서 일하는 성장한 모글리가 주인공으로 등장하는 「러크」라는 단편에, 늑대들 사이에서 자란 모글리의 어린 시절에 대한 언급이 나온다. 키플링은 이후 모글리의 어린 시절에 대한 이야기를 써야겠다는 생각을 했다고 한다. 키플링에게 늑대소년에 대한 영감을 준 작품들로는 라이더 해거드의 『백합 나다』, 제임스 그린우드의 「킹 라이언」 등이 흔히 언급된다. 하지만 늑대의 젖을 먹고 자란 아이에 대한 이야기는 로물루스와 레무스 신화로까지 거슬러 올라가는 아주 오래된 이야기이다. 키플링의 아버지이자 『정글북』의 삽화를 그린 록우드 키플링은 "대부분의 사람들이 늑대소년 이야기를 믿고 있으며 수많은 증언이 이를 뒷받침한다"고 말한 바 있다. 1852년 슬리만 대령은 『굴에서 인간의 아이에게 젖을 먹여 키우는 늑대 이야기』를 출판했으며, 박물학자였던 R. A. 스턴데일도 이러한 이야기가 불가능한 것은 아니라고 말했다고 한다. 『키플링과 아이들』이라는 책을 쓴 로저 랜슬린 그린은 모글리 이야기가 엘리자베스 애나 하트의 「울피」라는 시와 관계가 있을 것이라고도 말했다. 이 시는 늑대가 키운 아이가 수많은 모험을 겪고 엄마 품으로 되돌아오는 내용을 담고 있다.

신화로까지 거슬러 올라가는 오래된 늑대소년 모티프에 이방인으로서 경험한 인도의 정글과 영국인으로서 지녔던 자부심을 짜 넣은 키플링의 『정글북』은 작가에 대한 유쾌하지 못한 수식어에도 불구하고 지금까지도 아동문학의 고전으로 평가받는다. 이는 교훈과 메시지에만 주목할 경우 작품의 다른 매력들을 놓치게 될 것임을 암시한다. 인간이기에 횃불 하나로 시어칸을 제압하고, 인간이기에 비단구렁이 카의 최면에 영향 받지 않는 모글리를 보며 독자는 모글리의 영웅성을 함께 지니고 있음에 쾌감을 느끼지 않을 수 없다. 격렬한 전투에서 승리한 발루와 바기라, 리키티키를 보고는 승리를 만끽한다. 원숭이에게 붙잡힌 채 나무를 타고 나는 모글리와 함께 어지러움을 느끼고 새로운 서식지를 찾아가는 코틱과 함께 바다를 누빈다. 코끼리의 등에 매달려 코끼리 춤을 보는 리틀 투마이의 시선을 따라가는 독자는 달빛 아래 모든 것이 숨을 죽이고 있는 고요 속에서 일정하게 쿵쾅거리는 코끼리들의 발소리에 최면이 걸린다. 격렬함과 신비함, 수치심과 자부심, 거침없는 속도감과 만물의 생명이 어우러지는 고요함, 질서와 무질서, 태어남과 사그라짐, 『정글북』은 이 모든 이질적인 것들을 담고 있으며, 이것이야말로 애니메이션 〈정글북〉이 지니지 못하는 원작의 매력이라 할 수 있다. 영국 작가 로즈메리 서트클리프의 말처럼, "모든 아이들이 키플링의 이야기를 좋아할 수는 없을 것이다. 그러나 좋은지 싫은지를 판단하기 위해서라도 키플링은 꼭 읽어야 한다. 모글리의 늑대 무리와 함께 달려보지 않은 아이는 인생에서 뭔가 큰 것을 놓치고 있는 셈이며, 그것은 다른 작가의 그 어떤 이야기로도 보충되지 않을 것이기 때문이다."

손향숙

1865년	12월 30일 뭄바이에서 태어남. 그의 아버지 존 록우드 키플링은 화가이자 학자로 뭄바이에 위치한 지지보이 예술학교에서 학생들을 가르쳤다. 록우드는 앨리스 맥도널드와 결혼식을 올린 후 1864년 인도로 이주했다.
1871년	러디어드와 여동생 앨리스가 영국 사우스시의 론 로지에 맡겨짐. 이곳에서 지내는 동안 그의 시력과 정신건강이 악화됨.
1877년	어머니가 아이들을 인도로 데려가기 위해 론 로지를 방문함. 하지만 앨리스는 영국으로 다시 돌아와 1880년까지 머물게 됨.
1878년	데번 웨스트워드 호에 위치한 유나이티드 서비스 칼리지에 입학. 이해 여름, 만국박람회의 인도예술 분야를 담당하게 된 아버지를 따라 파리에 다녀옴.
1880년	플로렌스 개러드를 만나 사랑에 빠짐. 개러드는 이후 키플링의 소설 『꺼져버린 빛 *The Light That Failed*』에서 메이시의 모델이 됨.
1881년	대학신문인 〈유나이티드 서비스 칼리지 크로니클〉을 발행. 그의 부모가 지인들에게만 배포할 목적으로 그의 시 『남학생의 노래 *Schoolboy Lyrics*』를 출간함.
1882년	인도로 돌아와 라호르에 위치한 〈시민과 군대의 가제트〉 신문사에서 편집자로 근무함. 그의 아버지는 라호르 박물관의 큐레이터, 마요 예술대학 학장직을 맡고 있었음.

1884년	러디어드와 앨리스가 쓴 가벼운 풍자문과 시편 모음집 『메아리들 _Echoes_』 출간.
1885년	러디어드, 앨리스와 그들의 부모가 쓴 작품 모음집 『사중창 _Quartette_』을 크리스마스에 맞춰 출간. 여기에 키플링의 『모로비 주크의 이상한 모험 _The Strange Ride of Morrowbie Jukes_』과 『유령 릭쇼 _The Phantom Rickshaw_』의 초기 버전이 포함됨.
1886년	『부문별 노래 _Departmental Ditties_』 출간.
1887년	알라하바드로 이사. 〈파이오니아〉 신문사에서 일하며 라지푸타나 지방 여행에 대한 기사를 썼고, 이를 『마르크의 편지 _Letters of Marque_』라는 제목으로 출간. 평생 우정을 이어간 알레크 힐 교수와 그의 미국인 아내인 에드모니아를 만남. 에드모니아의 정원은 『정글북 _The Jungle Book_』에서 리키티키타비의 집으로 등장함.
1888년	『옛날부터 전해오는 소박한 이야기 _Plain Tales from the Hills_』 출간.
1888~1889년	『세 군인 _Soldiers Three_』『개츠비의 이야기 _The Story of the Gadsbys_』『흑백 속에 _In Black and White_』『히말라야삼나무 아래서 _Under the Deodars_』『유령 릭쇼』『위 윌리 윙키 _Wee Willie Winkie_』 출간.
1889년	3월, 인도를 떠나 미국으로 가는 길에 랑군, 싱가포르, 홍콩과 일본을 방문함. 미국에서 마크 트웨인을 만남. 오랜 친구인 힐 교수의 여동생 캐럴라인 테일러와 잠시 사랑에 빠짐. 이해 가을, 런던에 도착해 문단에 등단함.
1890년	『꺼져버린 빛』 출간. 미국인 출판에이전트 울콧 밸러스티어와 친분을 맺게 됨. 이탈리아를 방문함. 우울증과 신경쇠약에 시달림.

1891년	남아프리카, 뉴질랜드, 오스트레일리아, 인도와 실론 섬을 여행함. 밸러스티어 사망.
1892년	밸러스티어의 여동생인 캐럴라인과 결혼. 결혼식에서는 헨리 제임스가 신부를 신랑에게 인도해준다. 12월에 딸 조세핀 출생. 밸러스티어와 함께 쓴 『놀래카*The Naulahka*』 출간. 『막사의 담시*Barrack-Room Ballads*』 출간.
1893년	『꾸며낸 이야기들*Many Inventions*』 출간.
1894년	『정글북*The Jungle Book*』 출간.
1895년	『두번째 정글북*The Second Jungle Book*』 출간.
1896년	『일곱 개의 바다*The Seven Seas*』 출간. 둘째 딸 엘시 출생. 처남 비티와 다툰 후 영국으로 돌아옴.
1897년	아들 존 출생. 『용감한 선장들*Captains Courageous*』 출간.
1898년	『그날의 일과*The Day's Work*』 출간.
1899년	마지막 미국 방문이 가족들을 덮친 병과 딸 조세핀의 죽음으로 비극적으로 끝남. 『스토키와 친구들*Stalky & Co.*』와 미대륙 여행기 『바다에서 바다로*From Sea to Sea*』 출간. 기사 작위 수여를 거절함.
1900년	남아프리카 여행중 군대 신문 〈프렌드〉에 참여함. 세실 로즈, 스타 제임슨과 교류.
1901년	『킴*Kim*』 출간.
1902년	『바로 그 이야기들*Just So Stories*』 출간. 서식스 주 버워시에 마지막까지 머물게 되는 집을 구입.
1903년	『5개국*The Five Nations*』 출간. 기사작위 수여를 재차 거절함.
1904년	『왕래와 발견*Traffics and Discoveries*』 출간.
1906년	『푸크 언덕의 요정*Puck of Pook's Hill*』 출간.
1907년	노벨문학상 수상. 『시 모음집*Collected Verse*』 출간.

| 1908년 | 『가족에게 보내는 편지: 캐나다 여행에 대한 단상Letters to the Family: Notes on a Recent Trip to Canada』 출간. |

1908년   『가족에게 보내는 편지: 캐나다 여행에 대한 단상Letters to the Family: Notes on a Recent Trip to Canada』 출간.

1909년   『작용과 반작용Actions and Reactions』『굴뚝의 뒤쪽으로 Abaft the Funnel』 출간.

1910년   『보상과 요정Rewards and Fairies』 출간. 어머니 사망.

1911년   아버지 사망.

1913년   이집트 방문.『책의 노래Songs from Books』 출간.

1914~1918년   제1차 세계대전. 아들 존이 17번째 생일을 한 주 앞두고 입대.『훈련중인 새 군대The New Army in Training』『전쟁 속 프랑스France at War』와 전쟁 관련 글을 발표.

1915년   아들 존 실종, 프랑스에서 사망한 것으로 추정.

1917년   『생명체들의 다양성A Diversity of Creatures』 출간.

1919년   『그 시절에The Years Between』『러디어드 키플링 시집 Rudyard Kipling's Verse: Inclusive edition』 출간.

1920년   『여행자의 편지Letters of Travel』 출간.

1921년   프랑스를 방문하고 명예학위를 수여받음. 조지 5세의 메리트훈장 수여를 거절함.

1923년   『위대한 전쟁에 참여한 아일랜드 근위연대The Irish Guards in the Great War』『스카우트와 가이드를 위한 육지와 해양 이야기Land and Sea Tales for Scouts and Guides』 출간.

1926년   『차변과 대변Debits and Credits』 출간.

1928년   『단어책A Book of Words』 출간.

1930년   『나는 개, 당신의 종이랍니다Thy Servant a Dog』 출간.

1932년   『한계와 부활Limits and Renewals』 출간.

1936년   1월 18일 사망.

1937년   『지인들과 타인들을 위한 나에 대한 몇 가지Something of Myself for My Friends Known and Unknown』 출간.

1937~1939년   키플링이 사망 직전 몇 해 동안 준비한 작품 모음집 결정판
           인『키플링 작품 모음집, 서식스 에디션*The Complete Works
           of Rudyard Kipling, Sussex Edition*』출간.

문학동네 세계문학전집 발간에 부쳐

세계문학은 국민문학 혹은 지역문학을 떠나 존재하는 문학이 아니지만 그것들의 총합도 아니다. 세계문학이라는 용어에는 그 나름의 언어와 전통을 갖고 있는 국민문학이나 지역문학의 존재를 인정하면서 그것을 넘어서는 문학의 보편적 질서에 대한 관념이 새겨져 있다. 그 용어를 처음 고안한 19세기 유럽인들은 유럽문학을 중심으로 그 질서를 구축했지만 풍부한 국민문학의 전통을 가지고 있는 현대의 문학 강국들은 나름의 방식으로 세계문학을 이해하면서 정전(正典)의 목록을 작성하고 또 수정한다.

한국에서도 세계문학 관념은 우리 사회와 문화의 변화 속에서 거듭 수정돼왔다. 어느 시기에는 제국 일본의 교양주의를 반영한 세계문학 관념이, 어느 시기에는 제3세계 민족주의에 동조한 세계문학 관념이 출현했고, 그러한 관념을 실천한 전집물이 출판됐다. 21세기 한국에 새로운 세계문학전집이 필요하다는 것은 명백하다. 우리의 지성과 감성의 기준에 부합하는 세계문학을 다시 구상할 때가 되었다.

문학동네 세계문학전집은 범세계적으로 통용되는 고전에 대한 상식을 존중하면서도 지난 반세기 동안 해외 주요 언어권에서 창작과 연구의 진전에 따라 일어난 정전의 변동을 고려하여 편성되었다. 그래서 불멸의 명작은 물론 동시대 세계의 중요한 정치·문화적 실천에 영감을 준 새로운 작품들을 두루 포함시켰다.

창립 이후 지금까지 한국문학 및 번역문학 출판에서 가장 전문적이고 생산적인 그룹을 대표해온 문학동네가 그간 축적한 문학 출판 경험을 바탕으로 새로운 세계문학전집을 펴낸다. 인류가 무지와 몽매의 어둠 속을 방황하면서도 끝내 길을 잃지 않은 것은 세계문학사의 하늘에 떠 있는 빛나는 별들이 길잡이가 되어주었기 때문이다. 우리가 자부심과 사명감 속에서 그리게 될 이 새로운 별자리가 독자들의 관심과 애정에 힘입어 우리 모두의 뿌듯한 자산이 되기를 소망한다.

문학동네 세계문학전집 편집위원
민은경, 박유하, 변현태, 송병선, 이재룡, 홍길표, 남진우, 황종연

세계문학전집 046

정글북

1판 1쇄 2010년 8월 23일
1판 6쇄 2024년 1월 25일

지은이 러디어드 키플링 | 옮긴이 손향숙

책임편집 이은현 | 편집 오미영 염현숙 | 독자모니터 김지혜
디자인 엄혜리 송윤형 한충현 최미영 | 저작권 박지영 형소진 최은진 서연주 오서영
마케팅 정민호 서지화 한민아 이민경 안남영 왕지경 황승현 김혜원 김하연 김예진
브랜딩 함유지 함근아 고보미 박민재 김희숙 박다솔 조다현 정승민 배진성
제작 강신은 김동욱 이순호 | 제작처 영신사

펴낸곳 (주)문학동네 | 펴낸이 김소영
출판등록 1993년 10월 22일 제2003-000045호
주소 10881 경기도 파주시 회동길 210
전자우편 editor@munhak.com | 대표전화 031)955-8888 | 팩스 031)955-8855
문의전화 031)955-1927(마케팅), 031)955-1916(편집)
문학동네카페 http://cafe.naver.com/mhdn
인스타그램 @munhakdongne | 트위터 @munhakdongne
북클럽문학동네 http://bookclubmunhak.com

ISBN 978-89-546-1186-2 04840
        978-89-546-0901-2 (세트)

잘못된 책은 구입하신 서점에서 교환해드립니다.
기타 교환 문의 031) 955-2661, 3580

www.munhak.com

● 문학동네 세계문학전집은 계속 출간됩니다